Götterflüstern Band 3
Verfluchte Liebe

Von Jenny Völker

Götterflüstern – Saga:

Band 1: Gefundene Liebe
Band 2: Verlorene Liebe
Band 3: Verfluchte Liebe

JENNY VÖLKER

GÖTTER FLÜSTERN

VERFLUCHTE LIEBE

Lektorat: Christoph Stephan

Korrektorat: Christiane Zaremba

Umschlaggestaltung und Amulettgrafik: Juliane Buser – Grafikdesign (jb-grafikdesign.de) unter Verwendung von Bildern von shutterstock, depositphotos und adobe

Herstellung und Verlag: BoD - Books on Demand, Norderstedt

ISBN: 978 – 3756 – 204694

Bibliografische Information der Deutschen Nationalbibliothek:
Die Deutsche Nationalbibliothek verzeichnet diese Publikation in der Deutschen Nationalbibliografie; detaillierte bibliografische Daten sind im Internet über dnb.dnb.de abrufbar.

FÜR CHRISTOPH,
DER IMMER AN MEINER SEITE STEHT

EIN HERZ, ES ZU FINDEN
IM GÖTTLICHEN SCHEIN,
AUF EWIG GEBUNDEN
IN GLÄNZENDEM STEIN.
DER GÖTTER GESÄNGE,
DER MYTHEN KRAFT,
DIE ZEIT WIRD BRINGEN,
WAS DIE LIEBE ERSCHAFFT.

PROLOG

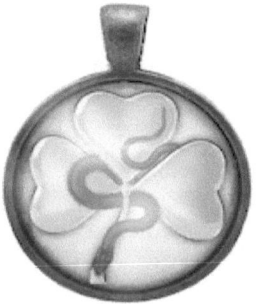

Athena lief auf dem Olymp unruhig auf und ab und spähte zur Erde. Die Dinge waren außer Kontrolle geraten. Wie damals. Sie musste verhindern, dass noch mehr Menschen und Wesen Schaden nahmen – auch wenn das bedeutete, gegen Aphrodite zu verlieren. Sie ballte die Hand zur Faust und presste sie gegen den Mund. Nein, das war keine Option. Sie konnte diese eingebildete Wichtigtuerin einfach nicht siegen lassen. Sie würde ihr Geschwätz noch weniger ertragen als sonst.

Als sie sich umdrehte, um dennoch zur Göttin der Liebe zu laufen, sah sie helles Licht erstrahlen, das direkt auf den Olymp zuhielt. Dort kam sie, in Begleitung von Plutos, der normalerweise nichts auf dem erhabenen Berg der Götter zu suchen haben sollte. Dieser elende Schnösel. Er führte etwas im Schilde. Er benutzte sie nur, um seine Ziele zu erreichen. Sie mussten sich vor diesem kleinen Gott hüten.

Athena machte einen großen Bogen um die Neuankömmlinge und huschte zu Aphrodite, die wie zu erwarten auf der Liege faulenzte und Ambrosia schlürfte. Ihr selbstgefälliges Grinsen war kaum auszuhalten, doch Athena hielt ungebremst auf sie zu.

»Hätte nicht gedacht, dass du dich noch mal blicken lässt.« Aphrodite lächelte süffisant. »Siehst du endlich ein, dass ich gewonnen habe?«

»Wieso du? Die Vernunft hat gesiegt, dennoch müssen wir eingreifen.«

»Die Vernunft?« Aphrodite kicherte affektiert. »Vielmehr hat die Liebe gesiegt, oder hörst du nicht das holde Paar eintreffen?«

»Auch wenn du es dir so drehen willst, wie es dir passt, war es Vernunft, weshalb sie gekommen ist.«

»Nein, ihre Liebe zu Achill.«

»Nein, die Vernunft, weil sonst Schlimmes geschehen wäre. Hätte die Liebe gesiegt, wäre sie mit Achill durchgebrannt und hätte ignoriert, welchen Schaden sie damit für unsere Ordnung riskiert.«

Aphrodite winkte ab. »Ich wusste nicht, dass du eine so schlechte Verliererin bist, meine Gute.«

Athena ballte die Hände zu Fäusten, als Unruhe ausbrach und ein breitschultriger großer Mann nähertrat. Sein brauner lockiger Bart reichte bis auf seine nackte Brust. Um die Hüften trug er wie alle olympischen Götter lediglich ein Tuch, das an der Hüfte verknotet war. Allein der Dreizack in seiner Hand unterschied ihn von seinen Brüdern, denen er zum Verwechseln ähnlich sah.

»Was habt ihr zwei angestellt?«, donnerte Poseidon. Wären sie in der Nähe von Wasser gewesen, hätten sich die zwei Göttinnen möglicherweise erschreckt, doch die Ferne zum Meer machte ihn weniger gefährlich.

»Wir haben überhaupt nichts angestellt«, säuselte Aphrodite und klimperte mit den langen Wimpern.

Athena trat neben ihn, scheinbar die Ruhe selbst, obgleich in ihrem Inneren die Alarmglocken schrillten. »Poseidon, wir müssen Plutos aufhalten. Er führt etwas im Schilde. Wieso sonst bringt er seine Braut her, obwohl er bei uns nichts zu suchen hat?«

»Er will sie uns doch lediglich vorstellen.« Aphrodite schenkte sich Ambrosia nach und schwenkte den Kelch, dabei warf sie dem Gott der Meere einen betörenden Blick zu – vermutlich, damit er ihr nicht zürnte. Doch der Bruder von Zeus ignorierte sie. Stattdessen rammte er seinen Dreizack in den Boden und wandte sich an die Göttin der Weisheit.

»Du hast vollkommen recht, Athena. Er hat alles vorbereitet. Wir sollten das Paar ausschalten, solange es noch möglich ist.«

»Ausschalten?«

Der Herrscher der Meere sah Athena erblassen, worauf er ihr die Hand an den Oberarm legte.

»Sie waren beide in den Raub des Asklepiosstabs involviert. Wieso sonst weilt sie unter den Lebenden? Es kann keine andere Erklärung geben und diesen Raub müssen wir endlich sühnen. Für diesen Frevel verdienen sie beide den Tod und darüber hinaus die schlimmste Form der Folter, ähnlich wie Sisyphos. Ich rede mit Zeus.«

Athena schielte zu der ankommenden Braut. Das hatte sie nicht gewollt. So hatte das Spiel nicht enden sollen. Doch

Poseidon fuhr ungebremst fort. »Wir müssen sie ausschalten, bevor ihre List mehr Leben fordert. Ich hoffe, das verstehst du?«

Athena presste die blutleeren Lippen aufeinander. »Gib mir Zeit.«

Aphrodite blieb auffallend still, während Poseidon aufstöhnte. »Je länger wir warten, desto höher ist die Wahrscheinlichkeit, dass Plutos noch Schlimmeres anstellt und euer Spiel mehr Opfer fordern wird als ohnehin schon. Ihr wollt doch nicht, dass Zeus anstatt der wahren Missetäter euch bestraft, oder?«

Schneller, als man es der Göttin der Liebe zugetraut hätte, erhob sie sich und hakte sich bei Poseidon unter. Wie ein Täubchen gurrte sie ihm ins Ohr, die göttlichen Kräfte bei vollem Einsatz. »Du hast vollkommen recht, aber wir dürfen nicht außer acht lassen, dass ohnehin eine Sanduhr am Laufen ist. Achill hat das Schicksal bei den Moiren neu ausgehandelt und dafür eine Frist bekommen. Der Pakt ist besiegelt. Und wie du weißt, kann sich nicht einmal Zeus gegen die Schicksalsfrauen stellen. Also solltest auch du dich hüten, das Schicksal herauszufordern.«

Athena warf der Göttin der Liebe einen verwunderten Blick zu. Hatte sie richtig gehört? Setzte sich Aphrodite gerade wirklich für jemand anderen ein als für sich selbst?

Poseidon unterdessen strich sich durch den lockigen Bart, bevor er nickte, die Stimme ruhiger als zuvor. »Du hast recht, aber sobald das letzte Sandkorn gefallen ist, werde ich sie richten. Alle. Es wird keine Gnade geben.« Mit den Worten zog er den Dreizack aus der Erde und drehte sich um. Sobald er außer Hörweite war, huschte Aphrodite an Athenas Seite.

»Wir müssen uns beeilen.«

Athena beugte sich näher, um unliebsame Mithörer zu vermeiden. »Ich habe bereits einen Plan.«

KAPITEL 1

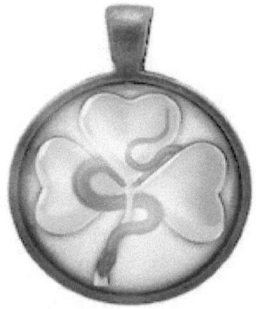

Strahlend helles Licht umgab Elli und Plutos. Hatte Helios sie mit seinem Sonnenwagen auf den Olymp gefahren oder besaß Plutos die Kräfte, um sie hinaufschweben zu lassen? Sie wusste es nicht, vermochte nichts zu erkennen, seit geraumer Zeit schon – bis auf einzelne weiße Wolken, die um sie waberten. Ihr Instinkt riet ihr, sich schutzsuchend näher an Plutos zu stellen, doch der gleiche Sinn war es, der sie davor warnte. Sie blieb auf Abstand, auch wenn ihre Aufregung stieg und stieg.

»Was tut ihr an diesem heiligen Ort?«, erscholl eine tiefe Stimme, die ihre Unruhe befeuerte. Es musste einer der olympischen Götter sein. Und offenbar war er alles andere als erfreut darüber, dass sie sich auf den Olymp gewagt hatten. Immerhin war auch Plutos keiner der großen Zwölf, weshalb er nicht das gleiche Recht genoss wie die anderen Götter.

»Ich bin gekommen, um meine Ehe zu schließen und diesen heiligen Bund vor euch zu bezeugen. Heute wird Helena meine Braut werden.«

Heute schon? Ihr Puls beschleunigte sich, wahrscheinlich konnte jeder das rhythmische Klopfen an ihrem Hals beobachten. Würde es ein Entrinnen geben, sobald sie ihm einmal als Braut übergeben war? Wohl kaum.

Es war unumgänglich gewesen, mit ihm zu gehen, damit Achill nicht in der Schussbahn stand. Nun musste sie herausfinden, wie sie sowohl den Schaden von ihm abwenden als auch Plutos entkommen konnte. Denn dass sie von nun an sein Bett teilen würde, kam für sie ebenso wenig infrage, wie ihn zu ehelichen.

Aus dem dichten Wolkendunst ertönte ein Schnauben. Als sich der Gott aus dem Nebel schälte, konnte sie nichts anderes tun, als ihn ehrfürchtig anzustarren. Das lockige Haar, die Flügelschuhe, das jugendliche Aussehen.

Es war Hermes.

Sein Gesicht war ebenmäßig schön, vermutlich wie das aller Götter. Er war größer als ein durchschnittlicher Mensch, ebenso groß wie Plutos. Der einzige, der an die Körpergröße der Götter heranreichte, war Achill. Ihr Herz sehnte sich nach ihm, auch wenn es keine Stunde her war, dass sie sich von ihm verabschiedet hatte. Ob er bereits erwacht war? Sie drängte den Gedanken an ihn zurück, musste sich konzentrieren, auf der Hut sein, jede Möglichkeit erkennen.

Aufmerksam musterte sie Hermes, der in federndem Gang auf sie zutrat. Er strahlte Macht aus, göttlichen Glanz. Zugleich verhielt er sich wie der Typ von nebenan, mit dem man abends ein Bier trinken und über Gott und die Welt reden würde. Wobei der Ausdruck angesichts seiner göttlichen Herkunft eine neue Bedeutung bekam.

Er musterte sie unaufdringlich. Dachte er daran, dass er es gewesen war, der sie als Neugeborene zu ihren Zieheltern gebracht hatte? Durch keine seiner Gesten verriet er, dass er womöglich auf ihrer Seite stand – immerhin war er laut dem Zentauren Cheiron mit Achill gut befreundet. Womöglich wusste Plutos nichts von dieser Freundschaft – und sollte es besser auch nicht erfahren.

»Wenn du eine Ehe vor uns Großen schließen willst, bedarf es mehr als eine Braut zu uns hinaufzubringen, das weißt du.«

Plutos' Miene blieb arrogant, doch Elli kannte ihn gut genug, um die Ungeduld hinter seiner Fassade zu erkennen.

»Das ist mir neu. Was genau ist es, das ich beschaffen muss?«

»Sie muss etwas tragen, dass du ihr geschenkt hast.«

Mist. Das war's dann wohl mit der Gnadenfrist. Elli presste die Lippen aufeinander, als Plutos ihre Hand ergriff und dem Götterboten unter die Augen hielt.

»Seit Jahren schon trägt sie meinen Verlobungsring und darüber hinaus den Armreif von Aphrodite.«

Hermes' Augen funkelten amüsiert, als wäre all das nur ein Spiel, während er die Schmuckstücke an ihrer Hand betrachtete. »Fantastisch!«

Ihr Magen zog sich zusammen. Hatte sie sich getäuscht? Stand er doch nicht auf ihrer Seite? Als er den Mund öffnete, hielt sie unweigerlich die Luft an.

»Dann fehlt dir nur noch das Brautwasser von Hera. Wie du weißt, ist sie die Göttin der Eheschließung. Wenn du schon unbedingt bei uns deine Hochzeit feiern willst, solltest du Zeus' Ehefrau lieber nicht übergehen.«

Plutos straffte die Schultern und versuchte durch den Nebel zu blicken. Die Art, wie er die Augen an einzelnen Punkten länger verweilen ließ, legte die Vermutung nahe, dass er durchaus etwas erkennen konnte – im Gegensatz zu ihr. Vielleicht weil sie eben keine Göttin und somit am allerwenigsten berechtigt war, an diesem Ort zu sein.

»Bis du Hera überzeugt und das Brautwasser besorgt hast, kümmere ich mich um deine holde Zukünftige. Wie du weißt, ist sie nicht dazu berechtigt, an diesem Ort zu verweilen. Auch wenn Zeus persönlich ihr Vater ist, so werden die anderen Götter es gewiss nicht gutheißen, dass du sie hergebracht hast.«

Plutos wollte auffahren, die Hand bereits zur Faust geballt, als er unvermittelt durchatmete. »Kein Problem. Ich rede mit Hera. Wohin willst du sie bringen?«

Hermes betrachtete sie eingehend, ein gewisser Schalk in den Augen. »Das lass meine Sorge sein.«

»Aber –«, setzte Plutos an, als Hermes Elli bereits den Arm zum Unterhaken anbot, um sie fortzuführen. Beiläufig blickte der Götterbote über seine Schulter.

»Du fürchtest doch nicht etwa, dass sie nicht zu dir zurückkommt, oder? Schließlich bist du Plutos, der jugendliche Gott des Reichtums. Welche Frau könnte dir schon widerstehen?«

Selbst Plutos entging der ironische Unterton nicht. Er drückte das Kreuz durch, doch auch so vermochte er nicht auf Hermes hinabzusehen. »Bring sie nicht zu weit fort. Ich werde schon bald mit dem Brautwasser zurück sein und darüber hinaus mit der Göttermutter selbst.« Sein süffisantes

Grinsen gefiel Elli ganz und gar nicht. Wusste er etwas, das ihr entgangen war?

Ungeachtet des Kommentars hielt Hermes ihr den Arm entgegen und sie hakte sich bei ihm unter. Schneller, als sie es mit den Augen zu beobachten vermochte, verließen sie die wolkige Gegend und standen auf der Erde. Weder Plutos noch die Nebel waren zu sehen, über ihnen leuchtete der blaue Morgenhimmel. Wie viel Zeit war vergangen?

Hoffnung keimte in ihr auf. Waren sie bei der Höhle in Thessalien? War Achill erwacht und sie konnte gemeinsam mit ihm, Cheiron und Hermes einen Plan schmieden?

Doch sie standen nicht vor der Höhle, von Wäldern fehlte weit und breit jede Spur, selbst der Olymp war in keiner Himmelsrichtung zu erkennen. Vielmehr führte Hermes sie weiter, so schnell, dass die Umgebung wie in einem Hochgeschwindigkeitszug an ihr vorbeirauschte, bis sie sich in einem Tempel wiederfanden. Hohe Säulen stützten die steinerne Decke, die weit über ihnen prangte, und eine Mauer hielt sie vor den Blicken anderer geschützt – auch wenn streng genommen ohnehin niemand zu sehen war.

Das Bauwerk war nicht übermäßig groß, aber dennoch beeindruckend. Einzelne Reliefs verzierten das Gesims. Was darauf abgebildet war, lag im Schatten, weshalb Elli nicht erkennen konnte, um welchen Mythos es sich handelte.

In welchem Tempel befanden sie sich? Da Hermes in der Regel an Weggabelungen verehrt wurde, waren ihm nur wenige Sakralbauten errichtet worden. Befanden sie sich in einem davon?

»Wo sind wir?«

»Im Norden der Peloponnes, auf dem Berg Kyllene.«

Elli sog überwältigt die Luft ein.

Es gab diesen sagenumwobenen Tempel für Hermes also wirklich. Er war lediglich von Pindar in einer seiner Schriften erwähnt worden. Angeblich hatte der Dichter den verfallenen Tempel mit eigenen Augen gesehen.

Das Heiligtum in seiner ursprünglichen Gestalt bestaunen zu dürfen, ja, sich sogar darin zu befinden, raubte ihr schier den Atem. »Wahnsinn.«

Hermes breitete die Arme aus, auf dem Gesicht ein dankbarer und zugleich ehrfürchtiger Ausdruck. »Die Menschen haben ganze Arbeit geleistet. Es ist mein liebster Tempel von allen, vermutlich weil ich auf diesem Gipfel geboren wurde.«

Das war Elli bekannt, doch als ihr bewusst wurde, dass der Gott persönlich es ihr erzählte, während er entspannt vor ihr stand und auf die figürlichen Verzierungen deutete, stieg ihre Aufregung noch mehr. Da er ihr allerdings wohlgesonnen zu sein schien, schluckte sie die Befangenheit hinunter. »Danke, dass du mir eine Gnadenfrist verschafft hast.«

»Nicht der Rede wert.« Er ließ den Blick an ihr hinab- und hinaufwandern. »Bist ganz schön gewachsen, seit ich dich das letzte Mal gesehen habe.«

Kein Wunder, das war ja auch schon Jahre her. »Was tun wir jetzt? Hast du eine Idee, wie ich Achill vor dem Zorn der Götter bewahren kann?«

»Nein, noch nicht, aber ich beschaffe dir Zeit. Ich werde Plutos beschäftigen. Den Ausweg aus eurer Misere musst du selbst finden. Das verlangt das Spiel.«

»Spiel, Spiel, immer nur ein Spiel. Wisst ihr eigentlich, was ihr damit anrichtet?« Zorn wallte in ihr auf und sie wollte das Gefühl selbst im Angesicht von Hermes nicht hinunterschlucken.

Abwehrend hob er die Hände.

»Ich hab nicht damit angefangen.«

»Aber du machst mit, oder?«

Der Schalk blitzte in seinen Augen. »Welcher Gott könnte widerstehen?«

Elli wollte erneut aufbrausen, als er ihr die Hände auf die Oberarme legte. »Reg dich nicht auf. Immerhin bin ich auf eurer Seite.«

Sie wollte ihm böse sein, doch der Hundeblick, mit dem er sie bedachte, übertraf jeden, den sie bislang gesehen hatte. Nur mit Mühe konnte sie das Zucken ihrer Mundwinkel unterdrücken. »Wendest du gerade göttliche Tricks an?«

»Natürlich! Immer, liebste Helena, immer.« Er lachte laut auf und schlug ihr gegen die Schulter. Beinahe stieß er sie mit dieser beiläufigen Geste um, doch sie hielt die Balance. Wurde Zeit, dass jemand den Göttern Paroli bot.

»Gibt es nicht irgendetwas, das du mir verraten kannst? Irgendetwas, das mir hilft?«

»Bist du im Besitz meiner Feder?«

Sie kramte in ihrem Beutel und holte das Artefakt hervor. Es war kühl wie eh und je. Hermes legte die Hand darauf. Schon glaubte sie, er nähme es ihr weg, doch als er die Hand zurückzog, lag die Feder noch immer in ihrer Handfläche und ein sanftes Glühen ging von ihr aus. Hatte er ihr neue Kräfte verliehen? Seine Macht mit dem Geschmeide gebündelt?

»Damit kannst du mich jederzeit rufen. Das ist der einzige Vorteil, den ich dir geben kann. Schließlich soll mich nicht ebenfalls der göttliche Blitz treffen, wenn Zeus hiervon erfährt.« Er zwinkerte ihr verschmitzt zu, während Elli seine Worte beschäftigten. Zeus … Der Herrscher der Erde war der Vater der mythischen Helena. Brachte ihr das irgendeinen

Vorteil? Sie sprach den Gedanken laut aus, worauf Hermes erneut lachte.

»Dir gegenüber würde er möglicherweise Gnade walten lassen, aber Achill trifft sein ungebremster Zorn – insbesondere als Liebhaber seiner Tochter. Du brauchst eine bessere Idee.«

Mist, das war also keine Option. Zumal die Frage war, ob sie es wirklich wagen sollte, dem mächtigsten der Götter unter die Augen zu treten.

Hermes wies auf einen Altar, der im Schatten stand und ihr bislang nicht aufgefallen war. Dort standen Körbe voller Speisen, deren Duft erst in diesem Moment zu ihr drang. »Ich kümmere mich um Plutos, während du nachdenkst. Der Tempel bietet dir Schutz und an den Gaben kannst du dich nach Herzenslust bedienen.«

Ungläubig schaute sie zu den mit Schleifen und Blumen geschmückten Körben, die die Menschen dem Götterboten dargebracht hatten. Es handelte sich um Weihgaben, die für ihn und nicht für sie bestimmt waren. Doch allein bei dem Anblick grummelte ihr Magen – wenigstens hatte er den Anstand, es leise zu tun.

»Bist du sicher?«

»Klar, es freut die Menschen, wenn sie sehen, dass etwas gegessen wurde. Und wenn ich das jedes Mal tun würde, wäre ich bald nicht mehr so gutaussehend.« Er zwinkerte ihr zu, während er sich in Pose warf. Elli lachte auf und Hermes schlug ihr erneut kumpelhaft auf die Schulter. »Also, denk nach, Helena, finde einen Weg, meinen guten Freund zu erlösen. Aber tu mir einen Gefallen.«

»Ja?«

»Beeil dich.«

Sie verdrehte die Augen, während seine Mundwinkel zuckten, als wäre all das noch immer ein Spiel, das ihn in seiner endlosen Freizeit amüsierte – und als stünden nicht Leben auf dem Spiel. Ihr Leben und das von Achill.

KAPITEL 2

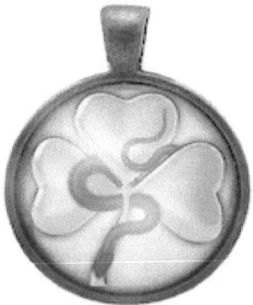

Schneller, als sie es mit den Augen verfolgen konnte, war Hermes verschwunden. Laut der Überlieferung vermochte er sich dank seiner Flügelschuhe in Lichtgeschwindigkeit fortzubewegen. Offenbar entsprach das der Wahrheit.

Ihr Blick fiel auf die Körbe an Leckereien. Sollte sie sich wirklich daran bedienen? Kam es nicht einem Frevel gleich? Andererseits hatte Hermes es ihr erlaubt.

Sie lief zu der Stufe, auf der der Altar stand, setzte sich darauf und ließ den Blick über die duftenden Fladenbrote und Gebäckstücke, den Mandelkuchen, die Trauben und Ziegenkäsetaler schweifen. Sah das appetitlich aus. Sie langte nach einem Feigengebäck und fing gedankenverloren an zu essen.

Viel Zeit blieb ihr nicht.

Sie brauchte eine schnelle Lösung, solange Hermes Plutos in Schach hielt, weshalb sie sich die Gegebenheiten ins Gedächtnis rief.

Achill hatte den Stab des Asklepios gestohlen und war noch immer in seinem Besitz. Nur deshalb vermochte er in der Welt der Lebenden zu wandeln und nur deshalb war sie selbst am Leben. Plutos hatte ihn deshalb in der Hand, da er davon wusste – oder besser gesagt ihn dazu gebracht hatte, den Diebstahl zu begehen. Außerdem plante Plutos etwas. Er wollte die Herrschaft über den Olymp erlangen, davon war Elli überzeugt. Aber welches Rädchen übernahm sie in diesem Plan? Das musste sie unbedingt herausfinden.

Ihr Blick fiel auf das Amulett, das sie um den Hals trug. Die drei Herzen, um die sich eine Schlange wand. Es stand für die Verwicklung von ihr, Achill und Plutos. Wieso jedoch ausgerechnet Herzen verwendet wurden, blieb ihr schleierhaft, da sie und Plutos keine echte Liebe verbunden hatte. Zu keiner Zeit. Er hatte sie mittels seiner Kräfte schwach werden lassen und stets den Vorteil in ihrer Verbindung gesehen. Auch er war zu keiner Zeit in sie verliebt gewesen.

Sie langte nach einem Ziegenkäsetaler und schloss die Augen. Lecker. Die Trauben sahen ebenfalls schmackhaft aus. Genießerisch aß sie ein paar und kehrte in ihre Gedankenwelt zurück. Nachdenklich strich sie über das Amulett, dabei fiel ihr Blick auf ihre Hand, an der noch immer der verfluchte Verlobungsring und der Armreif von Aphrodite prangten. Zwei göttliche Gegenstände – und beide gereichten nicht zu ihrem Vorteil. Wenigstens besaß sie darüber hinaus die Feder von Hermes, der auf ihrer Seite stand.

Wahnsinn. Sie war im Besitz dreier göttlicher Artefakte. Der Hälfte von denen, die Hephaistos geschmiedet hatte. Wie kam es eigentlich, dass die Götter sie derart leicht aus der Hand gaben? Schließlich waren ihre Kräfte damit verknüpft und nur durch die Gegenstände konnte diese Welt und der Glaube an die Götter aufrechterhalten werden.

So oder so kannte sie nun fünf der sechs Geschmeide: Der Ring von Plutos, auch als Ring der Auserwählten bekannt, die Feder von Hermes, der Armreif von Aphrodite, das Diadem von Persephone und das Füllhorn für Demeter. Welches war das sechste Artefakt? Nutzte es ihr etwas, es zu besitzen? In jedem Fall musste sie verhindern, dass Plutos den letzten Gegenstand in die Finger bekam.

Satt erhob sie sich und lief auf den Ausgang zu. Sie verließ die Cella, das Innere des Tempels, und blieb im Schatten des Dachs zwischen zwei Säulen stehen. Das Licht der Morgensonne wanderte über die höchste Gebirgsspitze, auf der der Tempel errichtet worden war. Ein kleiner Pfad wand sich den Berg hinunter, vermutlich der Weg, über den Hermes' Verehrer die Gaben brachten. Ein grünes, fruchtbares Gebiet breitete sich am Fuß des Bergmassivs aus, in dem nur einzelne Dörfer auszumachen waren. Traumhaft, wie naturbelassen die Landschaft war.

Sie setzte sich auf die Stufen, die den Tempel hinunterführten, darauf vertrauend, an dieser Stelle noch von Hermes geschützt zu sein, stützte die Ellenbogen auf den Knien ab und bettete ihren Kopf in die Hand. Himmel, was sollte sie jetzt tun?

Eine Eule schrie und riss sie damit aus ihren Grübeleien. Der Schrei wurde lauter, kam näher und näher, bis wie aus dem Nichts eine großgewachsene Frau vor ihr erschien, auf deren Schulter sich das Nachttier niederließ, als hätte es gewusst, dass die Frau an genau dieser Stelle erscheinen würde. Die Fremde und das Tier blickten sich blitzschnell zu den Seiten um. Durfte niemand erfahren, dass sie hier waren?

Aufgrund der enormen Körpergröße musste es eine Göttin sein. Ihr Blick war streng und die Gesichtszüge maskulin, obgleich man sie durchaus als schön bezeichnen konnte. Sie trug das Haar zu einem Knoten im Nacken gebunden, mit geflochtenen Bändern verziert, das Gewand unter der Brust gegürtet und darüber ein Fell, die Ägis, auf der das Haupt Medusas prangte.

Athena.

Sofort erhob sich Elli, doch selbst stehend überragte die Göttin sie um deutlich mehr als eine Kopfgröße. Was sollte sie tun? Sich verneigen? Ihr die Hand küssen? Wieso war sie so unsicher?

Hermes gegenüber war sie entspannt gewesen – allerdings auch nicht von Anfang an. Wahrscheinlich lag es an dem gestrengen Blick, mit dem die Göttin jeden in die Knie gezwungen hätte.

»Wie ich sehe, Helena, bist du nicht an Plutos' Seite.«

Ihr Herz klopfte schneller, dennoch zögerte sie mit ihrer Antwort keine Sekunde. »Ich liebe ihn nicht. Er hat mich mit einer List dazu gebracht, ihm die Hand zu versprechen. Wenn ich ihm nicht gefolgt wäre, hätte Achill der göttliche Zorn getroffen.«

»Das spielt keine Rolle. Die Welt der Götter und damit auch die der Menschen und aller anderen Wesen ist in Gefahr.«

»Was meinst du damit?«

»Plutos hat etwas vor. Wieso sonst wagt er es, dich auf den Olymp zu bringen, obwohl ihm selbst der Zutritt nur bedingt zusteht? Ich sehe es in seinen Augen und ich frage dich, weißt du, was er vorhat?«

Schon wollte Elli den Kopf schütteln, als ihr Dinge in Erinnerung kamen, die sie im Feuer gesehen hatte. In Cheirons Höhle. »Meinem früheren Ich hat er manches anvertraut. Er will die Herrschaft erlangen. Er fühlt sich übergangen, weil er nicht zu euch großen Zwölf gehört.«

Athena trat näher, den gestrengen Blick unnachgiebig auf sie gerichtet. »Was hat er dir erzählt?«

Elli legte die Hände an die Schläfen. Vielleicht half ihr das, sich zu erinnern. Doch die Bruchstücke, die ihr einfielen, waren unzusammenhängend – sofern er ihr überhaupt mehr anvertraut hatte als das, was sie bereits gesagt hatte. »Er will auf jeden Fall, dass ich seine neue Braut bin. Wieso unbedingt ich, weiß ich allerdings nicht.« Und es ging darum, Achill in der Hand zu haben wegen des Asklepiosstabs – aber das durfte sie der Göttin nicht verraten. Niemand durfte wissen, dass Achill ihn gestohlen hatte und der Stab noch immer in seinem Besitz war.

Je länger sie darüber nachdachte, desto mehr kam ihr der Gedanke, wie günstig es für Plutos gewesen sein musste, dass sie auf dem Sterbebett gelegen hatte. Nur so konnten die Dinge ihren Lauf nehmen. Hatte er etwas mit dem Tod ihres mythischen Ichs zu tun? Ihre Angst vor ihm wuchs, auch wenn sie das nicht wollte. Sie presste die Lippen aufeinander, doch bevor die Göttin der Weisheit bemerkte, dass sie ihr etwas verheimlichte, zuckte sie mit den Achseln. »Mehr weiß ich nicht, nur, dass wir ihn nicht unterschätzen dürfen. Er hat meine Zieheltern getötet, möglicherweise hatte er auch etwas mit meinem ersten Tod zu tun. Es ist offensichtlich, dass er vor nichts zurückschreckt.«

Athena musterte sie, als versuche sie herauszufinden, ob es nicht doch noch etwas gab, das sie ihr verheimlichte. Wie durch ein Wunder wurde Elli nicht rot, weshalb die Göttin der Weisheit ihre Musterung beendete. »Wir müssen erfahren, was er plant. Wie ich ihn allerdings einschätze, hat er niemanden eingeweiht. Er vertraut keinem – und dieses Misstrauen wird sein Verhängnis sein.«

Elli horchte auf. Das hörte sich so an, als stünde auch Athena hinter ihr. Allein die Hoffnung ließ ihr Herz höherschlagen. Wenn sowohl Hermes als auch Athena auf ihrer Seite waren, was konnte dann noch schiefgehen?

Sie deutete gen Himmel, auch wenn sie nicht wusste, in welcher Himmelsrichtung sich der Olymp befand. »Hermes beobachtet ihn bereits und hält ihn hin, damit mir mehr Zeit bleibt. Vielleicht findet er außerdem etwas heraus.«

»Guter Mann.« Die Hand am Kinn lief Athena auf und ab, voll und ganz die Strategin. Zurecht galt sie als Göttin der Kriegskunst, auch wenn Ares der eigentliche Kriegsgott war. Nicht auszudenken, dass der sich auch noch einmischte. Aber Elli wollte positiv bleiben. Wieso auch nicht, angesichts des göttlichen Beistands, der sich unerwartet aufgetan hatte.

»Wie kann ich helfen? Was kann ich tun?« Denn wenn sie Plutos aufhielten, würden die Götter ihnen bestimmt verzeihen und sie und Achill beisammen lassen. Erst recht, wenn Athena und Hermes ein gutes Wort für sie einlegten.

Athena blieb stehen und bedachte sie mit ihrem üblich gestrengen Blick, dem sie unerschrocken begegnete. Es gab keinen Grund, weshalb sie die Göttin der Weisheit fürchten müsste. Das hoffte sie zumindest.

»Plutos weiß, dass du ihn nicht freiwillig ehelichst?«

Elli nickte.

»Dann kommst du als Spion nicht infrage. Aber es gibt etwas, das du dir immer zunutze machen solltest und das dir auch in dieser Situation weiterhelfen wird.«

»Was meinst du?« Soweit sie wusste, besaß die mythische Helena keinerlei göttliche Magie oder anderweitige besondere Kräfte.

»Deinen Verstand. Überlege, was vorgefallen ist, denk nach, was du selbst über die Antike, insbesondere Plutos und die Regeln der Welt weißt. Und bedenke eins: Du darfst Plutos niemals unterschätzen – und ihn ebenso wenig überhöhen. Er ist ein Gott, aber weitaus nicht der mächtigste.«

Mit den Worten verschwand die Göttin so schnell, wie sie gekommen war, ebenso wie die Eule auf ihrer Schulter. Elli blieb allein zurück, im Schatten des mächtigen Tempels.

Frustriert schlug sie die Hände über dem Kopf zusammen. Auch wenn die Göttin der Weisheit ihr einen vermeintlich klugen Ratschlag gegeben hatte, wusste sie nicht, was sie tun sollte.

Wäre nur Dädalos bei ihr. Oder Achill. Oder Cheiron.

Wie auch im Studium und später als promovierte Archäologin, wusste sie, dass es stets hilfreich war, gemeinsam nachzudenken. Schade, dass die Göttin selbst keine Zeit dafür hatte. Brainstorming mit Athena – wenn das nicht funktionierte, mit wem sonst? Aber es gab einen Grund, weshalb die Göttin gegangen war.

Grübelnd ließ sie sich auf den Tempelstufen nieder, die Finger an dem Ring von Plutos. Sie strich darüber. Sollte sie ihn verwenden, um irgendwo hinzuspringen? Würde Plutos es erlauben? Besser, sie verwendete die Feder von Hermes, wenn sie einen Sprung wagte. Aber solange sie keine Idee hatte wohin, würde das Artefakt in ihrem Beutel bleiben.

Athena hatte gesagt, sie solle ihren Verstand gebrauchen. Womöglich hatte sie auf irgendetwas Bestimmtes angespielt. Erneut fiel ihr Blick auf das Schmuckstück. Wieso wollte er ausgerechnet sie als seine Zukünftige? Welche Rolle spielte sie? Nur die Betörerin, in die sich Achill verlieben sollte? Das konnte sie sich beim besten Willen nicht als einzigen Grund vorstellen. Wahrscheinlicher war es, dass ihre Verwandtschaft mit Zeus eine Rolle spielte. Das Blut, das in ihr floss, war das des Göttervaters höchstpersönlich. Es war nicht auszuschließen, dass sie ihm deshalb bei der Ergreifung der absoluten Macht nützlich sein sollte.

Was wusste sie über den Ring? Er war in einer Athena-Statuette versteckt gewesen und dadurch in ihre Zeit gelangt. Kerstin hatte ihn untersucht, auch wenn sie nicht sonderlich weit gekommen war. Hatte sie irgendetwas entdeckt? Elli legte die Stirn in Falten. Moment. Sie hatte etwas herausgefunden. Es gab eine Inschrift. Sie begann mit H E.

Stand das für Helena? Hieß das, schon damals, als Hephaistos den Ring geschmiedet hatte, war er für sie bestimmt gewesen? Vielleicht lieferte die Inschrift einen Hinweis dafür, dass es von Anfang an zu seinem Plan gehörte, sie zu ehelichen, um die großen Götter zu stürzen. Wer wusste schon, wie weit dieses Spiel zurückreichte …

Endlich kam ihr der zündende Gedanke. Sie würde erneut zu Hephaistos gehen. Schon einmal hatte der Ring sie in seine Schmiede gebracht. Folglich konnte es ihr auch mit Hermes' Feder gelingen. Sofern der Gott es gestattete, würde sie wieder dort landen. Und vielleicht vermochte Hephaistos es sogar zu bewerkstelligen, dass ihre Reise vor Plutos verborgen blieb, obwohl er sie durch den Ring überwachen konnte.

Sie erhob sich, angelte die Feder aus dem Beutel, stellte sich die geräumige Höhle mit dem Schmiedefeuer und dazu den hinkenden Gott vor und rieb über das goldene Artefakt. Einmal, zweimal. Es geschah nichts. Doch sie gab nicht auf. Es musste klappen. Erneut dachte sie an den Gott der Schmiedekunst, strich ein weiteres Mal über das Geschmeide, als endlich ein gleißend helles Licht erstrahlte, eine Kraft an ihr zog und sie von den Tempelstufen weggedrückt wurde. Sie musste die Augen schließen, so hell war das Licht. Als sie die Lider wenig später öffnete, grinste sie erleichtert.

Hohe Steinwände rahmten die Höhle ein und ein stetes Donnern dröhnte durch das Halbdunkel, das einzig durch ein Feuer schwach beleuchtet wurde.

Sie hatte es geschafft. Mit aufgeregt schlagendem Herzen ließ sie die Feder zurück in den Beutel gleiten und ging auf den Feuerschein zu.

Noch bevor sie die eigentliche Schmiede betrat, verklang das Hämmern und Hephaistos, der hinkende Gott, wandte sich ihr zu. Er lehnte sich an den Amboss, an den er auch seine Krücke gestellt hatte. Spielend leicht ließ er den schweren Hammer von einer Hand in die andere gleiten, die Augen unablässig auf sie gerichtet, die Stimme unheilvoll und dunkel.

»Wieso kommst du zu mir?«

Sie fühlte sich mutiger als bei ihrem letzten Besuch. Vielleicht, weil sie allmählich an göttliche Gesprächspartner gewöhnt war. Oder aber weil sie wusste, wie wichtig ihr Anliegen war und sie sich nicht von ihrer Idee würde abbringen lassen. Beherzt trat sie einen Schritt näher. »Ich habe Fragen.«

»Das weiß ich, aber es ist mir nicht erlaubt, mich in das Spiel einzumischen.«

»Aber das hast du doch längst. Du hast mir Hinweise gegeben, das letzte Mal, als ich bei dir gewesen bin.«

Er bedachte sie mit einem strengen Blick, den Hammer unablässig hin und her schwingend. Es war unergründlich, was in seinem Kopf vorging.

Unvermittelt drehte er sich wieder dem Schwert zu, hielt es in die Glut, legte es auf den Amboss und bearbeitete es mit dem Hammer. Schon glaubte sie, er würde kein weiteres Wort mit ihr wechseln, als er mit dunkler Stimme zu sprechen anfing.

»Wieso bist du im Besitz dreier Gegenstände?«

Er wusste es. Womöglich spürte er als Erschaffer, wo sie sich befanden, oder aber er beobachtete die mächtigen Geschmeide. War er womöglich so etwas wie der Hüter? Es wäre eine Erklärung, weshalb er neutral zu bleiben versuchte.

»Nicht mit Absicht. Sie wurden mir von Plutos und Hermes gegeben.«

»Es ist nicht richtig, dass ihre Macht in deinen Händen liegt.«

Selbstbewusst verschränkte sie die Arme vor der Brust. »Besser, ich habe sie als Plutos.«

»Das hoffe ich.«

Das Misstrauen in seiner Stimme war unüberhörbar. Aus welchem Grund verhielt er sich derart ablehnend? Bei ihrem letzten Besuch war sie der Meinung gewesen, in ihm einen Verbündeten gefunden zu haben. Oder zumindest einen Gegner von Plutos. Immerhin hatte er auch damals, beim Trojanischen Krieg, auf Achills und Athenas Seite gestanden.

»Kannst du mir einen Tipp geben, was ich tun muss, um Plutos aufzuhalten?«

Ohne auf ihre Frage zu reagieren, bearbeitete Hephaistos das Schwert. Beständig dröhnte das Hämmern durch die Höhle, schon glaubte sie, er antwortete ihr nicht, als er den Hammer sinken ließ und sich zu ihr umdrehte. »Er darf nicht in den Besitz aller Geschmeide kommen.«

»Ist die Macht, die von ihnen ausgeht, derart gewaltig?«

Langsam nickte er, die Augen unablässig auf sie gerichtet, als gälte es, sie abzuschätzen, ihre Beweggründe zu erforschen. »Ich hätte damals mehr Gegenstände schmieden müssen, doch unser aller Urteil war denkbar schlecht. Sechs Geschmeide repräsentieren die Macht der großen Zwölf und all der anderen Gottheiten dazu, die ihren Teil beitragen, die Welt und ihre Ordnung zu schützen. Es sollte eine Übergangslösung sein, bis der Stab gefunden und Asklepios zurückgegeben werden würde. Doch das ist bis heute nicht geschehen.« Sein Blick wurde forsch. War ihm bekannt, dass sie wusste, wer im Besitz des Stabs war? Wer ihn damals gestohlen hatte? Am liebsten hätte sie den Kopf vor den durchdringenden Augen gesenkt, doch das würde sie nur verdächtig erscheinen lassen. Deshalb hielt sie dem göttlichen Blick stand.

»Die Götter wollen die alte Ordnung wiederherstellen, oder?«

Er nickte.

Vielleicht war das die Lösung. Wenn sie den Stab zurückgaben, würden die Götter möglicherweise Gnade walten lassen – aber nur, wenn Plutos in der Zwischenzeit nicht die Macht übernahm. Er durfte nicht in den Besitz aller sechs Artefakte kommen.

Da war sie. Die Lösung, nach der sie gesucht hatte. Sie musste den Stab zurückgeben und gleichzeitig oder besser vorher noch sicherstellen, dass Plutos nicht mit den geschmiedeten Gegenständen die Macht ergriff.

»Wie ich sehe, hast du die Antwort auf deine Frage selbst gefunden.«

Sie zuckte zusammen. Vermochte der Gott ihre Gedanken zu lesen? Doch es war einerlei, denn ihre Absichten waren rein. Sie wollte den Göttern helfen ihre ursprüngliche Macht zurückzubekommen. Dass sie nebenbei Achill vor ihrem Zorn bewahren und hoffentlich auch ein Happyend für sie herauszuschlagen versuchte, daran war schließlich nichts auszusetzen.

»Ich muss Plutos daran hindern, alle Gegenstände in seinen Besitz zu bekommen. Ich habe bereits den Ring, den Armreif und die Feder, die restlichen drei muss ich noch finden. Das wären das Diadem von Persephone, das Füllhorn von Demeter und ... Welchem Gott hast du das letzte Teil geschmiedet?«

»Das werde ich dir nicht verraten. Auch du darfst nicht sämtliche Geschmeide in deinen Besitz bringen. Niemand darf das.« Schon wandte sich Hephaistos ab und langte nach seinem Hammer, als er sich ein letztes Mal halb umdrehte. »Du musst die Geschichte hinter den Gegenständen erforschen. Nur wenn du sie kennst, wirst du Plutos' Plan verstehen.«

Mit den Worten wurde sie regelrecht aus seiner Schmiede geworfen. In rasender Geschwindigkeit drückte sie eine Übermacht zurück, worauf sie durch die Luft flog. Sie zog den Kopf ein, spannte alles an, in der Angst, jeden Moment gegen die Höhlenwand zu knallen, doch unvermittelt drang das Blau des Himmels in ihr Sichtfeld und sie landete auf einer wilden Wiese.

KAPITEL 3

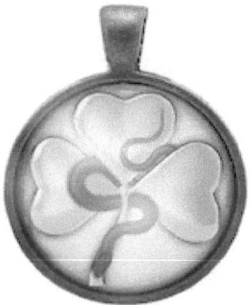

Der Aufprall war hart, doch sie war unverletzt. Während sie sich über den schmerzenden Hintern rieb, schaute sie sich neugierig um. Wohin hatte Hephaistos sie gebracht?

Um sie herum wiegte Gras im lauen Wind und die Sonne brannte ungebremst auf sie darnieder. In Laufweite wuchsen Obstbäume und in der Ferne zeichnete sich das Glitzern des Meeres ab. Kein Gebäude war weit und breit in Sicht. Was sollte sie an diesem verlassenen Ort tun?

Im Detail ließ sie sich die Worte von Hephaistos durch den Kopf gehen. Sie sollte die Geschichte hinter den geschmiedeten Artefakten erforschen. Worauf wollte er hinaus? Gab es außer dem Grund, weshalb sie gefertigt wurden, einen weiteren Zusammenhang? Wahrscheinlich, sonst hätte er es nicht erwähnt.

Augenblick. Dädalos hatte von Plutos' Ring als dem Ring der Erwählten gesprochen. Womöglich hatten die übrigen Gegenstände ebenfalls Beinamen. Und diese Beinamen lieferten ihr womöglich die Hinweise, die sie brauchte, um Plutos' Machenschaften zu verstehen.

Ellis Augen weiteten sich. Sie war auf der richtigen Spur. Sie spürte es.

In die Innenseite des Rings der Auserwählten hatte Hephaistos ihren Namen eingeritzt. Lag das daran, dass sie der Auslöser war, aufgrund dessen die Schmuckstücke gefertigt werden mussten, oder spielte sie darüber hinaus eine Rolle? Hatte Plutos sie tatsächlich wegen ihrer Abstammung von Zeus erwählt?

Gedankenverloren erhob sie sich und wanderte über die Wiese. Nicht mehr lange und die ungebremste Sonne trocknete ihre Kehle aus, weshalb sie sich einen Schattenplatz suchen musste. Die Grashalme strichen um ihre Knöchel und Waden, doch sie beachtete es kaum. Sie musste die anderen Beinamen erforschen. Dass sie darüber etwas in den von Menschen geführten Bibliotheken fand, war kaum denkbar. Selbst in Athen hatte sie nur wenig zu den Schmiedestücken herausgefunden.

Bestimmt kannten die Götter, denen die Artefakte geschmiedet worden waren, die Beinamen. Folglich müsste Hermes wissen, was es mit seiner Feder auf sich hatte, Aphrodite wusste mehr über ihren Armreif, Demeter über das Füllhorn und Persephone über das Diadem – nur dass die beiden letztgenannten Göttinnen es ihr sicherlich nicht anvertrauten. Aber vielleicht gab es eine andere Möglichkeit, dahinterzukommen. Schritt für Schritt. Erst einmal würde sie Hermes befragen.

Sie holte die Feder aus ihrem Beutel, rieb darüber und stellte sich den Götterboten vor.

»Hermes, ich brauche dich.«

Wind kam auf, ein leises Flattern war zu hören und einen Wimpernschlag später stand der jugendliche Gott vor ihr, im Gesicht ein freches Grinsen.

»Na, hast du mich vermisst?« Er zwinkerte ihr zu.

»Und wie.« Sie schmunzelte. Niemals hätte sie sich vorgestellt, eines Tages mit einem der olympischen Götter zu scherzen. »Ich brauche deine Hilfe. Und zwar muss ich die Geschichte hinter den sechs Artefakten erkunden, die Hephaistos für euch geschmiedet hat. Weißt du, welchen Beinamen deine Feder bekommen hat?«

Er legte die Stirn in Falten, die Mimik ungewohnt verschlossen. Dabei fixierte er sie mit seinen Augen, als könnte er ihre Gedanken lesen. »Natürlich. Wozu musst du das wissen?«

»Wahrscheinlich hilft es mir herauszufinden, was Plutos vorhat. Anscheinend versucht er, alle sechs Gegenstände in seinen Besitz zu bekommen.«

Hermes lachte auf, die Brauen zog er dabei amüsiert in die Höhe. »Das wird ihm nie gelingen. Die Götter hüten die Schmiedestücke besser als ihren Ambrosia und Nektar.«

»Offenbar tun sie das nicht.«

Sie hob die Hand, in der nicht nur seine Feder lag, sondern an der darüber hinaus Plutos' Ring und der Reif von Aphrodite prangten.

Ungläubig trat der Götterbote näher, beugte sich vor, doch außer seine Feder berührte er keines der Schmiedestücke. Er pfiff lautstark, eine Augenbraue erhoben. »Wieso bist du in ihrem Besitz?«

»Den Ring habe ich mir aus Versehen selbst angesteckt, den Armreif hat mir Plutos zum Geburtstag geschenkt und deine Feder habe ich durch meinen Vater bekommen.«

Hermes schluckte, ungewohnt ernst. »Du bist im Besitz dreier Gegenstände. Das ist nicht gut. Das ist überhaupt nicht gut.«

»Hephaistos war auch nicht begeistert, aber ihr könnt mir glauben, ich würde sie niemals verwenden, um euch zu schaden.« Sie hielt ihm die Hand entgegen. »Nimm die Feder an dich, dann sind es nur noch zwei. Aber pass auf, dass Plutos sie dir nicht stiehlt.«

Misstrauisch beäugte Hermes sie. »Wieso gibt er dir zwei der Gegenstände? Er muss doch wissen, welche Kraft in ihnen ruht.«

Sie zuckte mit den Achseln. »Vielleicht, damit er jederzeit über sie verfügen kann, es aber zugleich niemandem auffällt, dass er bereits zwei Artefakte gesammelt hat. Ich frage mich, ob Hephaistos gewissermaßen der Hüter der Dinge ist und mitverfolgt, wo sie sich befinden. Wenn Plutos zwei davon erst mal bei mir parkt, gerät er nicht so schnell in Verdacht.«

»Drei Gegenstände, schließlich hast du zusätzlich meine Feder.«

Elli grinste. »Von der weiß er nichts.«

Hermes zog eine seiner geschwungenen Brauen hoch. »Bist du sicher?«

»Ich habe sie ihm zumindest nicht gezeigt oder davon erzählt. Es war das Geheimnis meines Vaters, den Plutos offenbar getötet hat.«

Hermes ließ sich ins Gras fallen und streckte die langen gebräunten Beine von sich, während er sich mit den Händen hinter dem Rücken abstützte, worauf sie sich ebenfalls auf die Wiese setzte. Nachdenklich betrachtete er sie. »Aus welchem Grund gibt er dir die Gegenstände?«

»Wie ich schon gesagt habe vielleicht deshalb, damit Hephaistos nicht misstrauisch wird. Das ist natürlich nur eine Vermutung. Ich weiß nicht, ob Hephaistos wirklich über die Artefakte wacht, aber ich habe den Eindruck – denn er wusste sofort, dass ich drei davon bei mir trage. Ich glaube, er versucht mir zu helfen. Zumindest hat er mich dazu gedrängt, mehr über die Beinamen herauszufinden.«

Hermes schaute auf, den Blick nicht minder misstrauisch als zuvor, doch nachdem er sie und ihre Hand, mit der sie ihm noch immer die Feder entgegenstreckte, gemustert hatte, schwand die Skepsis aus seiner Mimik. Langsam nahm er die Feder an sich und betrachtete sie von allen Seiten, die Lippen zu einem versonnenen Lächeln verzogen. Es war sein Artefakt und es war unverkennbar, wie stolz er darauf war.

»Das ist die Feder des Glücks.«

Unwillkürlich wanderte ein Schauder über Ellis Rücken. Der Name klang positiv, dennoch wurde ihr durch seine Worte klar, dass sich tatsächlich eine Geschichte hinter den Artefakten verbarg, so wie Hephaistos es angekündigt hatte. Eine Geschichte, die Plutos für sich nutzte.

»Weshalb trägt sie diesen Beinamen?«

»Sie bringt ihrem Träger Glück, doch das ist nicht der einzige Grund. Es geht auch um das Geschick selbst, um das, was geschrieben steht und unumkehrbar ist. Die Feder schützt das Schicksal und hilft, das Beste daraus zu machen. Denn auch wenn unsere Geschichte längst geschrieben steht, so entscheiden wir doch immer wieder aufs Neue, was wir davon annehmen, wie wir die Umstände gestalten und wie wir aus Prüfungszeiten hervorgehen.«

Die Feder des Glücks und der Ring der Erwählten. Beide waren gleichermaßen bedeutsam, dennoch ergab sich dadurch kein Gesamtbild. »Kennst du auch die Beinamen der anderen Gegenstände?«

Er zeigte auf den goldenen Reif, der sich um ihr Handgelenk wand. »Das ist der Reif der Liebe, der Liebe in all ihren Facetten.«

Elli schmunzelte. »So etwas habe ich mir bereits gedacht. Schließlich gehört er Aphrodite.«

Hermes verzog die Mundwinkel zu einem amüsierten Grinsen, doch mehr sagte er nicht dazu. Wenn jemand mehr darüber erzählen konnte, war es ohnehin Aphrodite. Wobei, Hephaistos sicherlich auch, aber der wollte ihr leider durch sein Wissen zu keinem Vorteil verhelfen.

»Weißt du, welche Beinamen das Diadem von Persephone und das Füllhorn von Demeter haben?«

Er schüttelte den Kopf.

»Und das sechste Artefakt? Was ist das überhaupt?«

Hermes fuhr sich durch seine dunklen Locken. »Das weiß ich nicht. Hephaistos hat im jeweiligen Beisein des zuständigen Gottes die Gegenstände geschmiedet. Ich wüsste nicht, wer außer ihm eine Ahnung haben könnte. Du hättest ihn fragen sollen.«

»Das habe ich, aber er will es mir nicht verraten.«

Hermes zuckte mit den Schultern. »Das ist schlecht, aber auch Hephaistos muss sich an gewisse Regeln halten. Mhm … wer sonst … Zeus weiß es sicherlich, doch den Göttervater sollten wir besser gar nicht erst in die Geschichte mit hineinziehen.«

Sie nickte, völlig seiner Meinung. Schon allein der Gedanke an den größten der Götter ließ sie erblassen.

Hermes betrachtete die Feder und legte sie ihr unvermittelt zurück in die Hand. Staunend sah sie von dem Metallstück zu ihm, in der Handfläche ein warmes Kribbeln.

»Wieso gibst du sie mir?«

»Weil ich dir vertraue, Helena.«

Sie wollte ihn bitten, sie Elli zu nennen, um die Trennungslinie zwischen sich und ihrem mythischen Ich zu ziehen, doch das Gefühl, dass er noch mehr dazu sagen wollte, ließ sie zögern.

Hermes blickte sie an, ein Schmunzeln auf den Lippen, dennoch war er ernster als gewöhnlich. »Ich glaube nicht, dass du mit Plutos unter einer Decke steckst. Auch wenn er dich mit zwei Gegenständen versorgt hat, so sind es welche, die vermutlich seinem Plan dienlich sind. Mit der Feder besitzt du ein Geschmeide, das auf unserer Seite steht, auf das du dich verlassen kannst.«

»Danke, das weiß ich sehr zu schätzen.« Glück konnte jeder gut gebrauchen – und sie und Achill im Moment ganz besonders. Sie betrachtete die Feder ehrfürchtig, bevor sie sie zurück in ihren Beutel gleiten ließ. »Weißt du, wie ich die Geschichte hinter den Artefakten erforschen kann?«

Nachdenklich zählte er an den Fingern ab. »In den Bibliotheken der Menschen wirst du nichts dazu finden, Hephaistos will es dir nicht verraten, da bleibt nur noch eins.« Seine Augen blitzten vergnügt, als hätte er sich bereits eine neue Schandtat ausgedacht.

Hin- und hergerissen zwischen Besorgnis und Hoffnung beobachtete sie ihn gespannt. »Was bleibt uns?«

»Cheirons Bibliothek.«

Sie schnappte nach Luft. »Der Zentaur, der Achill erzogen hat? Wieso hat er mir nichts davon erzählt?«

Hermes grinste. »Weil er niemanden freiwillig hineinlässt. Aber mit mir kannst du unbemerkt dorthin gelangen.«

Unbehaglich strich sich Elli über die Arme. Cheiron war ihr gegenüber äußerst zurückhaltend gewesen. Offenbar nahm er es ihr übel, in welche Bredouille sie Achill gebracht hatte. Andererseits war er es gewesen, der ihr die Hintergründe, die Vergangenheit gezeigt hatte und damit eine Möglichkeit gegeben, zu beweisen, dass sie nichts Schlechtes im Sinn hatte. Sie wollte es sich nicht unnötig mit ihm verscherzen. Aber natürlich war die Bibliothek eine hervorragende Möglichkeit. »Wollen wir ihn nicht einfach fragen?«

Hermes grinste, den Schalk in den Augen. »Ach was. Ich bin ein Gott, mir wird er nicht zürnen.«

»Mir aber, und das wäre nicht der erste Grund, den ich ihm liefere.«

»Dann sollten wir uns besser nicht erwischen lassen.« Schneller, als sie ein Widerwort einlegen konnte, fasste er sie an der Hand und zog sie mit sich. Die Umgebung verschwamm, sie spürte nicht länger Grashalme um ihre Knöchel streifen und warme Sonnenstrahlen auf ihrer Haut. Stattdessen umfing sie Dämmerlicht, dunkler Rauch, schon glaubte sie sich in einer Zwischenwelt, als sie endlich festen Boden unter den Füßen hatte. Hermes ließ ihre Hand los, offenbar waren sie angekommen.

Staunend blickte sie sich um, tunlichst darauf bedacht, kein Geräusch zu verursachen. Sie befanden sich in einer Höhle, in die durch zwei Fenster nur spärlich Tageslicht hereinschien. Bevor sich ihre Augen an das diffuse Licht gewöhnten, knisterte es und Hermes hielt eine brennende Öllampe in der Hand. Das Licht drängte die Schatten zurück, sodass sie den Raum problemlos überblicken konnte.

Es gab keine Tische oder Stühle – wozu auch. Mit seinem Pferdeleib würde sich Cheiron nicht daraufsetzen können. Vermutlich las er im Stehen oder Liegen. Dafür waren die Wände regelrecht tapeziert mit Schränken und Regalen, in denen Schriftrollen und Tafeln lagen. Eine Holztür verschloss den Raum. Doch sie führte nicht neben den Fenstern nach draußen, sondern tiefer in die Höhle hinein. Handelte es sich um einen Nebenraum der Höhle, in der Achill lag und in der Cheiron sie in dem Feuer ihre Vorgeschichte hatte sehen lassen?

Auf Zehenspitzen schlich sie zur Tür und legte ein Ohr daran. Nichts war zu hören.

Hermes lachte auf – viel zu laut dafür, dass sie sich unerlaubterweise in der Bibliothek befanden. »Was tust du?«

»Ich will wissen, ob Cheiron und Achill nebenan sind.« Ihr Herz klopfte schneller, nur weil sie seinen Namen ausgesprochen hatte. Es polterte in ihrer Brust, als wollte es durch die Wand direkt in seine Arme preschen. Die Sehnsucht nach ihm drohte sie zu überwältigen, weshalb sie die Augen für einen Augenblick schloss.

»Dort sind sie nicht.« Offenbar konnte Hermes ihr die Gefühle vom Gesicht ablesen, denn seine Mimik wurde weicher. »Wir werden schon einen Ausweg finden. Ich werde nicht zulassen, dass sie ihn für etwas bestrafen, das er aus Liebe getan hat.«

Tränen schlichen sich in ihre Augen, doch sie blinzelte sie beiseite. Ein Kloß bildete sich in ihrem Hals, den sie entschieden hinunterschluckte, um ihre gewohnte Selbstsicherheit zurückzuerlangen. »Danke.«

Hermes hielt ihr die Hand entgegen. »Komm, wir finden eine Lösung. Und jetzt suchen wir nach Antworten.«

Sie nickte, ergriff seine Hand und während sie seine göttliche Energie spürte, die ihr zusätzliche Kraft verlieh, wusste sie, dass sie etwas sehr Wertvolles bereits gefunden hatte. Einen Freund.

KAPITEL 4

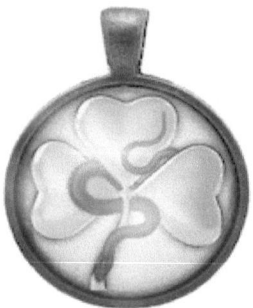

Hermes und Elli beugten sich im Licht der Öllampe über unzählige Schriftrollen und Tafeln, in denen jahrhundertealtes Wissen über Heilkunde, Sternkunde und taktische Kriegsführung niedergeschrieben war. Für Elli unfassbar spannend, weshalb es ihr schwerfiel, alles zu überfliegen, das für ihr momentanes Anliegen irrelevant war.

Neben all dem Wissen bargen die Texte Mythen, von denen ihr manche nicht bekannt waren. Über welch eine Bildung musste Achill verfügen, wenn er von einem Lehrmeister unterrichtet wurde, der all diese Schriften zur Verfügung hatte?

Wie gern würde sie ebenfalls Stunden an diesem Ort verbringen, ach was, Tage, Wochen, Jahre, nur um wenigstens einen Bruchteil der Texte zu studieren.

Sie suchte und suchte nach dem Mythos zu den geschmiedeten Artefakten, sorgsam darauf bedacht, weder die Schriftstücke durcheinanderzubringen noch unnötigen Lärm zu verursachen. Hermes neben ihr ging ebenso behutsam vor. Offenbar verbarg sich hinter seinem schalkhaften Benehmen mehr Verantwortungsbewusstsein als erwartet.

Allein die Tatsache, dass er bei ihr war, schenkte ihr die Zuversicht, die sie brauchte, um nicht aufzugeben, auch wenn Stunden vergingen, während sie in der privaten Bibliothek suchten.

Elli strich sich mit dem Arm über die Stirn, allmählich erschöpft, als Hermes ihr ein Wachstäfelchen unter die Nase hielt.

»Schau mal, ich habe etwas.«

»Endlich.« Sofort kehrten ihre Kräfte zurück und sie beugte sich über den Text. Zum Glück war ihr Altgriechisch tadellos, weshalb sie die Zeilen ohne Probleme entziffern konnte.

DIE SECHS PFEILER DER MACHT

Ungläubig schaute sie auf. »Pfeiler der Macht? Bist du sicher, dass …?«

Er nickte lediglich und deutete auf den Text, worauf sie sich dem Täfelchen zuwandte und weiterlas.

UM DIE MACHT ÜBER DIE ERDE, DEN HIMMEL, DAS WASSER UND DIE UNTERWELT ZU ERLANGEN, BEDARF ES SECHS SÄULEN, AUF DENEN DIE HERRSCHAFT ERRICHTET WIRD.

1) DU BRAUCHST DIE LIEBE, DAMIT DIE ANDEREN, OB GLÄUBIGE ODER GLEICHGESTELLTE, DIR BEDINGUNGSLOS FOLGEN UND VERTRAUEN.

2) DU BRAUCHST DIE KRONE, DIE AUF DEINEM HAUPTE PRANGT UND JEDEM VERDEUTLICHT, DASS EINZIG DU DERJENIGE BIST, DEM SIE FOLGEN WOLLEN.

3) DU BRAUCHST DAS FÜLLHORN DES WOHLSTANDS, DAMIT SIE SEHEN, DASS DU SIE VERSORGEN KANNST, WORAUF IHR VERTRAUEN NOCH MEHR WÄCHST UND SIE AUFHÖREN, DICH UND DEINE HERRSCHAFT ZU HINTERFRAGEN.

4) DU BRAUCHST DAS GLÜCK, DENN BEI ALL DER TÜCHTIGKEIT HILFT ES DIR, DEINE PLÄNE IN DIE TAT UMZUSETZEN.

5) DU BRAUCHST DAS LICHT, MIT DEM DU DIE SORGEN DER ANHÄNGER VERTREIBST, DENN WIE DIE MOTTE STRÖMEN AUCH DEINE UNTERGEBENEN DEM LICHT ENTGEGEN.

6) DU BRAUCHST EINE ERWÄHLTE, DIE SCHÖNHEIT UND TUGEND VERKÖRPERT UND ALS DEIN MEDIUM DEINE BEFEHLE AN DIE UNTERGEBENEN HERANTRÄGT, DENN NICHTS WIRKT SO HARMLOS WIE EIN BEFEHL VON DEN LIPPEN EINER WUNDERSCHÖNEN FRAU.

Elli schauderte. Da war er. Der Plan. Plutos' Plan. Und sie war als Punkt Nummer sechs gemeinsam mit dem verflixten

Ring der Erwählten ein Teil davon. Ihre Stimme brach, weshalb sie sich räusperte. »Woher hat Cheiron diese Schrift? Wer hat sie verfasst? Niemand hat unterzeichnet.«

»Das weiß ich nicht, aber ich bezweifle, dass sonderlich viele davon wissen.«

Ungläubig schüttelte sie den Kopf. »Wie kommt es, dass Hephaistos genau diese sechs Dinge geschmiedet und die Götter ihre Kräfte hineingelegt haben?«

Hermes schnaubte auf. »Offensichtlich war einer von denjenigen, mit denen wir uns beratschlagt haben, nicht unvoreingenommen. Bestimmt arbeitet jemand mit Plutos zusammen.«

Das musste es sein, denn Plutos selbst war zu unwichtig, als dass er die Götter dazu hätte bringen können, ihre Macht derart aufzuteilen. Jemand musste ihm zur Seite stehen. »Wer war dabei, als ihr euch entschieden habt, Hephaistos die Artefakte schmieden zu lassen?«

Hermes zählte an den Fingern ab. »Zeus, Poseidon, Hades, Apollon, Artemis, Demeter, Aphrodite, Ares, Athena, ich, Hera, und Hephaistos.«

»Plutos nicht?«

Hermes schüttelte den Kopf.

»Das heißt, einer der Götter selbst arbeitet mit ihm zusammen?«

Sein Blick verfinsterte sich. »Davon müssen wir ausgehen.«

Mit wem würde sich Plutos verbünden? Mit seiner Mutter Demeter oder seiner Schwester Persephone vielleicht? Steckte womöglich sogar Hades als sein Schwager mit drin? Aber als Fürst der Unterwelt hatte er bereits eine gewichtige Rolle, ebenso wie Persephone als seine Gemahlin.

»Glaubst du, seine Mutter Demeter selbst war es?«

Hermes' Blick ging nachdenklich ins Leere, doch dann schüttelte er demonstrativ den Kopf. »Das glaube ich nicht. Sie liebt die Menschen und die Feste, die sie für sie zelebrieren. Sie spielt eine außergewöhnlich große Rolle im Alltag der Gläubigen und würde das niemals aufs Spiel setzen – ebenso wenig wie das Leben ihrer Schützlinge. Sie ist eine Göttin, wie sie sich jeder Gläubige wünschen kann. Sie beteiligt sich eigentlich nie daran, wenn wir spielen, und sie ist äußerst friedfertig. Die personifizierte liebende Mutter, nur dass sich diese Liebe nicht nur auf ihre Kinder, sondern all ihre Schützlinge ausweitet.«

Das klang plausibel. Sie hätte sich die Göttin der Ernte auch nicht hintertrieben vorstellen können. Aber schließlich war Elli ihr noch nie begegnet und kannte sie nur aus Mythen und von bildlichen Darstellungen. »Wer sonst käme als Plutos' Verbündeter infrage?«

Hermes fuhr sich mit der Hand in den Nacken. »Spekulieren bringt uns nicht weiter, Helena. Wir müssen den sechsten Gegenstand finden, um den kleinen Wichtigtuer und seinen Verbündeten aufzuhalten.«

»Du hast recht.« Mit dem Finger suchte sie auf dem Täfelchen nach der Stelle und tippte darauf. »Das Licht, mit dem Plutos die Sorgen seiner Anhänger vertreiben soll. Licht … Meinst du, Hephaistos hat für Zeus ein Blitzbündel geschmiedet?«

Langsam nickte Hermes. »Das wäre naheliegend. Kein anderer Gott gebietet über das Licht. Außerdem kann ich mir nicht vorstellen, dass Zeus als Göttervater keinen Gegenstand bekommen hat. Wenigstens können wir bei ihm davon ausgehen, dass Plutos ihn nicht in die Finger bekommt.«

»Wollen wir es hoffen.« Um ehrlich zu sein, kannte sie ihren langjährigen Verlobten gut genug, weshalb sie nicht ausschloss, dass es ihm sogar gelingen konnte, dem großen Zeus persönlich sein Blitzbündel abzuluchsen. Er war schon immer ein Trickser gewesen, jemand, der unzählige Ideen hatte, um seinen Willen durchzusetzen. Um alles zu bekommen, was er wollte.

Andererseits durfte sie Zeus erst recht nicht unterschätzen. Er war der Göttervater, hatte sich gegen Kronos, die Giganten und so manch andere Gefahr durchgesetzt und war gewiss nicht jemand, den man so leicht hinters Licht führte.

Hermes legte ihr die Hand an den Oberarm, die Miene angespannt. »Du bist ebenfalls Teil des Plans, folglich müssen wir auch auf dich aufpassen.«

Sie nickte, plötzlich nicht mehr dazu in der Lage zu schlucken. Wenn sie nicht mitmachen wollte, konnte Plutos sie dennoch dazu zwingen? Verfügte er über Mittel und Wege? Nein, daran wollte sie nicht glauben. Sie durfte ihn nicht mächtiger machen, als er war. Sie würde einen Weg finden, sich ihm zu verweigern. Athena hatte ihr geraten, auf ihr Wissen zu bauen, auf ihren Verstand, und das würde sie tun.

Der Götterbote betrachtete den Ring und den Armreif an ihrer Rechten. Er streckte die Hand danach aus, doch bevor er sie berührte, zog er sie wieder zurück. »Bist du in der Lage, die Schmuckstücke abzulegen?«

»Ich bin mir nicht sicher.« Sie umfasste den Ring, ohne daran zu ziehen oder ihn auch nur zu drehen, eine Beklemmung in der Brust. »Dädalos hat mir gesagt, dass sich die Braut vor mir den Ring vom Finger gezogen hat und daraufhin gestorben ist. Ich weiß nicht, ob das auch für den Armreif gilt, aber … du verstehst bestimmt, weshalb ich zögere, es zu testen.«

Hermes legte die Hand auf ihre, um sie daran zu hindern, falls sie doch auf die Idee kommen sollte, eines der Schmuckstücke vom Fleck zu bewegen. Dabei berührte er weder den Ring noch den Armreif. »Das war mir nicht bekannt. Wer ist dieser Dädalos?«

»Ein Gelehrter aus Athen, den ich durch Zufall kennengelernt habe. Er hat mir geholfen, die Dinge zu verstehen. Außerdem wird er in Zukunft ein Buch über die göttlichen Artefakte und den Mythos schreiben. Bei seinen Recherchen ist ihm allerdings entgangen, dass Plutos diese sechs Pfeiler der Macht als Grundlage gedient haben, denn in dem Inhaltsverzeichnis habe ich kein Kapitel darüber gelesen.«

Dädalos würde niemals einen derart wichtigen Punkt außer Acht lassen, wenn er davon wüsste. Und wenn nicht einmal die Götter eine Ahnung von dem Täfelchen hatten, wie sollte es dann ein einfacher Gelehrter aus Athen haben?

Hermes betrachtete sie versonnen, wieder den Schalk in den Augen. »Ob es wirklich Zufall war, dass du dem Gelehrten begegnet bist, oder nicht vielmehr die Feder des Glücks?«

Wer konnte das schon sagen? Elli schmunzelte, bis ihr etwas einfiel und sie Hermes einen mitleidigen Blick zuwarf. »Bei meiner ersten Begegnung mit Dädalos war ich noch nicht im Besitz der Feder.«

Hermes machte eine wegwerfende Handbewegung. »Trotzdem glaube ich nicht an Zufälle. Sie war dir durch deinen Vater hinterlegt worden und ihr Glück hat sicherlich schon lange auf dich gewirkt.« Er zwinkerte ihr zu und sie beließ es dabei, beugte sich stattdessen ein weiteres Mal über die Tafel. Vielleicht hatte sie etwas überlesen, irgendetwas noch nicht in ihrem Gedächtnis abgespeichert, das sie später brauchte. Schon immer hielt sie es mit dem Leitspruch, Wissen ist Macht.

Hermes deutete auf den Tisch. »Leg die Tafel zurück. Wir haben erfahren, weshalb wir gekommen sind. Jetzt müssen wir herausfinden, wie weit Plutos in der Umsetzung seines Plans gekommen ist.«

»Glaubst du, Persephone und Demeter haben ihm ihre Gegenstände überlassen?« Auch wenn sie nicht mit ihm zusammenarbeiteten, war es durchaus vorstellbar, dass sie ihm auf Bitten die Artefakte aushändigten.

»Nicht, wenn sie ahnen, was er damit vorhat. So etwas geht über familiäre Bande hinaus – zumal wir irgendwie alle familiär verbunden sind. Ich werde herausfinden, was sie dazu sagen.« Mit den Worten umfasste er Ellis Hand, zog sie aus der Höhle durch Schatten, Nebel und Licht, bis er sie unvermittelt losließ, ein kurzes »Bis später« rief und sie erneut auf der wilden Wiese landete, auf der sie vor ihrem Ausflug gewesen war.

Überrumpelt von der schnellen Aktion blinzelte sie dem Sonnenlicht entgegen und breitete die Arme aus, um durch den Schwung nicht ins Gras zu fallen. Sobald sie sich ausbalanciert hatte, seufzte sie auf. Schon wieder alleine auf dieser wilden Wiese. Wenigstens war sie weiter als vor Hermes' Besuch und es gab vieles, über das sie nachdenken musste.

Die Sonne war brütend heiß, weshalb sie loslief, auf der Suche nach einem Schattenplatz und Wasser, bis sie eine Idee bekommen würde, wie sie weiter vorgehen sollte.

Hermes hatte den Ring und den Armreif nicht berührt. Nicht ein einziges Mal. Mehrmals hatte er die Hand ausgestreckt, doch jedes Mal zurückgezogen. Konnte es sein …? Konnten die Götter nur ihre und nicht die Artefakte der anderen Götter berühren? Sollte sie deshalb Plutos helfen? Weil er selbst die Gegenstände weder aufbewahren noch verwenden konnte?

Moment, aufbewahren konnte er sie. Wie sonst hätte er ihr den Armreif von Aphrodite zum Geburtstag schenken sollen? Hatte er ihn angefasst oder sie ihn sich selbst umgelegt? Sie erinnerte sich nicht, war berauscht von dem Duft der Rosen gewesen, mit dem er sie versucht hatte gefügig zu machen. Aber ohnehin war das in der anderen Welt, in der Gegenwart geschehen. Womöglich galten dort andere Regeln.

Durch die Gedankenflut lief sie langsam, achtete kaum auf den Weg und spielte mit einer Strähne, als sich etwas veränderte. In der Luft um sie herum, in der Atmosphäre.

Unvermittelt klopfte ihr Herz schneller, ihr Atem beschleunigte sich und die feinen Härchen in ihrem Nacken stellten sich auf. Jemand kam und noch bevor sie ihn sah, wusste sie, um wen es sich dabei handelte. Ihr Herz sprang beinahe aus ihrer Brust. Vor Freude, vor Glück. Langsam, aus Angst, dass sie sich doch irren könnte, drehte sie sich um und sah sich ihm gegenüber.

»Achill …«

Seine dunkelblauen Augen ruhten auf ihr, eine Sehnsucht darin, wie sie sie in sich selbst wiederfand. Er trug die typische griechische Männertracht, das Gewand mit zwei goldenen Gewandnadeln auf den Schultern befestigt, einen Ledergürtel um den Bauch. Sein scharfkantiges Gesicht war noch ein wenig blass, dennoch stand er breitbeinig vor ihr, die Muskeln angespannt, wodurch er in keinster Weise verletzlich wirkte oder als hätte er bis vor kurzem um sein Leben gekämpft. Ein Schmunzeln lag auf seinen Lippen, als er die Arme ausbreitete und auf sie zutrat.

Elli konnte nicht länger zögern. Sie war nicht in der Lage, sich zurückzuhalten, ihre Gefühle zu unterdrücken, ihre Sehnsucht. Wieso auch? Sie stürzte sich in seine Arme und er fing sie bereitwillig auf, ein Staunen in den Augen.

»Geht es dir gut?« Seine Stimme. Wie sehr hatte sie diesen tiefen, ruhigen Bass vermisst.

Ohne auf seine Frage einzugehen, verlor sie sich in seinen dunkelblauen Augen, diesen Augen, die sie aus ihrem vorherigen Leben kannte, an die sich ihre Seele erinnerte, ebenso wie an den Klang seines klopfenden Herzens. Jetzt, da sie sich an ihre gemeinsame Vergangenheit erinnerte, sah sie ihn mit anderen Augen.

»Ich weiß alles.« Mit den Worten legte sie die Arme um seinen Hals, stellte sich auf die Zehenspitzen und reckte ihm das Kinn erwartungsvoll entgegen.

Seine Augen weiteten sich für einen Moment, bevor sich sein Blick verschleierte und er den Kopf senkte. Es war, als stünde die Zeit still, der Wind, ihre Probleme, selbst das Spiel der Götter, nun, da sie einander gefunden hatten. Endlich berührten sich ihre Lippen, nach all der Zeit. Funken tanzten zwischen ihnen und eine Wärme spülte durch ihren Körper, worauf sie sich näher an ihn drückte.

Sogleich umschlang er sie und presste sie an sich, hob sie dabei hoch, während er wie ausgehungert den Mund nicht von ihrem löste. Sie waren dort, wo sie hingehörten, ihre Herzen klopften Brust an Brust, ihr Atem vermischte sich und sie fühlten die Sehnsucht, teilten sie miteinander, die sie all die Jahre verzehrt hatte.

»Achill …«

Als sie seinen Namen flüsterte, entwich ihm ein Knurren und er fuhr mit den Händen über ihren Rücken, strich über ihre Arme und seiner Berührung folgten Gänsehautschübe. Sie war nicht in der Lage zu denken, nur zu fühlen. Zu nehmen und zu geben. Zu tauschen und miteinander zu sein.

Endlich ließ er es zu, endlich stieß er sie nicht mehr von sich und verschmolz mit ihr. Ein Seufzer entfuhr ihrer Kehle, worauf er sie noch enger an sich drückte.

Gleichzeitig ergriff eine dunkle Macht von ihr Besitz. Eine Macht, die nicht in diesen Augenblick gehörte. Etwas zog an ihr, zerrte sie fort von ihm. Sie wollte schreien, sich an ihm festklammern, doch die fremde Kraft war übermächtig.

Achill erkannte die Situation sofort. Ein Schrecken in den dunkel aufbrausenden Augen versuchte er sie bei sich zu halten, sie durch seine übermenschliche Kraft und seinen Willen zu schützen, doch selbst ihm, dem stärksten und größten der Heroen, fehlte die Macht dazu.

»HELENAAAA …« Sein Schrei ging durch alles hindurch, drang durch Mark und Bein und folgte ihr dorthin, wo sie nicht sein wollte.

Sie wusste nicht, ob er ihren Namen wirklich rief oder ob es sein Herz war, das sie hörte. Im nächsten Augenblick verloren sie den Körperkontakt. Sie entglitt ihm und sah nichts als weißen Nebel.

KAPITEL 5

ACHILL

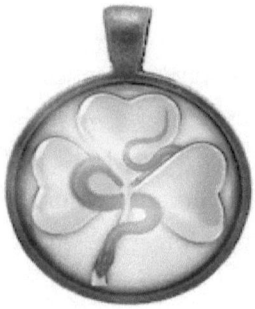

»Verdammt, wieso habe ich es nicht kommen sehen?« Er rannte in die Schatten, die großen Hände zu Fäusten geballt. Warum hatte ihn der alte Zentaur auch so lang ruhen lassen? Er hätte längst zu ihr gehen und sie unterstützen müssen. Sie konnte diesen Kampf nicht ohne ihn gewinnen. Nicht, wenn die Götter spielten. Denn wenn er eines wusste, dann war es das: Die Götter hielten sich niemals an Regeln.

Aber wie sehr er sich auch beeilte, welche verborgenen Schleichwege er wählte, er vermochte ihr nicht zu folgen zu demjenigen, der sie ihm entrissen hatte.

»Du wusstest, was geschieht, wenn du dich erneut auf sie einlässt.«

Er presste die Zähne aufeinander, doch er vermochte sich nicht zu zügeln. Die Erde erbebte, als er mit der Faust gegen eine Felswand schlug und zugleich einen markerschütternden Schrei ausstieß. Einen Schrei, wie ihn die Unterwelt noch nie gehört hatte.

Unbeeindruckt von Achills Zurschaustellung seiner Macht blieb der andere ruhig. »Ihr zwei dürft nicht zusammen sein. Die Moiren haben das Schicksal neu geschrieben. Du hast sie aufgegeben.«

»Doch nicht, damit sie ein Leben an seiner Seite fristen muss.« Seine Stimme hatte nichts von der üblichen Ruhe, stattdessen brüllte er die Worte, doch der andere zuckte kein bisschen zusammen.

»Sie selbst hat den Weg gewählt.«

»Aber nur, weil sie nicht wusste, worauf sie sich einlässt. Sie hätte es nicht tun dürfen.«

»Doch, das musste sie. Du weißt, es obliegt ihr, die Schuld zu tilgen.«

»Schuld, Schuld. Immer redest du von Schuld. Was ist mit Verantwortung?«

»Die habt ihr beide, der Ordnung gegenüber. Nur wenn ihr sie wieder ins Lot bringt, habt ihr die Chance, der drohenden Strafe zu entkommen.«

Achill horchte auf. Sah der weise Zentaur einen Ausweg? Kannte er ihn? Er hasste es ohnehin, mit seinem Lehrmeister zu streiten. Wenn Cheiron eine Idee hatte, würde er klein bei geben.

Er hielt inne, wandte sich demjenigen zu, der schon immer die Stimme der Vernunft gewesen war.

»Wie kann ich die Welt ins Gleichgewicht bringen?«

»Das weißt du. Der Stab muss übergeben werden und ihr müsst euch der göttlichen Strafe unterwerfen. Nur im Angesicht von Demut könnte Zeus Gnade walten lassen.«

»Ich werde gewiss nicht riskieren, dass Zeus Helena hart bestraft. Auch wenn er ihr Vater ist, weiß ich nicht, was die anderen Götter, insbesondere Asklepios selbst fordern. Ich würde sie niemals dieser Gefahr aussetzen. Und wenn ich den Stab zurückgebe, kann ich nicht mehr zwischen den Welten wandeln und ihr helfen, Plutos zu entkommen.«

»Das obliegt ohnehin nicht dir.«

»Doch, das tut es. Ich muss ihr helfen.«

»Jeder ist selbst für sich und sein Glück verantwortlich.«

»Und für das desjenigen, den man aus tiefstem Herzen liebt.«

Mit den Worten wandte er sich ab und rannte noch schneller durch die Schatten, sodass Cheiron ihm nicht zu folgen vermochte. Oder er wollte es nicht, denn wozu der weise Zentaur in der Lage war, welches Wissen er hütete, über welche Kräfte er verfügte, vermochte niemand im Detail zu sagen. Nicht einmal Zeus selbst.

Angetrieben von der Hoffnung, einen Ausweg zu finden, spannte er sämtliche Muskeln an, als könnte er dadurch die Götter beeindrucken.

Doch er wusste es besser. Er brauchte eine Alternative. Mit Körperkraft allein konnte er diese Schlacht nicht schlagen.

Nicht umsonst galt er als größter Kriegsheld.

Die bevorstehende Auseinandersetzung würde er mit dem Kopf für sich entscheiden, egal welche Mächte die Götter ihm entgegensetzten. Denn die Macht der Liebe trieb ihn an und wenn eines sicher war, dann das: Die Liebe war die stärkste Kraft – und das galt selbst im Kampf gegen die Götter.

KAPITEL 6

Elli sah nichts als weiß. Weiße Wattebäusche überall, egal in welche Richtung sie blickte. Sie streckte die Hände aus, doch ihre Finger gingen durch das Weiß hindurch, als wäre es nur Nebel. Dichter Nebel. »Wo bin ich?«

Ein Lachen erklang, mit dem sie bereits gerechnet hatte.

»Du bist bei mir, schöne Helena. Wo sonst solltest du sein? Du hast zugesagt mich zu ehelichen. Nur auf diese Weise kannst du Achill vor dem Zorn bewahren, der ihn treffen würde, sollte mir den anderen Göttern gegenüber herausrutschen, dass er den Asklepiosstab gestohlen hat. Und ihn noch immer versteckt. Was würde Zeus wohl dazu sagen?«

Sie hasste die Eitelkeit, die aus seiner Stimme herausklang wie ein schiefer Ton aus einem Musikstück.

»Wo sind wir?«

»Du brauchst nicht zu fauchen wie ein Kätzchen, meine Schöne. Du selbst hast den Weg an meiner Seite gewählt, vergiss das nicht.«

Wieso hatte Plutos sie zu sich geholt? Hermes hatte ihn doch aufhalten wollen. Offenbar war ihm das nicht gelungen.

Fordernd blickte sie in die Richtung, aus der die Stimme kam. »Wo sind wir?«

Angesichts ihrer Ungeduld seufzte er scheinbar ergeben auf. Doch sie wusste es besser. Er liebte sie nicht, hatte es nie getan und würde es auch niemals tun. Wenn er ihr etwas sagte, so tat er das zu eigenen Zwecken. Er verfolgte höhere Ziele und nur deshalb war sie an seiner Seite.

»Nicht auf dem Olymp, meine Schöne, denn die Stunde der Hochzeit ist noch nicht gekommen. Aber sei unbesorgt. Hera selbst wird uns im Licht des Sonnenuntergangs trauen, unsere ewige Liebe besiegeln und dann kann uns nichts mehr trennen.«

Hera selbst? Was sollte der Unsinn? Sie war zwar die Göttin der Ehe, aber normalerweise übernahm sie die Rolle des Beistands der Braut und nicht die eines Priesters. Gehörte auch das zu seinem Plan?

Egal in welche Richtung sie schaute, er tauchte nirgends auf. Vermutlich war das Teil seiner Einschüchterungstaktik. Dennoch würde sie nicht vor ihm auf die Knie fallen. Niemals. »Hast du das Brautwasser besorgt?«

»Selbstverständlich. Du glaubst doch nicht wirklich, dass mich dieser kleine Auftrag, dessen Erledigung dein Götterfreund von mir gefordert hat, aufhalten könnte.«

Ein Stich durchfuhr sie. Er wusste es. Wusste, dass Hermes auf ihrer und Achills Seite stand und ihn nur versucht hatte abzulenken. Verdammt. Die Ahnungslose zu spielen, brachte sicherlich nichts, deshalb kam nur eins infrage. Sie musste zum Angriff übergehen.

»Wieso zeigst du dich mir nicht? Du fürchtest mich doch nicht etwa? Deine schöne, einfältige Braut?«

»Einfältig bist du seit deiner Wiedergeburt leider nicht mehr, aber das werden wir ändern. Keine Sorge, schöne Helena, ich habe Mittel und Wege, deinen Willen zu zähmen. Oder was glaubst du, weshalb es so lang gedauert hat, bis du begriffen hast, wer ich bin?«

Das Blut wich ihr aus den Wangen. Er hatte recht. Wie hatte sie in all den Jahren, oder wenigstens den gemeinsamen Tagen in Athen nicht eins und eins zusammenzählen und erkennen können, wer sich hinter seiner selbstgerechten Fassade verbarg? Wieso hatte sie die Verlobung nicht längst gelöst, obwohl sie unglücklich gewesen war – sogar mit Achill Gefühle kennengelernt hatte, die sie mit Phil niemals teilen konnte?

Er lachte leise.

Noch nie kam er ihr gefährlicher vor.

»Obwohl sie dich gewarnt haben, ist dir dennoch ein fataler Fehler unterlaufen. Du hast mich unterschätzt. Aber mach dir nichts draus, meine Schöne. Das tun sie alle. Noch immer.«

»Ich werde mich deinem Willen nicht beugen!«

Sein Lachen wurde lauter, volltönend. Langsam schälte sich seine Silhouette aus dem Nebel, bis er in all seiner Größe und Bedrohlichkeit vor ihr stand. Sein fester Körper stand in starkem Kontrast zu den Wolken, die ihn umgaben, wie um seine Macht zu demonstrieren, ihre Schutzlosigkeit. »Es ist zu spät.«

Wollte er damit andeuten, dass er bereits über die restlichen Artefakte verfügte?

»Was glaubst du, weshalb ich dich in die andere Welt habe zurückgehen lassen? Du denkst doch nicht etwa, du wärst mir entkommen, oder? Nein, all das hatte einen Grund. Ich wusste, dass dein Ziehvater die Feder von Hermes für dich versteckt hat. Doch da Athenas Schutz darauf lag, vermochte ich nicht einmal kurz vor seinem Tod den Ort aus ihm herauszuprügeln.«

Elli schluckte, atmete nur flach, während seine Worte durch ihren Kopf hallten. Er gab es zu. Den Mord an ihrem Vater.

Sie riss sich zusammen, auch wenn alles in ihr danach verlangte ihn anzuschreien, mit ihren Fäusten gegen seine Brust zu schlagen, ihn auf der Stelle zur Verantwortung zu ziehen. Mit Gewalt presste sie die Lippen aufeinander, ballte die Hände zu Fäusten, um ihre Wut im Zaum zu halten.

»Was hast du ihm angetan?« Die Frage entfuhr ihren Lippen, bevor sie wusste, ob sie die Antwort überhaupt hören wollte.

Als wäre all das nicht von Bedeutung, zuckte Plutos gelangweilt mit den Schultern. »Zugegebenermaßen habe ich ihn unterschätzt, aber das spielt ohnehin keine Rolle mehr. Er ist nicht länger ein Problem. Ehrlich gesagt hat es mich allerdings enttäuscht, wie lang du gebraucht hast, das Versteck zu finden, ja überhaupt zu begreifen, dass du deine leiblichen Eltern gar nicht kennst. Da hätte ich dir mehr zugetraut. Wo ist der Scharfsinn der berühmten Archäologin Doktor Helena Achilles?«

Doktor Achilles.

Erst in dem Moment verstand sie.

Hermes hatte ihr den Namen ihres Geliebten als Nachnamen gegeben. Vielleicht, damit sie niemals vergaß, wem sie ihre zweite Chance zu verdanken hatte. Oder damit sie die Hoffnung nicht aufgab.

»Und nun, da du endlich den Brief und damit den letzten Gegenstand gefunden hast, können wir dort weitermachen, wo wir vor all dem Irrsinn mit den Moiren, neuen Schicksalsfäden und der Wiedergeburt aufgehört haben. Nun ist es an der Zeit, unseren Plan zu verwirklichen und die Macht, die uns obliegt, zu ergreifen.«

»Ich werde niemals die Königin an deiner Seite. Ich helfe dir nicht, die griechische Welt zu unterwerfen.«

Plutos lachte gönnerhaft. »Aber Liebchen, das hast du doch längst. Achill ist außer sich, nicht mehr lange und er begeht einen Fehler. Wir müssen nur darauf warten. So oder so kann er uns nicht mehr aufhalten. Mit der Feder, die in deinem Beutel ruht, haben wir fast alle Gegenstände zusammen.«

Fast … In diesem einen Wort steckte mehr Hoffnung, als sie es je gedacht hätte. Etwas fehlte ihm noch und daran musste sie sich festklammern. An dem Wissen, dass es noch einen Weg gab, Plutos aufzuhalten.

Zuversichtlicher als zuvor stemmte sie die Hände in die Seiten. »Ich werde dir nicht helfen. Wir sind kein Team.«

»Doch, das sind wir, schon lange bevor du Achill kennengelernt hast. Und damit du begreifst und endlich den dir entsprechenden Platz einnimmst, werde ich dich sehen lassen. Ich lasse dich sehen, was wir waren, wie wir gemeinsam den Plan ersonnen haben, und sobald du das begreifst, sobald du siehst, was war und was unumstößlich sein wird, wirst du deine Rolle spielen.«

Er lachte und lachte, selbstgefällig wie ein Tyrann, der nichts und niemanden zu fürchten hatte und der bereits an seinem Ziel angelangt war.

Sie wollte ihn anschreien, doch ihre Stimme versagte. Der Nebel vor ihr drehte sich, wirbelte wie ein Orkan schneller und schneller, bis Plutos' Gestalt verschwand. Gleichzeitig erkannte sie in all dem Chaos Bilder, zunächst nur skizzenhaft, die ihr allesamt fremd waren und die dennoch Anklang in ihrem Kopf fanden.

Sie wollte nicht sehen, sich nicht von Plutos einlullen lassen. Er war sich seiner so sicher. Wie konnte er glauben, sie mache bei all dem freiwillig mit, nur weil er ihr etwas aus der Vergangenheit zeigte? Er kannte sie, ihren Willen, ihre Überzeugungen. Woher nahm er das Selbstvertrauen? Was würde er sie sehen lassen? Ohnehin nichts, das ihr weiterhalf, sondern nur das, was ihm und seinem Plan diente.

Während die Bilder zunehmend deutlicher wurden und sie sich nicht dagegen zu wehren vermochte, sie zu betrachten, verstummten die Fragen ebenso wie die Gedanken. Sie versank in einer Art Trance, gefangen von dem, was sich vor ihr abspielte.

Sie beobachtete, wie sie an einem See hockte und einen Kranz aus Blumen flocht. Sie war es und doch wieder nicht. Es war ihr früheres Ich. Allerdings steckte sie nicht wie bei Cheirons Rückblick in ihrem ehemaligen Körper und fühlte, was ihr mythisches Ich gefühlt hatte, sondern schaute zu, als säße sie im Kino. Trotz der Distanz war sie es dennoch und erlebte alles zum zweiten Mal.

Ein Mann trat an sie heran, groß, breitschultrig, umwerfend schön, doch zugleich so kalt, dass ihr das Lächeln auf dem Gesicht gefror. Plutos. Er bückte sich und steckte ihr eine der Blumen ins Haar, die Augen unablässig auf ihre gerichtet. »Du bist meine Erwählte.«

Sie nickte, obwohl sie es nicht wollte, eine Macht auf sich ruhend, die sie dazu drängte, all das zu tun, was dieser kalte schöne Gott von ihr verlangte.

»Komm mit mir, schöne Helena, du gehörst fortan zu mir.«

Sie erhob sich, ohne auch nur eine Sekunde zu zögern oder zu überlegen. Ihre Hirnwindungen waren wie eingefroren, unmöglich, sie zu gebrauchen. Elli spürte es, obwohl sie eine reine Beobachterin war, sie spürte, wie Plutos' Willen von ihr Besitz ergriff. Eine Trägheit lag auf ihr und ein Vertrauen, als wäre er der Eine, auf den sie all die Jahre gewartet hatte.

Ihr früheres Ich folgte dem Gott, folgte ihm durch weiße Nebel, bis sie bei seinem Haus ankamen, wo er bereits ein Lager mit Öllampen für sie hatte vorbereiten lassen. Rosenblätter lagen auf dem Boden und dem Bett verstreut. Selbst in der Wasserkaraffe, die auf einem Tisch stand, schwammen welche. Ihr Duft lag auf den weißen Laken und versprach, dass dies der schönste Ort der Welt war.

Vage erinnerte sich Elli an die Rosenblätter an ihrem Geburtstag, an den Strauß, den er ihr geschenkt hatte. Welcher göttliche Zauber war damit verwoben? Im Nachhinein kam es ihr irrsinnig vor, dass sie so lange Zeit bei ihm geblieben war. Endlich hatte sie eine Erklärung dafür. Doch noch während sie diesen Gedanken erfasste, verflüchtigte er sich, als wäre er nie da gewesen.

Gebannt beobachtete sie, wie sich ihr mythisches Ich auf das Lager bettete. Plutos setzte sich zu ihr und strich ihr durchs Haar. Die Blume steckte noch immer darin. Erst jetzt fiel ihr auf, dass es keine der Blumen war, die sie am See gepflückt und aus denen sie den Kranz geflochten hatte. Nein, es war eine Rose, eine rote Rose, die in ihren goldenen Strähnen steckte.

»Du bist meine zukünftige Braut, Helena, du bist die Frau, die meiner gebührt. Einzig du, denn deine Schönheit mehrt mein Ansehen und wird mir helfen, die Macht, die mir zusteht, auszuüben. Wirst du für immer an meiner Seite sein, mir gehorchen und meine Befehle an unsere Untergebenen weitertragen?«

»Ja, ich will«, sprach sie mit einer Stimme, in der nichts von dem melodischen Singsang lag, der typisch für sie war. Vielmehr hörte sie sich hohl an, willenlos.

In einer fließenden Bewegung steckte er ihr einen Ring an die Hand, der passte, als wäre er eigens für sie geschmiedet worden. Nicht an einer einzigen Stelle musste er nachhelfen, nein, problemlos glitt das Geschmeide an ihren Finger.

Der Ring der Erwählten.

Er funkelte, obgleich kein Edelstein in ihm verarbeitet war. Das Gold selbst war es, das blitzte, als versuchte es, die Macht zu verkörpern, die darin ruhte.

»Dieser Ring wurde von Hephaistos selbst geschmiedet. Dein Name ist eingeritzt, denn ich wusste, dass nur du diejenige sein kannst.«

Sobald der Ring an ihrem Finger steckte, wurde der Wille, der auf ihr lag, stärker, sodass sie kaum noch spürte, wie Plutos sie lenkte.

Sie fühlte sich wie in Watte gepackt, umsorgt, geliebt, verwöhnt, während eine junge Frau das Schlafgemach betrat. Sie kam Elli vertraut vor, doch sie wusste nicht woher. Die junge Frau trug ein kleines Keramikgefäß bei sich, das rot und schwarz bemalt war. Sobald sie den Stöpsel aus dem Flaschenhals zog, hüllte Rosenduft das Zimmer noch mehr ein wie zuvor. Langsam tropfte die Dienerin Rosenöl in ihre Hand und massierte es sanft in die Füße der mythischen Helena, worauf sie träge wurde und sich lächelnd zurücklehnte. Sie schloss die Augen ebenso wie Elli, spürte einen Kuss auf ihren Lippen, den sie bereitwillig erwiderte, und ließ sich treiben, bis sie mit ihrem mythischen Ich verschmolz.

Als sie die Augen öffnete, war viel Zeit vergangen. Die Dienerin war fort, dafür stand ein Korb voll der reifsten Früchte und Gebäck neben ihrem Lager. Woher wusste er um ihre Schwäche für Süßes?

Selig lächelnd langte sie zu.

Die Tage vergingen und sie ließ sich verwöhnen. Nur am Rande ihres Bewusstseins bekam sie mit, wie Plutos ihr neben dem Ring an ihrem Finger weiteren Schmuck präsentierte. Sie spürte nicht die Schwere der Schmuckstücke, im Gegenteil, sie unterstützten die Trägheit ihres Geistes.

Welch ein Glück hatte sie, von diesem umwerfenden Gott auserwählt worden zu sein? Denn dass er ein Gott war, hatte sie bereits auf der Blumenwiese begriffen. Und angesichts all der Fülle und des Reichtums, den er ihr zu Füßen legte, konnte es nur einer sein.

Plutos, der Gott des Reichtums höchstpersönlich.

Eines Nachmittags setzte sich der Gott an ihr Lager. Doch das Lächeln, das sie so sehr liebte, war an diesem Tag nicht zu sehen.

Besorgt blickte er sie an, worauf sie ihn aufmerksam betrachtete und zuhörte, beseelt von dem Wunsch, seine Sorgen zu vertreiben.

»Schöne Helena, es ist soweit. Wir müssen den nächsten Schritt gehen. Ich muss wissen, ob du bereit bist, alles zu tun, was nötig ist. Sonst haben wir keine Zukunft.«

Entsetzt klammerte sie sich an ihn. »Ich würde alles tun, denn ich kann nicht mehr ohne dich leben.«

»Das wollte ich hören, meine Schöne, das wollte ich hören.«

Er hielt ihr ein Glas an die Lippen. Ohne nachzufragen, leerte sie es in einem Zug, denn es war eindeutig, dass er wollte, dass sie es trank. Es brannte ein wenig auf ihrer Zunge, doch sogleich legte sich eine Süße darüber, die das unbehagliche Gefühl vertrieb.

Sie dämmerte weg, für Stunden, Tage, und als sie das nächste Mal die Augen öffnete, lag eine drückende Hitze auf ihr. Ihre Lider waren schwer, sodass sie sie kaum öffnen konnte. Ihre Kehle war ausgedörrt. Sie vermochte kaum den Arm zu heben, um nach dem Wasser auf ihrem Tisch zu langen, derart bleiern fühlten sich ihre Glieder an.

»Wasser«, krächzte sie, in der Hoffnung, dass sie jemand hörte, als sich jemand an ihr Lager setzte, den sie nicht erkannte, doch dessen Geruch ihr sogleich Besserung versprach. Es war ihr Geliebter, Plutos selbst.

»Du musst mir nun gut zuhören, meine Schöne. Leider bist du sehr krank, doch wir dürfen uns nicht trennen lassen. Nicht einmal vom Tode selbst.«

Sie erschrak innerlich, körperlich fehlte ihr die Kraft, um zu reagieren. Verzweifelt hing sie mit den Augen an seinen Lippen, die bereits die Lösung versprachen.

»Du wirst sterben, doch ich weiß, wie du zu mir zurückkommen kannst. In der Unterwelt haust ein Mann, ein Heros, der die Kraft besitzt, den Stab des Asklepios für uns zu stehlen. Nur damit wirst du in die Welt der Lebenden und damit in meine Arme zurückkehren können. Und das ist es doch, was du willst, oder?«

»Natürlich, mein Gebieter. Wie kann ich ihn finden?« Ihre Zunge war schwer, weshalb sie die Worte nicht deutlich auszusprechen vermochte, doch Plutos schien sie zu verstehen.

»Sein Name ist Achill und du wirst ihn nicht finden müssen, er findet dich, meine Schöne. Du musst ihn betören, denn nur wenn er sich in dich verliebt, wird er sich darauf einlassen, den Stab zu stehlen. Setz all deine Raffinessen ein. Ich vertraue auf dich.«

Sie nickte, zu mehr nicht in der Lage. Plutos hielt ihr ein Stück Papyrus unter die Nase und drückte ihr einen Schreibgriffel in die Hand. Sie hörte nicht mehr, was er sagte, spürte nur, wie er ihre Hand bewegte, worauf sie etwas niederschrieb, das sie nicht entziffern konnte. Ihr Bewusstsein schwand, ihre Lider flatterten und sobald Plutos ihre Hand losließ, fiel sie schlaff zur Seite.

Helena war tot.

KAPITEL 7

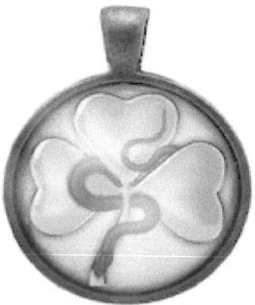

Als Elli erwachte, blinzelte sie träge. Ihr Hirn arbeitete nur langsam, während ihr der intensive Duft nach Rosen in die Nase stieg. Ein flackernder Schein tauchte die Umgebung in gelbes Licht.

Nur schemenhaft erkannte sie das Bett mit all den Kissen und Decken, auf dem sie lag, und den Tisch daneben, auf dem leuchtende Früchte und mit Mandeln verzierte Gebäckteile um ihre Aufmerksamkeit stritten. Unzählige Öllampen waren aufgestellt, von denen das Licht herrührte. Das Bild kam ihr seltsam bekannt vor, doch bevor sie den Gedanken zu greifen bekam, entfiel er ihr.

Eine Dienerin erschien, eine Erinnerung blitzte auf, doch auch die verschwand, sobald sich die junge Frau zu ihren Füßen hinsetzte und ihre Beine und Füße mit einem Öl massierte, das so wohltuend roch, weshalb sie tiefer und tiefer einatmete.

Wie gut erging es ihr. Keine Sorgen brauchte sie zu haben. Sie war versorgt, wurde verwöhnt. Wie dankbar konnte sie sein.

Sie dämmerte fort, hörte nur am Rande, wie eine Tür sich schloss und sie allein war.

Nach einer Weile kam die Dienerin zurück und reichte ihr die Hand. Träge ließ sie sich von ihr auf die Füße helfen und durch eine zweiflügelige Tür nach draußen führen. Am wolkenfreien Himmel schien die Sonne und wärmte die Fliesen der Terrasse, über die sie barfuß lief.

Sie langten an einem Becken an, die Dienerin löste den Knoten ihres Gürtels und die Spangen auf ihren Schultern, worauf ihr Gewand zu Boden glitt. Ohne Scham zu empfinden, stand sie nackt vor der jungen Frau, die ihr erneut die Hand reichte, worauf sie mit spitzen Füßen über marmorne Treppenstufen hinab in das Becken stieg.

Die Temperatur war angenehm warm. Lächelnd glitt sie tiefer, bis ihre Schultern vom Wasser bedeckt waren, das um ihre Haut strich und sie sanft massierte. Es wirkte belebend, erfrischend und etwas löste sich in ihr.

Intuitiv schwamm sie ein paar Züge, worauf ein Bild aufflackerte. Ein Mann, der nach ihr rief. Ein Schreck durchfuhr sie, doch bevor sie begriff, was das bedeutete, rief die Dienerin und bedeutete ihr, sich auf die Stufe am Beckenrand zu setzen. Sogleich war das Bild verschwunden und die Erinnerung daran verschwamm.

Sie watete durch das Wasser zum Rand und ließ sich auf der Stufe nieder, worauf die Dienerin ihr das Haar wusch. Der Duft nach Rosen erfüllte ihre Lungen und verscheuchte den letzten Gedanken daran, dass sie jemanden gesehen hatte, in ihrer Erinnerung.

Genüsslich schloss sie die Augen und gab sich den erfahrenen Händen der jungen Frau hin, als ein Mann zu ihnen trat, der ihr Herz aufgeregt schneller schlagen ließ.

»Fühlst du dich wohl, meine Schöne?«

»Es ist wunderbar.« Ihre Stimme war mehr ein Schnurren, doch das fiel ihr nicht auf. Glücklich strahlte sie den überirdisch schönen Mann an und bemerkte nicht die Kälte hinter seinen Augen.

»Das wollte ich hören.« In seinen Worten tönte Eitelkeit, die sie an etwas erinnerte, aber ihr träger Geist wollte das nicht. Er wollte sich wohlfühlen, entspannen, alles vergessen, was ihr Sorgen bereitet hatte. Ihr Körper verbrüderte sich mit ihrem Geist und räkelte sich wohlig in dem warmen Wasser. Nur ihre Seele, die schrie nach wie vor. Sie schrie nach einem Mann, der dort draußen nach ihr suchte und mit dem sie verbunden war, seit all der Zeit.

Ein merkwürdiges Gefühl breitete sich in ihrer Brust aus. Es verriet ihr, dass etwas nicht der gewohnten Ordnung entsprach. Etwas aus den Fugen geraten war. Ihr Geist wollte es beiseite schieben, doch ihre Seele war stärker.

»Vergiss ihn nicht!«, schrie sie verzweifelt. »Erinnere dich an … an …«

Sie runzelte die Stirn. Ihr Innerstes wollte ihr etwas sagen, einen Namen mitteilen. Sie wusste nicht, was in ihr vorging, doch es brachte sie aus der Ruhe und das wollte sie nicht. Sie wollte sich hingeben, eins werden mit diesem Mann, der auf sie herabblickte, und nichts anderes tun, als an seiner Seite zu sein.

»Erinnere dich an …«

Sie konnte den Namen nicht hören, doch die Unruhe nahm unerwartet heftig von ihr Besitz. Sie wallte durch ihren Körper, der sich auf einmal gegen etwas wehrte. Sie fühlte sich nicht mehr wohl, stieß den Rosenduft von sich ab, der aufs Neue durch ihre Nase und sämtliche Poren in sie einzudringen und von ihr Besitz zu ergreifen versuchte. Doch das wollte sie nicht. Sie musste wissen, woran sie sich erinnern sollte. Etwas Wichtiges war es, dessen war sie sich gewiss.

»Erinnere dich an …«, rief ihre Seele ein weiteres Mal und endlich schoss die Erkenntnis von ihrer Seele in ihren Geist und durch ihren Körper.

»Achill!«

Sie wusste nicht, ob sie selbst den Namen geschrien hatte oder ob es ihre Seele gewesen war. Doch sie riss die Augen auf und ein Ruck ging durch ihren Körper, sodass die Hände der Dienerin von ihr glitten. Wasser spritzte auf, landete in ihrem Gesicht und mit den Tropfen perlte die Benommenheit von ihr ab.

Endlich konnte sie klar sehen. Sich erinnern. Ihren Verstand benutzen.

»Was ist mit Euch?«, säuselte die Dienerin.

Alarmiert fuhr Elli zu ihr herum.

Plutos war fort.

Hatte er mitbekommen, dass sie sich aus seiner Trance befreit hatte? Nein, dann würde er sie nicht unbeobachtet dieser jungen Frau überlassen. Moment, sie kannte sie. Das war Sophia, das junge Mädchen, von dem sie bereits in ihrer ersten Gefangenschaft betreut worden war. Die mandelförmigen Augen, das dunkle, mit Öl bestrichene Haar. Sie war es, unverkennbar.

Schon war Elli versucht sie anzusprechen, als ihr bewusst wurde, dass sie sie bislang nicht erkannt hatte und sich möglicherweise dadurch verdächtig machte. Erst einmal musste sie in Ruhe nachdenken. Besser, niemand bemerkte, dass sie klar im Kopf war.

Angst davor, dass der Duft der Rosen sie erneut eindösen ließ, hatte sie nicht. Es war ausgeschlossen. Der Geruch war aufdringlich und störte sie mit jedem Atemzug. Ihr Körper hatte ihn als Störfaktor erkannt. Sie würde ihm nicht erneut verfallen.

»Was hast du gefragt?«, gab sie sich benommen und lehnte sich wieder in dem Becken an, worauf die Dienerin geschickt Seife in ihr Haar massierte.

»Nichts habe ich gesagt, entspannt Euch.«

Wie war sie an diesem Ort gelandet? Wie lange war sie bereits von Achill fort? Sie erinnerte sich an die Bilder, die sie gesehen hatte. Die Plutos sie hatte sehen lassen. Es waren die Erinnerungen, seine Erinnerungen, weshalb er ihr keine Vorkommnisse aus der Unterwelt gezeigt hatte. Oder er hatte es vermieden, damit sie denjenigen vergaß, dem ihr Herz gehörte. Mit dem sie in wahrer Liebe verbunden war und nicht durch einen falschen Zauber.

Achill …

Sie hatten sich geküsst. O wie süß war dieser Kuss gewesen, wie mitreißend, überwältigend. Wohlige Schauer jagten über ihre Haut, während sie an seine Lippen dachte, an seinen festen Körper, seine starken Arme, die sie umfingen.

Achill …

Sie wollte zu ihm zurück, wollte mit ihm zusammen sein. Von Anfang an hatte sie die besondere Verbindung gespürt, ohne zu wissen, woher sie rührte. Doch ihre Herzen hatten einander erkannt, ihre Seelen, und sie würden nie wieder vergessen.

Wie hatte Plutos es wagen können, sie von ihm fortzuzerren? Diesen innigen Moment zu zerstören? Doch für eines war es gut gewesen. Jetzt wusste sie, erinnerte sich, was damals vorgefallen war. Und diese Erkenntnisse würde sie nutzen, um ihn aufzuhalten.

Zudem hatte sie erkannt, dass sie keineswegs eine Übeltäterin war, nicht aktiv an Plutos' diabolischem Plan mitgewirkt hatte, nein, vielmehr hatte sie sich der Trägheit hingegeben, die befeuert worden war durch seine göttliche Macht.

Er wollte die alleinige Herrschaft. Von Anfang an war es sein Ziel gewesen, einen der Gegenstände von einem der großen Zwölf zu stehlen und damit die göttliche Ordnung zu zerstören. Nur so waren die Götter gezwungen, Hephaistos die Artefakte schmieden zu lassen und einen Teil ihrer Macht in die Geschmeide zu betten. Und nur dadurch war Plutos dazu in der Lage, die großen Götter zu entthronen und selbst die Herrschaft zu übernehmen.

Er hatte sie in die andere Zeit zurückgehen lassen, um die Feder zu holen. Damit besaß er beinahe alle Gegenstände, hatte er gesagt. Ihm fehlte also mindestens noch einer. Am heutigen Abend sollte Hera ihre Ehe auf dem Olymp vollziehen. Bis dahin blieb ihr Zeit, ihn aufzuhalten, selbst das verbliebene Artefakt zu finden und Achill dazu zu bewegen, den Asklepiosstab zurückzugeben.

Würden die Götter begreifen, was vorgefallen war, und Achill seinen Fehler verzeihen? Oder war sie naiv darauf zu hoffen?

Entschieden schüttelte sie den Kopf. Sie wollte sich von pessimistischen Aussichten nicht bremsen lassen. Sie musste sich konzentrieren, das Unmögliche möglich machen und einen verfluchten Gott aufhalten.

»Kommt, ich führe Euch zurück in Euer Gemach.« Sophia hielt ihr die Hand entgegen.

Scheinbar willenlos legte Elli ihre Hand in die der Dienerin und stieg aus dem Becken. Ihrer Nacktheit bewusst wollte sie sich bedecken, doch die Geste würde sie verraten, weshalb sie scheinbar entspannt wartete, bis Sophia ein Tuch holte und sie darin einwickelte.

Sophia trocknete sie ab und Elli kam nicht umhin, die junge Frau dabei zu beobachten. Ihr Mund wirkte verkniffen, ihre Mimik alles andere als glücklich.

War sie eine Gefangene von Plutos? Sollte sie versuchen, die junge Frau zu retten? Aber während ihrer ersten Gefangenschaft hatte Sophia geschwärmt, was es für eine Ehre war, Plutos ehelichen zu dürfen. Womöglich empfand sie es ebenfalls als Ehre, für ihn zu arbeiten, hier, in seinem Heim. Wo auch immer das war.

Elli wartete, bis Sophia sie in ein frisches Gewand gekleidet hatte, und ließ sich in ihr Gemach führen. Die Ungeduld brodelte in ihr, doch sie unterdrückte sie so gut wie möglich. Anstatt sie allein zu lassen, bedeutete ihr Sophia, sich auf einen Schemel zu setzen. In unendlicher Langsamkeit kämmte die Dienerin ihre langen blonden Haare, bis sie trocken waren.

Sobald sie ging, würde Elli die Magie der Feder nutzen. Jetzt wusste sie auch, weshalb sie von Anfang an auf die Energie der Gegenstände zugreifen konnte. Weil der Ring der Erwählten für sie geschmiedet worden war.

Sie war diejenige, die ihn von Anfang an tragen sollte. All die Bräute zuvor waren nur Ablenkung gewesen, Lückenfüller, bis Plutos sie wiedergefunden hatte. All die armen Frauen hatten einzig dem Zweck gedient, eine Scharade aufrechtzuerhalten, die niemanden erahnen ließ, wer hinter dem großen Chaos steckte.

Sie musste zu Achill und ihm erzählen, was sie herausgefunden hatte. Er sollte Hermes sagen, dass Plutos fast alle Artefakte beisammen hatte und gemeinsam mit ihm zu Zeus gehen. Selbst wenn Plutos sie zu sich zurückholte, konnten die Männer ihn aufhalten. An der Hoffnung klammerte sie sich fest, weshalb auch das erneute Rosenöl, mit dem Sophia ihr Haar bestrich, ihre Gedanken nicht zu vernebeln vermochte. Und das würde es nie wieder.

KAPITEL 8

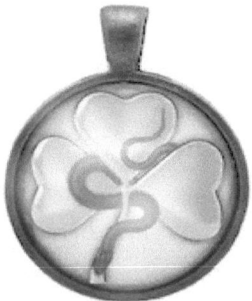

Es dauerte eine Weile, bis Sophia endlich den Raum verließ und Elli allein war. In trägen Bewegungen vergewisserte sie sich, dass sie wirklich nicht beobachtet wurde, bevor sie die Lider weiter öffnete. Die Muskelkraft kehrte in ihre Glieder zurück und sie setzte sich in ihrem Lager auf, den Körper mit Spannung erfüllt.

Achill, ich komme.

Durch die Bewegung spürte sie einen Gegenstand an ihrem Körper. Überrascht blickte sie an sich herab. Es war das Amulett mit den drei Herzen und der Schlange.

Wieso hatte Plutos es ihr gelassen?

Moment, die Feder. Hermes' Feder.

Ihr Herz klopfte schneller, während sie nach dem Beutel tastete, den sie an ihrem Gürtel befestigt hatte. Doch er war fort. Und mit ihm das golden schimmernde Artefakt des Götterboten.

Sie sprang auf und suchte den Raum ab, doch auch ohne sämtliche Truhen durchzuwühlen war klar, dass sie das Stück nicht finden würde. Den Armreif und den Ring ließ Plutos ihr, wie zum Beweis prangten sie an ihrer Rechten, doch die Feder hatte er ihr genommen. Sie musste Achill davon erzählen.

Aber verdammt, die Feder war fort ... Wie sollte sie zu ihm gelangen?

Es gab nur eine Lösung.

Den Ring von Plutos.

Sie hatte ihn schon mehrfach benutzt, wahrscheinlich gelang es ihr wieder. Und auch wenn er dadurch mitbekam, dass sie fortsprang, musste sie ihm erst mal entkommen. Das war das Wichtigste. Ihm entkommen und Achill alles erzählen, was sie herausgefunden hatte.

Ohne einen weiteren Moment zu zögern, wappnete sie sich für ihre magische Reise. Sie schloss die Augen, stellte sich ihn vor, seine imposante Gestalt, die großen Hände, das markante Kinn, doch allem voran die dunkelblauen Augen, die aussahen wie ein Gewitter in der Nacht und in denen sie die gleiche Sehnsucht lesen konnte, wie sie sie in ihrem eigenen Herzen empfand.

Kraft erfüllte sie und ein Gedanke wurde klarer und klarer. Wenn dieser Ring von Hephaistos extra für sie geschmiedet worden war, vielleicht gab es dann die Möglichkeit, seine Magie anzuzapfen, ohne dass Plutos es bemerkte – auch ohne die Feder des Glücks.

Der Gedanke war ihr schon vor einer Weile gekommen und sie würde nicht zögern, es auszuprobieren.

Sie musste die Nutzung des Rings subtiler angehen.

Clever.

Vielleicht war es möglich, auch ohne Tarnkappe einen vergleichbaren Schutz zu bilden, der sie vor unerwünschten Beobachtern verbarg. Sie stellte sich einen Mantel vor, ähnlich einem Umhang, der sie gänzlich einhüllte, bevor sie über den Ring strich. »Bring mich zu Achill«, dachte sie und hielt dabei den Gedanken an den Schutzumhang aufrecht.

Ob es funktionierte? Einen Versuch war es definitiv wert.

Ihr Körper geriet in Bewegung, ebenso wie ihre Seele, die Umgebung verschwamm und ihr Herz klopfte schneller, freudig erregt. Mit den Füßen verlor sie den Kontakt zum Boden, während sie eine Kraft erfasste, die aus ihr selbst herrührte.

Konzentriert schloss sie die Augen, richtete ihre Aufmerksamkeit gleichermaßen auf Achill wie auf den Schutzmantel, bis sie festen Boden unter den Füßen fühlte.

Gespannt schlug sie die Augen auf. Es hatte geklappt. Sie befand sich nicht länger in Plutos' Heim, aber sie war auch nicht auf der Wiese gelandet, von der Plutos sie fortgerissen hatte, sondern in einer gebirgigen Einöde. Schroffe hohe Felsen ragten gen Himmel, kein einziger Baum wuchs an diesem unwirtlichen Ort, nur einzelne Gräser in den Felsspalten, die der kargen Umgebung trotzten. Ein starker Wind riss an ihren Wurzeln, als versuchte er die letzten Pflanzen zu vertreiben, und er zerrte an ihrem Haar, das ihr in einem wilden Tanz um den Kopf flatterte.

Ein kurzer Schreck durchfuhr sie bei der Frage, wohin die Magie des Rings sie gebracht hatte, bis sie sich am Riemen riss. Es war unwahrscheinlich, dass Achill immer noch auf der Wiese verweilte. Vermutlich waren Tage verstrichen, seit

Plutos sie zu sich geholt hatte. Oder war es ihr nur so lang vorgekommen?

Sie blickte sich um, die Haare hinter die Ohren haltend, die der Wind ständig hervorholte, bis sie im Schatten eines Felsens eine einfache Holzhütte entdeckte, wie sie unscheinbarer kaum sein konnte.

Die Latten am Dach wackelten durch die Böen hin und her, die Tür hing schief in den Angeln und die Fenster waren von nichts als einem dünnen Vorhang bedeckt. Sie wirkte unbewohnt, wären nicht die lautstarken Stimmen zweier Männer gewesen, die ungebremst hinaus schallten, sobald Elli nah genug an sie herangetreten war.

»Du musst ruhig bleiben!«

Das war Hermes, unverkennbar, nur dass ihm von seiner gewohnten Lässigkeit nichts anzuhören war.

»Beruhigen? Er hat sie zu sich geholt. Du weißt, dass er sie nie wieder wird gehen lassen!«

Achill …

Ihr Herz setzte zum Sprint an, nur weil sie seine Stimme hörte. Schon wollte sie zur Tür hineinstürmen, zu ihm, als Hermes' Worte sie innehalten ließen.

»Sie muss dort bleiben, mein Freund. Du hättest dich gar nicht erneut auf sie einlassen dürfen. Du kennst die Weissagung, die die Moiren genannt haben als Folge deines Pakts mit ihnen. Wenn ihr euch erneut eurer Liebe zueinander hingebt, wird dich Zeus' Adler bis zum Ende aller Tage in Stücke reißen.«

Elli verharrte, die Hand auf dem Türknauf. Ihr Atem ging flacher, während das Bild von Achill und der prophezeiten Bestrafung nicht mehr aus ihren Gedanken verschwinden wollte. Das war die Strafe, die ihn erwartete?

»Das ist mir egal! Niemand darf sie in sein Bett zwingen!«

Sie hörte energische Schritte, die sich der Tür näherten, doch Hermes hielt ihn offenbar zurück.

»Warte, mein Freund. Du weißt, dass ich auf deiner Seite bin. Es läuft nicht wie geplant, ich weiß, aber du hast damals den Pakt vereinbart. Du hast ihr Schicksal verändert und dafür haben die Moiren dein Wort bekommen. Wenn du die Vereinbarung brichst, gerät alles aus den Fugen.«

»Wie könnte es noch mehr aus den Fugen geraten als ohnehin schon?«

Etwas knallte gegen die Holzwand, Scherben klirrten auf den Boden.

»Komm zu dir, mein Freund. Ich weiß, wie –«

»Du weißt gar nichts. Lieber lasse ich mir bis ans Ende aller Tage täglich die Augen aushacken, als dass sie nicht in Sicherheit ist. Ich muss sie schützen.«

»Dann hilf mir, Plutos aufzuhalten. Nur so haben wir eine Chance, sie zu retten.«

Erneut schlug ein Gefäß gegen die Wand und zerbrach in unzählige Scherben.

»Aber die Zeit rinnt, beinahe aller Sand ist hinab gerieselt und damit neigt sich ihre Zeit dem Ende zu.«

Ihre Zeit? Bezog sich die Sanduhr, die er vor ihren Blicken geschützt hatte, auf ihre Lebenszeit? Wie viele Körner waren noch im oberen Behältnis gewesen? Wie schnell waren sie gerieselt?

Sie konnte es nicht mehr sagen. Der Blick, den sie darauf geworfen hatte, war nur flüchtig gewesen – und bereits Tage her.

Hermes' Antwort war unerwartet leise. »Ich weiß, mein Freund, ich weiß.«

Elli konnte nicht sagen, was sie mehr beunruhigte, die Erkenntnis, dass ihre Lebenszeit beinahe abgelaufen war, Achills Verzweiflung darüber oder das Mitgefühl, das unverkennbar in Hermes' Worten mitschwang.

Stille herrschte und als wäre diese Stille ihr Stichwort, öffnete sie die Tür und trat hinein. Die Hütte war dunkel, die Vorhänge hielten das Tageslicht fern, dennoch konnte sie das Durcheinander erkennen, in dem sich die beiden Männer gegenüberstanden.

Hermes hielt sich halb im Schatten der rückwärtigen Wand, die Hände erhoben, um seinen Freund zu besänftigen. Tausende Keramikscherben bedeckten den schlichten Holzboden neben einem Tisch, auf dem lose Trauben und eine letzte unversehrte Kanne ruhten. Dazwischen stand Achill, die Brauen zornig zusammengeschoben.

Alarmiert fuhr er zu ihr herum, die Hände zu Fäusten geballt. Es dauerte keine Sekunde, bis er begriff, dass sie es wirklich war.

»Elli.«

Sie nickte bloß, unschlüssig, was sie sagen sollte.

Seine Brauen hoben sich und er stürmte mit ausgebreiteten Armen auf sie zu. »Geht es dir gut?« Er betastete ihre Arme, ihren Rücken, suchte ihr Gesicht und die Hände nach Blessuren ab.

»Alles wunderbar.« Ihre Stimme klang fremd, erstickt. Sie schluckte.

Hermes löste sich aus dem Halbschatten. »Hast du unser Gespräch mit angehört?«

Sie nickte mechanisch, nicht wissend, was es zu sagen gab.

Achill schloss die Arme um sie und zog sie an seine Brust.

Sie verschwand nahezu komplett in seinen Armen, eingehüllt von seiner Wärme und dem gleichmäßigen Schlagen seines Herzens. Kein Ort konnte schöner sein. Bewusst atmete sie seinen Geruch ein, tiefer und tiefer. Wer wusste schon, wie oft sie es noch konnte?

Niemand sagte ein Wort, bis sich Elli von Achills Brust löste. Nur ungern ließ der Heros von ihr ab, die dunkelblauen Augen besorgt auf sie gerichtet. Auch heute fand sie einen Sturm darin und das beständige Licht, das in ihm leuchtete. Zugleich schwang eine Trauer von seiner Seele mit, die sie niederzudrücken drohte.

»Elli …«

Sie liebte es, wie er ihren Namen aussprach, diesen ruhigen, tiefen Tonfall. Kein Musikstück konnte schöner klingen.

Ihre Stimme hingegen war kaum mehr als ein Krächzen. »Stimmt es? Ist meine Lebenszeit bald abgelaufen?«

Achill legte die Arme auf ihre Schultern und blickte sie unverhohlen an. Offenbar entschied er sich binnen Sekunden, endlich mit offenen Karten zu spielen. »Es stimmt.«

Der Kloß in ihrem Hals breitete sich aus und wollte ihr die Luft zum Atmen rauben, doch es war nichts im Gegensatz zu dem Schlag, der sie mit Hermes' nächsten Worten traf. »Nicht nur deine Lebenszeit, Helena, euer beider.«

Entsetzt sah sie von Hermes zu Achill. Er brauchte das Gesagte nicht zu bestätigen, sie las es an seinem Gesicht ab. Die Wahrheit. Die Sanduhr zeigte ihrer beider Lebenszeit.

Eine Idee keimte in ihr auf, ein winziges Körnchen Hoffnung. »Und wenn die Zeit verstrichen ist, landen wir in der Unterwelt? Zusammen?«

Sein Blick verdunkelte sich kaum merklich. »Nur du. Ich werde … woanders sein.«

Der Tod würde sie trennen? In der letzten Unendlichkeit, die sie alle erwartete, waren sie nicht beisammen? »Wo bist du, wenn nicht …?« Sie wollte »bei mir« sagen, doch ihre Kehle war wie zugeschnürt.

Achill presste die Lippen aufeinander. Hermes räusperte sich. »Er wird auf ewig den Moiren dienen – was angesichts des Frevels, den ihr begangen habt, wesentlich besser ist als alles, was die Götter euch angeboten hätten.«

»Wieso werden wir getrennt?«

Hermes öffnete den Mund, um zu antworten, doch Achill gebot ihm mit erhobener Hand zu schweigen, ohne Ellis Blick loszulassen. »Weil das Schicksal, das ich neu verhandelt habe, nicht vorsieht, dass wir zusammen sind.«

Nur langsam sickerten seine Worte in ihren Kopf, als weigerte sich ihr Hirn, die Antwort zu akzeptieren. »Deshalb auch die harte Strafe, sollten wir doch wieder zusammen sein. Zeus' Adler, der dich in Stücke …«

Er nickte.

»Wie konntest du so etwas vereinbaren? Was ist ein zweites Leben wert, wenn wir es nicht gemeinsam verbringen können?«

»Elli …«

»Nein, ich akzeptiere das nicht. Du darfst nicht einfach über mein Schicksal bestimmen. Niemand darf das.« Sie befreite sich aus seinem Griff.

»Die Moiren –«

»Zum Teufel mit den Moiren. Sie haben dich reingelegt. Niemals kann es richtig sein, dass wir nicht zusammen sind. Achill, das lasse ich nicht zu.«

Seine Brust hob und senkte sich schwer, doch er antwortete nicht.

»Helena, du begreifst nicht, was –«, begann Hermes, doch Elli fuhr ihm über den Mund.

»Doch, ich begreife, aber ich akzeptiere es nicht. Ich werde zu ihnen gehen, neu verhandeln. Es ist nicht rechtens, sie haben dich hereingelegt, Achill.«

Er lachte unglücklich auf. »Hereingelegt? Unsere Fäden waren bereits gesponnen.«

»Wenn sie einmal unser Schicksal verändern konnten, vermögen sie es ein weiteres Mal.«

Hermes schüttelte den Kopf. »Ich habe dich nicht für derart uneinsichtig gehalten. Du hast die Mythen studiert und müsstest mit den Gesetzmäßigkeiten vertraut sein. Achill, erklär es ihr.«

Doch der Heros schüttelte den Kopf, die Augen unablässig auf sie gerichtet. Etwas glomm in dem dunklen Blau auf, das ihr Herz höherschlagen ließ. »Du hast recht, Elli. Wir akzeptieren es nicht. Was haben wir schon zu verlieren?«

Sie lachte erleichtert auf. Endlich begriff er, spielte wieder auf ihrer Seite. Sie warf sich ihm in die Arme, doch er schob sie von sich, die Stirn in Falten gelegt.

»Wir werden zu ihnen gehen und neu verhandeln. Bestimmt gibt es etwas, das wir für sie tun können, damit –«

»Was denkt ihr euch eigentlich?«, ging Hermes aufgebracht dazwischen. »Dafür ist keine Zeit. Wir müssen Plutos aufhalten und du musst endlich Asklepios den Stab zurückgeben.«

Die Worte erinnerten Elli an das, was sie herausgefunden hatte. »Plutos hat mich sehen lassen. Ich weiß wieder, was damals geschehen ist. Er hat mich mittels eines Zaubers zu sich gelockt und meinen Geist benebelt. Ich hatte wirklich nichts mit seinem Plan zu tun.«

Achill strich ihr zärtlich über die Wange. »Ich weiß, Elli.«

Das Vertrauen, das er ihr entgegenbrachte, hüllte ihr Herz in Wärme und sie hätte sich am liebsten wieder in seine Arme geworfen, doch sie durften keine Zeit verlieren. Der Sand rieselte unablässig, ihr Schicksal duldete keine Rast.

Sie richtete ihre Aufmerksamkeit auf Hermes. »Plutos hat angedeutet, dass er mich nur in meine Zeit hat zurückgehen lassen, damit ich deine Feder hole. Er hat sie mir weggenommen, aber ich weiß, dass ihm noch mindestens ein weiteres Artefakt fehlt. Du kannst ihn aufhalten, Hermes. Geh zu Zeus und erzähl ihm von Plutos' Plan.«

»Aber ihr müsst mitkommen. Der Zorn der Götter –«

Elli schüttelte den Kopf. »Lieber riskiere ich den Zorn der Götter als die Unendlichkeit ohne Achill.«

Zärtlicher noch als zuvor strich er ihr mit seinem rauen Finger über die Wange. Der Berührung folgten Gänsehautschübe, alles in ihr verlangte danach, sich ihm hinzugeben. Er beugte sich näher, hob ihr Kinn und küsste sie. Es war heftiger als erwartet. Gierig, voller Leidenschaft, bevor er von ihr abließ, puren Willen in den Augen. »Und jetzt, Elli, holen wir uns unsere Zukunft zurück.«

Etwas flatterte durch ihren Magen und ein Strahlen legte sich auf ihr Gesicht, während sie seine Hand ergriff und mit ihm in die Schatten sprang. Nicht einen einzigen Blick warfen sie dem Götterboten zu, der im Halbschatten stand und traurig den Kopf schüttelte. Doch nicht einmal die Resignation in seinen Augen hätte sie dabei aufhalten können, für ihr Glück zu kämpfen. Für ihr Leben. Für ihre gemeinsame Zukunft.

KAPITEL 9

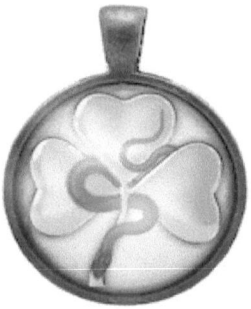

Achill zog sie durch die Schatten, nicht in der Welt der Lebenden und nicht in der der Toten, bis sie an einen Ort gelangten, den sie vage aus ihren früheren Erinnerungen kannte. Es war ein abgelegener Platz, eingefasst von hohen Felsen und bedeckt von Bäumen, die hoch oben auf den Gipfeln wuchsen. Obwohl es Tag war, blieb der Ort im Dämmerlicht.

Dort hatte Achill damals die Schicksalsfrauen gerufen.

Geschützt von einer Reihe Kiefern beobachteten Elli und Achill den Platz, der menschenleer war und an dem sie die Moiren ein weiteres Mal herbeirufen würden. Zusammen.

»Bist du bereit?« Der Blick, mit dem er sie bedachte, glühte. Nun, da sie für ihr gemeinsames Leben kämpften, hielt er seine Gefühle nicht länger zurück, verbarg sie nicht vor ihr. Und die Liebe, die in dem Blick lag, mit dem er sie betrachtete, ließ sie erschaudern. Ihre Hand ruhte dabei in seiner, und er ließ nicht los. Allein das war schöner als alles andere. Bei ihm zu sein, ihn berühren zu dürfen und zu wissen, dass er sie nicht mehr von sich stoßen würde, war das größte Glück.

Das Bild des Adlers von Zeus, der ihn zerfetzte, schob sich wie eine Warnung in ihr Bewusstsein. Sie durften keine unnötige Zeit verstreichen lassen.

Während sie seine Hand fester drückte, beobachtete sie den Platz, an dem er schon einmal ihr Schicksal neu ausgehandelt hatte. Alles, was sie über die Moiren gelesen hatte, musste sie sich ins Gedächtnis rufen. Vielleicht half ein Detail, vielleicht konnte ihr das Wissen einen Vorteil bringen, denn dass die Schicksalsfrauen sich ohne zu zögern darauf einließen, ihnen ein Happyend zu spinnen, war höchst unwahrscheinlich.

Sie rief sich einen Passus in Erinnerung, den sie in einem über hundert Jahre alten Lexikon der Mythologie gelesen hatte. Demnach wurden die Schicksalsgöttinnen Lachesis, Klotho und Atropos genannt. Häufig erschienen sie bei der Geburt, da sie von Beginn an eines jeden Leben leiteten, die Dauer und die Veränderungen entschieden und gegen deren Bestimmung nicht einmal Zeus etwas ausrichten konnte.

Wie war es Achill gelungen, was nicht einmal Zeus bewirken konnte? Nachdenklich sah sie ihn an, seine dunklen Brauen, die wie Striche über seinen Augen lagen, seine geschwungenen Lippen, die er zusammengepresst hatte. Er war angespannt, wachsam. Der Stratege, über den sie in den Mythen gelesen hatte.

»Wie ist es dir gelungen, mein Schicksal zu ändern?«

Langsam wandte er das Gesicht von dem Platz ab und blickte sie an. Das Lächeln, das dabei auf seinem Gesicht erschien, ließ ihr Herz augenblicklich schneller schlagen. »Ich habe ihnen etwas versprochen, das sie unbedingt haben wollten.«

»Deine Dienste, sobald die Zeit der Sanduhr abgelaufen ist.«

Er nickte.

»Wieso hast du akzeptiert, dass wir nach unserem Tod getrennt werden?«

Er fuhr sich durch das dunkle Haar, das daraufhin wild zu den Seiten abstand, als hätte er das in letzter Zeit sehr oft getan. »Die Zeit war knapp, ich musste reagieren, dich schnellstmöglich in Sicherheit bringen. Die Jahre, die sie dir mit der Sanduhr gegeben haben, erschienen mir besser als ein Schicksal an Plutos' Seite.«

Sie senkte den Blick. Wie undankbar musste ihm ihre Frage vorkommen. Doch bevor sie sich ihren Schuldgefühlen hingeben konnte, legte er den Finger unter ihr Kinn und hob ihren Kopf, bis sie ihn ansehen musste.

»Was mir schon einmal gelungen ist, kann wieder funktionieren. Wir brauchen lediglich etwas, das ihnen noch mehr fehlt als meine Dienste. Überleg, Frau Doktor Achilles. Dein Wissen über die griechische Mythologie ist bemerkenswert. Hast du eine Idee?«

Gab es etwas, das ihr im Laufe ihrer Studien aufgefallen war? Leider hatte sie sich im Zuge ihrer Laufbahn als Wissenschaftlerin nicht eingehend mit den Moiren beschäftigt. Sie waren ihr nur am Rande begegnet, so wie die Schicksalsweberinnen es auch in sämtlichen mythologischen Sagen taten. Obwohl ihre Rolle entscheidend war, bewegten sie sich unauffällig, tauchten weder in der Kunst noch in mythischen Erzählungen in der Hauptrolle auf. Nicht einmal die altgriechischen Gelehrten konnten zweifelsohne sagen, ob sie auf dem Olymp hausten, in der Unterwelt oder auf der Erde unter den Nymphen.

Auch ihre Abstammung war nicht gänzlich geklärt, obwohl sie über Leben und Tod bestimmten. Und Homer hatte sie als alt und hässlich bezeichnet, während sie das in Ellis Erinnerungen ganz und gar nicht gewesen waren.

Flüsternd fasste sie zusammen, was relevant sein konnte. »Klotho hält in den Darstellungen meist die Spindel, um ihre Rolle als Schicksalsspinnerin zu verdeutlichen, und Lachesis das Los, das ebenfalls für das Schicksal steht. Manchmal sind ihre Attribute vertauscht oder eine der beiden wird an einem Globus sitzend abgebildet, wie sie das Horoskop der Menschen zeichnet.

Atropos gilt als die strengste der drei Schwestern. Sobald die Zeit verstrichen ist, liegt es an ihr, mit einer Schere den Lebensfaden durchzuschneiden, was den Tod bedeutet. Sie steht für die Unabwendbarkeit des Schicksals.« Unweigerlich bildete sich Gänsehaut auf ihren Armen.

Achill legte die Hand auf ihren Oberarm. »Das hat sie bei uns beiden schon getan, weshalb wir sie nicht fürchten sollten.«

Elli runzelte die Stirn. »Wie meinst du das?«

»Ich bin bereits vor Troja gestorben und du in Plutos' Armen. Andernfalls hätten wir uns in der Unterwelt nicht finden können.«

Das stimmte und vielleicht ergab sich daraus etwas.

»Glaubst du, es stört ihre gewobene Ordnung, dass wir unter den Lebenden weilen?«

Achill fuhr sich durch die Stoppeln am Kinn. »Darauf gehe ich jede Wette ein. Und deshalb weiß ich, wie wir sie anpacken müssen. Komm.«

Bevor sie nachfragen konnte, was ihm eingefallen war, zog er sie mit sich auf den Platz, den sie in ihrer Erinnerung schon einmal besucht hatte. Etwas Mächtiges strahlte von den Felswänden wider, schien Teil der Luft zu sein, die sie einatmete, und waberte wie Nebel um sie herum, obgleich die Sicht klar war.

Die Schatten an den Wänden bewegten sich, ohne dass ersichtlich war, welches Licht und welche Formen sie hervorriefen. Schemen tanzten an den Wänden, ein Singsang erklang, bevor sich die Schatten von den Wänden lösten, dreidimensional wurden und drei junge Frauen auf sie zuschritten. Sie sahen jugendlich schön aus, ihre Gewänder folgten ihren Bewegungen, die keinesfalls hektisch, sondern gleichmäßig waren, als liefen sie in einer einstudierten Choreographie.

Von der Hässlichkeit, die Homer ihnen zuschrieb, war nichts zu erkennen. Vielmehr strahlten sie ewige Schönheit aus, Ausgeglichenheit, eine Form von Sanftheit und zugleich eine Strenge, die sich auf ihren ebenmäßigen Gesichtszügen abzeichnete. Die drei blieben ein paar Schritte vor ihnen stehen und musterten sie eingehend, sodass auch Elli ein Moment blieb, um die Schicksalsfrauen zu betrachten.

Äußerlich glichen sie einander exakt, die langen Haare, die zu einem Knoten im Nacken gebunden waren, die weiten Gewänder, die schlanken Glieder und der grazile Hals. Selbst ihre feinen Lippen wiesen dieselbe Form und Farbe auf, ebenso wie ihre großen Augen und die zarte Röte ihrer Wangen.

Doch auf den zweiten Blick, wenn man die Aufmerksamkeit auf ihre Ausstrahlung und Haltung richtete, konnten sie nicht unterschiedlicher sein.

Die Frau, die links stand, legte den Kopf leicht schräg und betrachtete sie verträumt, als überlege sie noch, welches Los sie ihnen zuschreiben sollte, als wäre noch nicht alles bis ins Detail bestimmt. Die Schicksalsfrau an der rechten Seite betrachtete sie mitfühlend, als spürte sie das Leid und die Sorgen, die sie quälten. Sie hob die Hand, als wollte sie ihre Hände ergreifen, um sie zu trösten.

Welche der beiden Lachesis und welche Klotho war, ließ sich nicht beantworten, doch es war sofort ersichtlich, dass die Moira in der Mitte Atropos war. Sie stand aufrecht, als würde sie nicht gestatten, dass sich auch nur ein Wirbel ihrer Statur nicht an seinem rechtmäßigen Platz befand. Ihre Mimik war streng und ihre Musterung derart stechend, als könnte sie ihre Gedanken lesen. Sie war es auch, die das Wort ergriff.

»Weshalb taucht ihr an unserer heiligen Stätte auf? Wollt ihr die wenigen Stunden, die euch bleiben, an unserer Seite verbringen?« Obwohl sie nachfragte, zeigte ihr verurteilender Blick, dass sie bereits ahnte, weshalb sie gekommen waren.

Ellis Herz klopfte vor Aufregung. Sie wusste nicht, wie sie beginnen, ihr Anliegen den uralten Frauen vortragen sollte, weshalb sie zu Achill schielte, der einen Arm um sie legte, wie um zu bekräftigen, dass sie zusammengehörten.

»Wir sind gekommen, um unser Schicksal neu zu verhandeln.«

Das abwertende Lachen, das daraufhin erklang, hallte von den Wänden wider. Nur weil Achill sie festhielt, konnte

Elli dem Impuls widerstehen, sich unter dem dröhnenden Geräusch zu ducken, derart machtvoll und eindringlich war es. Wie die Klinge eines Schwertes, die auf sie niederfuhr.

»Wir haben euch bereits einen zweiten Faden gesponnen. Was fällt dir ein, dich zu erdreisten, einen dritten von uns zu verlangen?«

Als wäre das ihr Stichwort, straffte Elli die Schultern. Wenn nicht jetzt, wann dann galt es für ihr Glück zu kämpfen? »Damals habe ich nicht mitverhandelt und ich bin nicht einverstanden. Ich akzeptiere nicht, dass uns der Tod trennt. Und vor allem akzeptiere ich nicht, dass Achill dafür bestraft wird, falls wir unsere Liebe füreinander ausleben.«

Die drei Frauen bauten sich vor ihnen auf, sie wuchsen und wuchsen, und sprachen mit einer Stimme. »Du akzeptierst es nicht?« Die Frage hallte mehr noch als die Worte zuvor über den Platz und selbst die Mienen der beiden sanfteren Schwestern wurden unbeugsam.

Bevor sie einen erneuten Fehler begehen konnte, ergriff Achill das Wort. »Wir wollen keine Hybris zeigen, wir verehren euch und wissen um eure wichtige Aufgabe. Ohne euch funktioniert die Ordnung der Welt nicht. Selbst die großen Götter brauchen und achten euch. Doch wie ihr bestimmt längst in den Sternen gelesen habt, will ein Gott diese Welt verändern, sie allein beherrschen und somit auch eure gewichtige Rolle seinem Willen unterwerfen.«

Die beiden sanfteren Schwestern begannen zu jammern, während Atropos ihn fixierte. »Natürlich wissen wir darum. Wir haben euch durch mehrere Priester warnen lassen, doch wie von uns vorhergesehen, habt ihr all diese Warnungen missachtet.«

Elli trat einen Schritt vor.

»Wir wollen diesen Gott aufhalten.«

Spöttisch schaute die Moira auf sie beide herab – selbst auf Achill, obwohl er größer war als sie. »Wie sollte euch das gelingen?«

Achill zögerte, weshalb Elli erneut das Wort ergriff.

»Wenn mein Schicksalsfaden von Plutos losgelöst wird, kann ich mich weigern, die Rolle seiner Königin zu spielen. Zudem wäre Achill von der Strafe befreit, dass wir uns nicht wieder aufeinander einlassen dürfen.«

Atropos setzte an, um sie zu unterbrechen. Ihr abwertender Blick zeigte deutlich, wie wenig sie von dem Plan hielt, doch Elli fuhr ungebremst fort. Hybris hin oder her, sie hatten nur diese eine Chance, die Schicksalsfrauen von ihrem Plan zu überzeugen. Sie mussten ihnen verdeutlichen, wie ernst es ihnen war, wie verbissen sie kämpfen würden.

»Ich weiß, was Plutos vorhat. Mithilfe aller geschmiedeten Artefakte will er eine alte Prophezeiung nutzen, um die Macht an sich zu reißen. Aber noch hat er nicht alle von Hephaistos geschmiedeten Gegenstände beisammen. Es ist noch nicht zu spät.«

Die Schicksalsfrauen lachten. Sie lachten ausgelassen und es war nicht ersichtlich, ob sie sich über den Plan freuten oder Elli für unzurechnungsfähig erklären wollten. Kurz blickte sie zu Achill, der die Moiren nicht aus den Augen ließ.

»Was ist so lustig?«, verlangte er mit fester Stimme zu wissen.

»Ihr wollt uns geloben, das Unabwendbare aufzuhalten, dabei habt ihr nicht einmal begriffen, was vor sich geht.«

Elli hatte es doch mit eigenen Augen gesehen, den Plan, den Plutos verfolgte. Gab es noch mehr? Sicher hatte er ihr nicht alle Details anvertraut und in der Erinnerung gezeigt, dennoch hatte sie es für offensichtlich gehalten, welches Ziel dahintersteckte. Offenbar hatte sie sich getäuscht. Hellhörig betrachtete sie die drei Frauen. »Was meint ihr?«

Die Moiren lachten erneut, bis sie von jetzt auf gleich verstummten. Ihre Mienen wurden ausdruckslos und ihre Blicke leer. Sie bewegten sich gleichmäßig, summten eine monotone Melodie, bevor sie einstimmig verkündeten: »Wir sehen eine Möglichkeit, auch wenn sie schwindend gering ist. Das Schicksal lässt eine kleine Wendung zu.«

Sie blinzelten mehrmals, erwachten aus der Trance und schlüpften erneut in ihre Rollen, die Träumerin, die Mitfühlende und die Strenge. Skeptisch betrachteten sie Elli und Achill, wobei Atropos' Musterung unerbittlicher war als die eines Feldherrn vor der Schlacht. »Es wäre möglich, das Schicksal vom Untergang der Ordnung, wie wir sie kennen, abzuwenden. Nur deshalb geben wir euch diese eine kleine Möglichkeit. Eure Sanduhr läuft weiter und euer Schicksal sowie Achills Strafe bleiben bestehen. Doch wir verschaffen euch diese eine kleine Wendung, die besteht.«

Was brachte ihnen das, wenn sie nicht zusammen sein konnten? Elli wollte protestieren, doch Achill hielt sie zurück. Kaum merklich schüttelte er den Kopf, auf den Lippen eine unausgesprochene Mahnung. Vielleicht hatte er recht. Sie durfte die drei Frauen nicht erneut brüskieren.

Entschieden umfasste er ihre Hand, zu allem bereit, bevor er sich zu seiner vollen Größe aufrichtete und die Moiren unerschrocken ansah. »Welchen Hinweis könnt ihr uns geben?«

Das Summen der Moiren schwoll an, bis sie im Gleichklang sprachen, die Stimmen seltsam verzerrt. Ihre Worte

hallten von den blanken Felsen wider, als wollten sie sicher-
gehen, dass sie sie nicht vergaßen, jedes Detail verstanden.

»Ihr müsst den großen Zusammenhang erkennen, sonst
seid ihr verloren. Die Zeit rinnt und eure Gegner nutzen sie.
Wenn Nyx schlafen geht und Helios mit seinem Sonnenwagen das nächste Mal zu sehen sein wird, ist die Chance
vertan. Dann ist die Zeit verstrichen, die ihr euch mit der
Sanduhr ausgehandelt habt. Lauft, lauft, sucht nach dem
einen Weg der Unendlichkeit, dem ewigen Leben, nach dem,
was hinter all dem steckt. Wenn ihr diesem Weg folgt, wartet
dort die Hoffnung – nicht nur auf euch, sondern auf uns
alle.«

Mit den Worten zogen sich die Schicksalsweberinnen
zurück wie Wasser, das davonfließt. Sie verschwammen mit
den Schatten, bis sie gänzlich verschwunden waren. Ein
Adler schrie auf und dann war es von jetzt auf gleich still, als
wäre an diesem abgelegenen Platz noch nie etwas Außer-
gewöhnliches geschehen.

KAPITEL 10

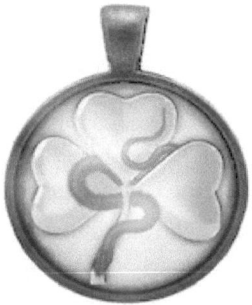

Sonnenstrahlen schienen durch die Baumkronen und beleuchteten den Platz, auf dem die Moiren vor wenigen Augenblicken gestanden und ihnen einen Ausweg angeboten hatten. Nichts von ihrem Zauber war zurückgeblieben, dennoch hallten ihre Worte in Elli wider und wider.

Es gab eine Chance.

Hoffnungsvoll blickte sie zu Achill auf, der die Stirn grüblerisch in Falten gezogen hatte und sich mit der Hand über die Bartstoppeln fuhr. Sie liebte diese Denkerpose. Seine Ausstrahlung, seine Kraft und Überlegenheit. Alles in ihr schrie danach, ihn zu küssen, in seinen Armen zu versinken, sich ihm voll und ganz hinzugeben. Seine vollen Lippen leuchteten ihr regelrecht entgegen wie eine Einladung, weshalb sie ihrem Verlangen nachgab. Sie legte die Arme um seinen Hals, stellte sich auf die Zehenspitzen und zog ihn zu sich herunter.

Heftig küsste sie ihn, wie ausgehungert, als würde sich die mythische Helena in ihr gegen die analytische Elli durchsetzen. Doch das störte sie nicht. Bereitwillig gab sie sich ihren Gefühlen hin, waren sie doch ein Teil von ihr.

Nach einem kurzen Moment der Überraschung erwiderte er ihren Kuss ebenso stürmisch. Für einen Wimpernschlag lösten sich ihre Lippen voneinander. Zärtlich umfasste Achill ihre Wangen und legte seine Stirn an ihre.

Elli richtete sich auf und strahlte ihn an, von Hoffnung erfüllt. »Sie haben uns eine Chance gegeben, Achill. Vielleicht können wir das Schicksal abwenden.«

Seine Augen glühten, bevor er sie an sich zog, als gäbe es kein Halten mehr. Und das gab es auch nicht. Keinen Grund, sich zurückzuhalten, die Gefühle zu unterdrücken. Sie gehörten zusammen, schon damals und seit jeher. Niemand durfte sie trennen, sich zwischen sie stellen.

Er presste sie an sich, fuhr mit den Händen über ihre Schultern, ihren Rücken hinab und an ihren Hüften entlang, Gänsehaut folgte seinen Berührungen, als ein durchdringender Schrei ertönte. Es war ein animalischer Schrei, so laut und gewaltig, dass sie aufgeschreckt auseinander fuhren.

Über ihnen am Himmel kreiste ein Adler und blickte erbarmungslos auf sie nieder. Obwohl er weit entfernt war, glaubte Elli die ausgefahrenen Krallen an seinen Füßen zu erkennen.

Alarmiert traten sie einen Schritt zurück. So schwer es ihnen fiel, lösten sie sich voneinander, die Arme, die Hände, zuletzt die Finger, bis sie einander nicht mehr berührten.

Sogleich schrie Ellis Herz auf, sehnte sich nach seiner Berührung, seiner Nähe, seinem Geruch, aber es war ihnen nicht erlaubt. Achills Strafe war nicht aufgehoben, die Moiren hatten es gesagt. Noch durften sie sich einander nicht hingeben, auch wenn es keinen Zweifel gab, dass sie es beide wollten. Dass die Liebe zwischen ihnen entfacht war und niemand diese Liebe je würde auslöschen können.

Die Köpfe im Nacken beobachteten sie den Greifvogel. Da er nicht zum Sturzflug ansetzte, um Achill zu bestrafen, sondern lediglich fortfuhr über ihnen zu kreisen wie eine unablässige Warnung, atmeten sie erleichtert auf.

Der tiefe Seufzer, der Achills Kehle entfuhr, sprach Elli aus der Seele. Langsam lösten sie den Blick von dem göttlichen Hüter und schauten einander an. Schmerzlich den Mund verzogen streckte Achill für einen Augenblick die Hand nach ihr aus, zog sie aber sogleich wieder zurück.

Sie durften nicht.

Dennoch kehrten die Härte und die Distanz nicht in seine Seele zurück. Seine Gefühle lagen in seinen Augen, in dem zärtlichen Blick, mit dem er sie betrachtete, und sein Körper strahlte das unbändige Verlangen aus, das er nach ihr empfand.

Elli erging es nicht anders. Am liebsten hätte sie sich in seine Arme fallen lassen, doch der Adler sollte nicht vollenden, wozu er gekommen war. Wehmütig lächelte sie ihn an, worauf er ihr zunickte, auf den Lippen ein leichtes Lächeln.

»Kopf hoch, Frau Doktor Achilles, die Moiren haben uns eine Wendung ermöglicht und die werden wir ergreifen.«

Sie nickte, einen Kloß im Hals. Was war schwerer zu ertragen – die Frage, ob er für sie empfand wie sie für ihn, oder zu wissen, dass sie ihren Gefühlen nicht nachgeben durften?

Aber von derlei Fragen durfte sie sich nicht die kostbare Zeit rauben lassen, die das Schicksal ihnen zugedacht hatte. Ihre Aufgabe war wichtig und es galt, sie schnellstmöglich zu erfüllen. Umso eher konnten sie zusammen sein, und das hoffentlich für alle Zeit.

Nachdenklich strich sie sich eine lose Strähne hinters Ohr. »Die Moiren haben davon gesprochen, dass wir das große Ganze noch nicht durchschaut haben. Hast du eine Ahnung, was sie meinen?«

Achill schüttelte den Kopf. »Aber wir werden es herausfinden. Laut der Prophezeiung bleiben uns der Rest des Tages und die komplette Nacht.« Sein Körper war angespannt, bereit für ihre Zukunft zu kämpfen.

Elli rief sich den Singsang der Schicksalsweberinnen ins Gedächtnis. »Sie haben uns gesagt, wir sollen nach dem Weg suchen, der ewiges Leben verspricht. Die Götter leben unendlich, die mythischen Gestalten …«, begann sie an den Fingern abzuzählen.

Achill zog die Stirn in Falten. »Vielleicht meinen die Moiren nicht diejenigen, die ewig Leben, sondern den Grund, weshalb sie es tun.«

Elli riss die Augen auf. »Glaubst du, sie haben auf den Baum der Hesperiden angespielt?«

Den Baum hatte Gaia, die Erdgöttin, Hera und Zeus zur Hochzeit geschenkt. Daran wuchsen goldene Äpfel, die den Göttern ewige Jugend verliehen. Bewacht wurden sie den Sagen zufolge von den Hesperiden, den jungfräulichen Töchtern von Atlas und Hesperis. Und dem Drachen Ladon.

Achill nickte, ein schiefes Grinsen im Gesicht.

»Herakles hat ewig damit angegeben, dass es ihm gelungen ist, drei der goldenen Äpfel zu stehlen. Was er schafft, schaffen wir erst recht.«

Er zwinkerte ihr verschmitzt zu und in diesem Augenblick glaubte sie, dass ihr an der Seite von ihm alles gelingen konnte.

Angesichts der Aussicht, das Rätsel hinter der Weissagung der Moiren gelöst zu haben, kehrte sie in ihre Rolle als Wissenschaftlerin zurück. Die Äpfel der Hesperiden. Was wusste sie darüber? »Wenn ich mich richtig erinnere, befindet sich der Garten jenseits des westlichen Meeres. Weißt du, was damit gemeint ist?«

»Natürlich. Ich kenne die Inseln, die sich westlich des Festlands erstrecken. Durch die Schatten können wir problemlos dorthin gelangen. Nimm meine Hand, Elli, und ich führe dich hin.«

Sie blickte auf die dargebotene Rechte, die eben noch über ihren Körper gefahren war, mit der er sie festgehalten hatte. Doch das durfte er nicht tun. Noch nicht. Ihre Berührung musste platonisch bleiben, bedeutungslos. Was unmöglich war …

Mit klopfendem Herzen ergriff sie die Hand. Ein Kribbeln durchfuhr sie wie ein Stromschlag, der ihr durch den Magen fuhr. Die Wärme schoss ihr in die Wangen, doch sie atmete ruhig, bis sie sich gesammelt hatte und den Kopf hob, nichts von der Sehnsucht auf ihrem Gesicht. Sie musste ihn vor den Klauen der Adler schützen. »Los geht's!«

Er rannte los und sie mit ihm. Wie der Wind selbst brausten sie auf die Schatten zu. Sie liebte das Gefühl, wie sich ihr Haar aufbauschte, ihr Gewand aufblähte und wie der Wind über ihre Arme fuhr. So fühlte es sich an, frei zu sein.

Als sie in die Schatten eintauchten, verklang der Wind, doch das befreiende Gefühl verblieb in ihr zurück.

Rasend schnell jagten sie durch das Dämmerlicht. Sie wusste nicht, woran er sich orientierte, doch wenig später führte er sie auf einen Lichtpunkt zu, der größer und größer wurde, bis sie sich von den Schatten lösten und auf einer Insel mitten im Meer wiederfanden.

Wellen spülten unablässig auf den Strand, der von feinem Sand bedeckt war und sich weit auf die Insel erstreckte. Einzelne Berge zeichneten sich vor ihnen ab, die von üppigem Grün bedeckt waren, mehr war auf die Distanz nicht zu erkennen.

»Wo befindet sich der Garten?«

»Ich zeige ihn dir gleich.«

»Gleich?« Stirnrunzelnd sah sie ihn an, als er ihr eine Ladung Wasser ins Gesicht spritzte.

»Was soll das?« Sie zögerte keine Sekunde, bückte sich und spritzte ihm ebenfalls einen Schwall in seine grinsende Visage. Er lachte laut, die bedrückende Stimmung war wie fortgespült, als er erneut ihre Hand ergriff und sie auf den Strand zog, bis sie an einen Felsen gelangten.

Erneut rannten sie in die Schatten, nur einen kurzen Weg, bevor sie das Dämmerlicht verließen.

Sie glaubte noch immer das Rauschen der Wellen zu hören, obwohl sich eine saftige Wiese vor ihnen erstreckte. Gänseblümchen und andere zarte Blumen wiegten ihre Blüten und Blätter im Wind und reckten ihre Köpfe der Sonne entgegen. Sie bildeten weiße und pastellfarbene Tupfer, die das Grün der Wiese durchbrachen. Der Geruch nach frisch gemähtem Gras stieg ihr in die Nase und lächelnd atmete sie ein.

Keine hundert Meter von ihnen entfernt breitete sich malerisch ein Gebiet aus, das von hohen Bäumen eingerahmt wurde. Zu wenige, um sie als Wald zu bezeichnen. Vielmehr erinnerten die großzügigen Zwischenräume und die saftigen Wiesen dazwischen an Streuobstwiesen.

Ein Flüstern war zu hören, ein Wispern, ein Lachen, hohe Stimmen, doch sie waren zu hoch und weit entfernt, um ihren Worten zu lauschen.

Elli atmete flach, die Stimme nur leise. »Ist dort der Garten?«

Achill nickte, umschloss ihre Hand noch immer fest. Als sie es bemerkte, schoss ihr Blick gen Himmel, wo erneut ein Adler kreiste. »Bevor Zeus' Wachposten unsere Ankunft verrät, sollten wir lieber ...« Mit einem Schulterzucken löste sie ihre Finger von seinen.

Er nickte nur, den Blick unergründlich, bevor er seine Aufmerksamkeit dem Garten zuwandte. Sie näherten sich einer Reihe von Büschen und bezogen dahinter Stellung. Die Augen auf die Bäume gerichtet, beobachteten sie, ob sich etwas zeigte, doch weder von den Jungfrauen noch dem Drachen war etwas zu sehen. Nicht einmal ein Zaun schützte den heiligen Bereich. Dennoch war Elli überzeugt, dass die Wächter nicht schliefen.

Dasselbe schien auch Achill durch den Kopf zu gehen, denn er beugte sich tiefer hinab, sodass er trotz seiner übermenschlichen Größe gänzlich hinter dem Blattwerk verschwand. Entschieden legte er die Hand um einen Schwertknauf, der an seiner Seite zwischen den Falten des Gewandes hervorragte und der ihr bislang nicht aufgefallen war.

Verwundert betrachtete sie die Riemen, die quer über seine breite Brust verliefen. Es war ihr nicht aufgefallen. Aber sie war eine ausgezeichnete Beobachterin. Bei den Moiren hatte er den Schwertgurt samt Waffe nicht getragen, davon war sie überzeugt.

»Wo kommt das Schwert auf einmal her?«

Die Augen wachsam auf die Umgebung geheftet, nickte er zurück zu den Schatten, aus denen sie getreten waren. Er sagte nicht mehr dazu, doch auch so war klar, dass er die Waffe samt Tragegurt und Scheide in Windeseile aus den Schatten mitgenommen hatte, so schnell, dass ihr die Bewegung entgangen war.

»Wir brauchen einen guten Plan«, lenkte er ihre Aufmerksamkeit zurück auf das Wesentliche.

Elli wandte den Blick von dem Schwert ab und richtete ihn auf die idyllische Landschaft vor ihnen.

»Herakles ist es gelungen, also schaffen wir es auch. Die Forschung ist sich allerdings nicht einig, wie er es bewerkstelligt hat.«

Für einen Moment sah es aus, als würde Achill die Augen verdrehen. »Mir hat er es nicht verraten. Bloß angegeben – das kann er gut.«

Ein Schmunzeln lag angesichts der Vorstellung auf ihren Lippen, während sie rasch überriss, was der Wissensstand der heutigen Forschung war. »Den antiken Schriftstellern zufolge hat Herakles einer Version nach die Hesperiden gerettet, die von Piraten entführt waren, und zum Dank hat ihr Vater Atlas ihm die goldenen Äpfel gegeben. In der Zwischenzeit hat er für ihn den Himmel getragen, was ich mir verdammt schwer vorstelle.«

Achill brummte. »Auch wenn ich das definitiv ebenfalls übernehmen könnte, bezweifle ich, dass es uns auf die gleiche Weise gelingen wird. Soweit ich weiß, hausen derzeit alle Töchter im Garten, und sie vorher zu entführen, ist wohl kein kluger Schachzug.«

In Gedanken bei der Vorlesung über Herakles' Taten lächelte Elli.

»Einer anderen Überlieferung zufolge hat er gegen den Drachen Ladon gekämpft.«

Unablässig hielt er die Augen auf die hohen Bäume gerichtet, die das Innere des Gartens vor dem heimlichen Betrachter verbargen.

»Ich befürchte, das wird auch unser Los sein.«

Schon wollte er sich an den Garten heranpirschen, als Elli ihn am Arm zurückhielt. Etwas fühlte sich falsch an. Eigentlich war sie ein rationaler Mensch, aber im Zuge ihrer außergewöhnlichen Reise hatte sie auf ihr Bauchgefühl zu hören gelernt und das sagte ihr, dass sie nichts überstürzen durften.

»Bist du sicher, dass wir die goldenen Äpfel stehlen müssen?«

Stirnrunzelnd sah er sie an. »Was meinst du?«

»Die Moiren haben von der Ewigkeit geredet, aber womöglich brauchen wir nicht die Äpfel, sondern sollen mit den Hesperiden sprechen oder diesen Ort, an dem die Götter ihre Unsterblichkeit finden, absuchen. Vielleicht gibt es an dieser Stelle einen Hinweis.«

Achill schüttelte wenig überzeugt den Kopf. »Welchen Hinweis sollten wir finden? Du denkst zu modern, Elli.«

»Ich glaube einfach nicht, dass Gewalt an dieser Stelle die Lösung ist.«

»Ich hätte ihnen schon nicht weh getan, wenn du das befürchtest.« Er schmunzelte. »Was hast du stattdessen vor? Kaffee und Pfannkuchen?«

Wachsam betrachtete sie den Bereich, in dem sich der heilige Garten verbarg, bevor sie sich entschlossen in Bewegung setzte.

»So ähnlich.«

KAPITEL 11

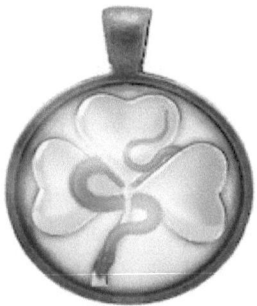

Ohne zu wissen, worauf sie sich einließ, schlüpfte sie aus dem Beobachtungsposten. Sie wollten die goldenen Äpfel der Hesperiden nicht stehlen, und an dem Gedanken hielt Elli nicht nur deshalb fest, weil sie nicht mit einem Drachen kämpfen wollte, sondern weil sie von ihrer Theorie überzeugt war. Der König, der Herakles dem Mythos zufolge dazu gezwungen hatte, die Äpfel zu rauben, hatte niedere Beweggründe. Die Moiren hingegen mit Sicherheit nicht. Deshalb musste es um etwas anderes gehen.

Da sie nichts Böses im Sinn hatte, wähnte sie sich sicher und näherte sich der Baumgruppe, die das Areal eingrenzte. Ihr Herz klopfte mit jedem Schritt heftiger.

Was erwartete sie? Wie nah sie dem Garten auch kam, sie sah nicht, was sich hinter den Bäumen verbarg, obwohl die

Stämme mehrere Meter voneinander entfernt gepflanzt waren. Womöglich war es eine Art magische Barriere, ein Sichtschutz, der den spontanen Spaziergänger nicht verführen sollte, die heiligen Äpfel der Götter zu stehlen.

Nur noch wenige Schritte trennten sie von dem Garten, als sich eine große Hand auf ihre Schulter legte. Überrascht blickte sie zur Seite, wo Achill auftauchte, die Augen unablässig auf den Garten gerichtet.

»Glaubst du wirklich, ich lasse dich allein die Vorhut spielen?«

Sie schmunzelte. »Aber dein Schwert lässt du vorerst stecken, in Ordnung?«

»Solange dich niemand bedroht, schwöre ich, werde ich nicht derjenige sein, der angreift.«

Gemeinsam mit ihr schlich er näher, seine Augen huschten unablässig hin und her, ebenso wie Ellis. Sobald sie den ersten Obstbaum erreichten, blieb Elli stehen und legte die Hand auf die tief durchfurchte Rinde. Eigentlich hatte sie sich lediglich für einen Moment des Nachdenkens anlehnen wollen, doch offenbar hatte sie eine Art geheimen Mechanismus entdeckt. Die Berührung ließ sie durch die göttliche Barriere sehen, worauf sie überwältigt die Augen aufriss.

Inmitten der Wiese wuchsen eine Handvoll Bäume mit weit ausladenden Kronen, deren Blätter glänzten wie frische Triebe im Frühjahr. Dazwischen glitzerte und schimmerte es golden. Die Äpfel der Götter. Ihre Oberflächen schillerten im Licht der Sonne, die ihre Strahlen auf die Früchte warf, als wäre sie es, die für ihre besondere Färbung verantwortlich war.

Zunächst glaubte Elli, es wüchsen nur einzelne Äpfel an den Bäumen, doch je länger sie die Augen über die Kronen gleiten ließ, desto mehr goldene Äpfel fielen ihr auf. Über und über waren die Äste und Zweige damit bestückt, und keiner davon sah klein und mickrig, schrumpelig oder faul aus, nein, sie alle waren rund und fest und glänzten in makelloser Perfektion.

»Wie wunderschön.« Ihre Stimme war kaum ein Hauch, dennoch hatte Achill sie gehört und beugte sich näher.

»Was siehst du?«

Ohne zu antworten, fasste sie nach seiner Hand und legte sie auf die Rinde, worauf er hörbar die Luft einsog. Eine Weile standen sie still, versunken in die Betrachtung dieses Paradieses, bis Achill die Ruhe durchbrach.

»Woher wusstest du, dass du die Hand auf die Rinde legen musst?«

»Ich weiß es nicht. Es war einfach da. Instinkt.«

Er sagte nichts dazu, betrachtete sie nachdenklich, bevor er den Garten nach seinen Wächtern absuchte. Doch es waren weder die Jungfrauen noch der mehrköpfige Drache zu sehen. »Wahrscheinlich lauern sie im Verborgenen, um uns hinterrücks anzugreifen, sobald wir den Garten betreten.«

Elli glaubte das nicht. Sie fühlte Frieden, ewige Eintracht, ein ausbalanciertes Machtgefüge, das sie durch ihren Besuch nicht gefährdeten. Kurzerhand ließ sie die Rinde los und trat beherzt zwischen den Bäumen hervor. Sämtliches Herzklopfen war verschwunden, jeder Zweifel verklungen.

Achill fluchte und folgte ihr auf den Fuß, die Hand am Schwertknauf. Ein Knurren war zu hören, ein Fauchen, doch während Achill schon das Schwert ziehen wollte, fühlte Elli, wieso es erklang. Rasch drehte sie sich zu ihm und löste seine Hand von dem Knauf.

»Du musst ihnen vertrauen, damit sie es auch tun.«

Die Brauen zusammengezogen musterte er sie, ließ es jedoch zu, dass sie langsam seine Hand von der Waffe schob. »Woher weißt du das, Elli?«

Sie deutete lediglich auf ihr Herz und lächelte, ohne den wahren Grund zu kennen. Vielleicht hatte es etwas mit ihrem mythischen Ich zu tun oder mit ihrer Abstammung von Zeus. Wieso auch immer spürte sie, nein, über Spüren ging es hinaus. Sie wusste, wenn sie friedlich blieben und nichts Schlechtes im Sinn hatten, geschah ihnen an diesem heiligen Ort kein Leid.

»Lass das Schwert hier, wir brauchen es nicht.«

»Ich soll mein Schwert im Gras liegen lassen? Was verlangst du von mir?«

»Bitte, vertrau mir.«

Er betrachtete zunächst sie, dann die Umgebung, bis er die Luft ausstieß. »Also schön. Du scheinst eine besondere Verbindung zu diesem Ort zu haben, deshalb höre ich auf dich. Meinst du nicht, es reicht, wenn ich das Schwert zwar bei mir trage, aber unangetastet lasse?«

Wie zum Widerwort fauchte etwas. Es donnerte, die Erde wackelte. Elli hob eine Braue, worauf Achill aufseufzte, den Schwertgurt löste und in den Schatten des Baumes gleiten ließ. »Also schön, aber du bleibst bei mir, versprochen?«

»Keine Angst. Falls ich dich verteidigen soll, bleibe ich in deiner Nähe.«

Schmunzelnd stieß er sie gegen die Schulter. »Ich meine es ernst.«

Sie zwinkerte ihm zu. »Versprochen.«

Sobald Achill die Aufmerksamkeit von seinem Schwert löste, das einsam auf der Wiese lag, verklang das Knurren.

Langsam betraten sie den Garten, der von munterem Vogelgezwitscher erfüllt war. Laute, leise und einzelne Töne oder Melodien wanderten über die Baumkronen wie Gespräche oder Erzählungen. Unvermittelt flaute das Gezwitscher ab, bis nichts mehr davon zu hören war, als hielten die Vögel die Luft an, alle Aufmerksamkeit auf die unangemeldeten Besucher gerichtet.

Augenblicklich blieben Elli und Achill stehen, auf alles gefasst, als eine junge Frau hinter einem der großen Bäume hervortrat. Sie lächelte, während sie mit beschwingten Schritten auf sie zulief.

Ein wenig erweckte ihr Gang den Eindruck, sie würde tanzen. Ihr dünnes Gewand schmiegte sich an ihre weiblichen Formen und wiegte mit jedem Schritt, ebenso wie ihr langes Haar, das sich in großen Wellen bis über ihren Rücken ergoss und im Rhythmus mit ihrem Kleid hin und her wog.

Ein Duft folgte ihr, der blumig und intensiv war. Er erinnerte Elli an etwas, doch bevor sie erkannte woran, begann die Hesperide zu sprechen. Ihre Stimme war hoch und klar und legte sich wie das Lied eines Vogels über den Garten, in Eintracht mit ihm verbunden. War sie einer der Vögel gewesen? Wenn ja, waren die anderen Singvögel ihre Schwestern, die nun lauschten, was geschah?

»Herzlich willkommen, Helena und Achill, im Garten der Hesperiden. Ich habe bereits auf euch gewartet.«

Überrascht wechselte Elli einen kurzen Blick mit Achill, der die Brauen skeptisch zusammengezogen hatte.

»Woher wusstet Ihr, dass wir kommen?« Seine Stimme war ruhig wie gewohnt, dennoch schwang ein Unterton mit, der seine erhöhte Wachsamkeit verriet.

Die Jungfrau lächelte liebreizend und arglos, obwohl sie sein Misstrauen sicherlich wahrnahm.

»Einst wurde ich von Piraten entführt. Ich hatte furchtbare Angst, was sie mir antun könnten und dass ich nie wieder den schönen Garten meiner Eltern sehen würde. Es war eine furchtbare Zeit.

Gemeinsam mit mir und zwei meiner Schwestern hielten die Seeräuber eine alte Seherin gefangen, die nicht wusste, wer ich war, und die sich dennoch in einer stillen Stunde bereiterklärt hat, meine Zukunft zu lesen. Sie sagte mir, sie sieht mich im Schatten großer Bäume stehen, an denen goldene Äpfel hängen, während ich die strahlend schöne Helena und den berühmten Kriegshelden Achill empfange.

Die Weissagung hat mir Hoffnung geschenkt, weshalb ich mich – auch wenn ich schon lange wieder in Sicherheit bin – auf euren Besuch gefreut habe.« Ihr Lächeln war derart herzlich, dass Elli gar nicht anders konnte, als zurückzulächeln.

»Wir freuen uns, dass wir an diesem wunderschönen Ort sein dürfen. Weißt du auch, weshalb wir gekommen sind?«

Die Hesperide schüttelte den Kopf, dabei wirkte sie jünger als zuvor. Ihre Augen leuchteten wie die eines kleinen Kindes. »Seit ich zurück bin, habe ich mir darüber Gedanken gemacht. Wieso sollten Helena und Achill zu mir kommen, in den Garten meiner Eltern? Ihr könnt euch vorstellen, wie gespannt ich auf eure Antwort bin.«

Elli schmunzelte, während sich Achill sogleich vorlehnte, die Mimik des Strategen auf dem Gesicht. »Es gibt jemanden, der versucht die Macht der Götter auszuhebeln.«

Ihre Mundwinkel senkten sich. »Ich weiß, jemand hat den Asklepiosstab gestohlen.«

Elli warf Achill einen warnenden Blick zu, der sich kaum merklich versteifte. »Nein, darum geht es nicht. Hephaistos hat wegen des Raubs Gegenstände für die Götter geschmiedet und diese Gegenstände –«

»Nein, es geht um den Asklepiosstab. Nur weil ihn jemand gestohlen hat, ist das Machtgefüge in Gefahr.«

Achill wurde ungeduldig, Elli erkannte es an seinen zusammengekniffenen Brauen, worauf sie ihm beiläufig die Hand auf den Arm legte und sich an seiner statt an die junge Frau wandte. »Es stimmt, mit dem Stab fing alles an. Aber die Götter haben eine Lösung gefunden. Sie haben einen Teil ihrer Macht in sechs Artefakte gebettet, um die Ordnung aufrechtzuerhalten. Allerdings versucht nun jemand, mithilfe dieser Artefakte die absolute Macht zu ergreifen.«

Bockig schob die Hesperide die Unterlippe vor. »Nein, ihr versteht das nicht. Der Übeltäter ist der Dieb. Er muss gefangen werden. Hephaistos hat die Gegenstände schmieden müssen, sonst wäre unsere Welt untergegangen.«

»Ja, aber –«, fing Elli erneut an, doch die junge Frau ballte die Hände zu Fäusten.

»Ihr dürft nicht vom Wesentlichen ablenken. Die Götter haben versucht unsere Welt zu retten. Ihnen verdanken wir, dass es diese Sphäre überhaupt noch gibt.« Sie presste die Lippen aufeinander, ihre Wangen färbten sich rot vor Zorn.

Achill hob abwehrend die Hände, die Stimme ruhig und entspannt. »Wir streiten nicht ab, welch großen Dienst Hephaistos geleistet hat, aber wir wollen auf etwas anderes hinaus. Es gibt einen Gott, der versucht alle Gegenstände zu sammeln und damit Zeus und die Macht sämtlicher göttlicher Wesen auszuhebeln. Und dieser Gott wird von jemandem unterstützt.«

Doch die Hesperide ließ sich nicht beruhigen. Zornig trat sie einen Schritt auf sie zu. »Der wahre Übeltäter ist nicht dieser Gott, sondern der Dieb des Asklepiosstabs. Nur wegen ihm ist ...«, sie breitete die Arme aus und mit dieser Geste schloss sie die komplette Umgebung mit ein, »... alles in Gefahr.«

Wieso reagierte sie derart ungehalten? Bestimmt war Plutos längst bei ihr gewesen und hatte sie um den Finger gewickelt. Zuzutrauen wäre es ihm. Aber wozu? Welche Rolle spielte sie?

»Plutos wi–«, versuchte es Elli noch einmal, doch die junge Frau ließ sie nicht zu Wort kommen.

»Er hat uns alle gerettet!« Sie stampfte mit dem Fuß auf, worauf ein Donnern über die Wiese hallte, als hätte sie mit ihrem zarten Tritt ein Erdbeben ausgelöst. Ein weiterer Donner tönte durch den Garten, der mittlerweile seine Idylle eingebüßt hatte. Ein Fauchen erklang und etwas zischte. Ein riesiger Kopf tauchte zwischen den Bäumen auf, lange Fangzähne bleckten ihnen entgegen, riesige rot leuchtende Augen.

Ein weiterer Kopf erschien, mindestens dreimal so groß wie der eines Menschen. Beide Schädel schnellten hervor, ohne dass der Körper des Drachen dahinter ersichtlich wurde. Sie fauchten, bleckten die Lefzen und ihre Nasenflügel blähten sich auf.

Sofort ergriff Achill Ellis Hand und zog sie zurück zu den Bäumen. Sie stolperte hinter ihm her, fing sich sogleich und rannte mit ihm auf die rettende Grenze zu, die die Bäume bildeten.

Das Fauchen wurde lauter. Achill zog sie näher an sich und platzierte sich hinter ihr, sodass er zwischen ihr und dem Drachen war. Gerade rechtzeitig, denn der mehrköpfige Wächter stieß mit seinen Fangzähnen auf seinen Arm ein, den Achill schützend erhoben hatte. Die spitzen langen Zähne vermochten nicht durch Achills Haut zu dringen, doch Elli hätten sie augenblicklich zerfetzt. Entsetzt blickte sie auf Achills unverletzten Arm, als müsste jeden Moment eine klaffende Wunde aufbrechen, doch das tat es nicht.

»Auf, Elli, beeil dich!« Rennend schob er sie vor sich her, als würde er sie sich am liebsten über die Schulter werfen und tragen. Dann könnte er sie allerdings nicht mit seinem Körper vor dem Drachen abschirmen.

Aber Elli war schnell, nicht umsonst ging sie seit Jahren täglich laufen. Sie biss die Zähne zusammen und spurtete mit ihm über die Wiese. Ohne sich umzudrehen, wussten sie, dass der Drache ihnen auf den Fersen war. Hörbar schlängelte sich sein massiger Körper über die Wiese, das Gras wurde unter seinem massigen Leib niedergedrückt, und er wurde schneller und schneller. Er zischte und fauchte, gleichzeitig brüllte er, jedes Geräusch aus einem anderen seiner Mäuler.

Elli warf einen Blick über die Schulter und riss die Augen auf. Der Drache war fast bei ihnen, die Hesperide nicht mehr in Sicht. So schnell wie möglich rasten sie auf die Bäume zu. Hoffentlich konnte der Drache die Grenze nicht durchbrechen.

In rasender Geschwindigkeit stürmten sie auf die Bäume zu und sprangen zwischen ihnen durch, als stünde dort wahrhaftig ein Zaun. Hoffnungsvoll drehte sich Elli um, doch die Bäume bildeten keine Barriere mehr. Der Garten war noch immer zu sehen, die Äpfel glänzten golden und der Drache raste ungebremst hinter ihnen her. Er brüllte, fauchte, zischte. Mit einem seiner Mäuler schnappte er nach Ellis Bein. Im letzten Moment trat Achill dazwischen. Verdammt, seine Ferse! Aber er drehte das Bein so, dass die spitzen Zähne ihn am Schienbein trafen. Achill blieb unverletzt und gemeinsam flüchteten sie weiter.

»Schneller, Elli.«

Außer sich vor Zorn brüllte der Drache auf. Er hob eine seiner Klauen und versuchte Achill zu packen. Der duckte sich unter den Krallen durch, eine zweite Klaue kam auf ihn zu, die er nicht sah, doch Elli zog ihn zur Seite. Dabei wurden sie langsamer. Elli spürte den Luftzug des Drachenatems, der in ihren Nacken stieß. Gänsehaut folgte den Atemwolken, Angst ließ ihr Herz ebenso schnell schlagen wie das Adrenalin, das durch ihre Adern pumpte. Der Drache holte auf, riss sein Maul auf und keuchte. Er war zu schnell. Schon wähnte sie sich in seinem Rachen, als Achill sie in den tiefen Schatten eines Baumes zog und sie in die Zwischenwelt eintauchten.

Im letzten Moment waren sie Ladon entkommen.

KAPITEL 12

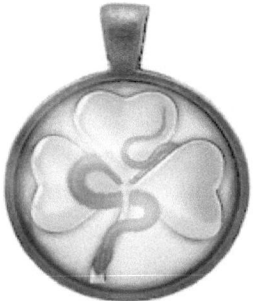

Atemlos blieb sie stehen, das Gesicht hochrot. Was für eine Jagd. Zum Glück waren sie dem Wächter entkommen. Ungläubig zeigte Elli in die Richtung zurück, aus der sie gekommen waren. »Unglaublich. Ich habe einen mehrköpfigen Drachen gesehen.«

Achill befestigte das Schwertgehänge über seiner Brust. »Ladon, wie er leibt und lebt. Ich hoffe, du rechnest nicht ein zweites Mal damit, dass du mich überreden kannst, meine Waffen abzulegen.«

»Lektion – gelernt.« Sie schnaufte.

Er grinste halbherzig.

»Hoffentlich liegst du richtig, dass wir die Äpfel nicht brauchen. Ich weiß allerdings nicht, in wie fern uns der Besuch weitergeholfen hat.«

Elli schnaufte noch einmal, bevor sie sich aufrichtete und eine Hand in die Seite stemmte. »Verdammt, ja, wir hatten kaum Zeit zu reden. Wieso ist die Hesperide ausgeflippt? Habe ich etwas Falsches gesagt? Sie beleidigt? Klar, bei den Moiren war ich zu fordernd, was sie als Hochmut ausgelegt haben, aber eben bin ich freundlich geblieben, zugänglich.«

Achill schüttelte den Kopf, selbst total entspannt, als wären sie aus dem Garten hinaus spaziert und hätten keine Verfolgungsjagd hinter sich, im Zuge derer ihn ein Drache mehrmals gebissen hatte. Er schien nicht einmal mehr an den fauchenden Wächter zu denken, so entspannt wirkte er. »Sie hat sich dermaßen darauf eingeschossen, dass alles mit dem Diebstahl des Asklepiosstabs begonnen hat ... Gut, streng genommen hat sie recht.« Er schmunzelte halbherzig.

»Klar, aber dass sie so ausrastet ...« Wieso hatte Achill den Stab eigentlich nicht längst zurückgegeben? Dann hätten sie einige Probleme weniger. Nachdenklich sah sie ihn an.

Er schien ihr die Frage an der Nasenspitze abzulesen, denn sein Blick verfinsterte sich. »Ich übergebe ihn erst an Asklepios, wenn deine Zukunft sicher ist. Sobald er nicht mehr in meinem Besitz ist, gelte ich als tot und muss meine Pflicht bei den Moiren antreten. Darüber hinaus musst du unvermittelt in die Unterwelt zurückkehren und ich weiß nicht, was dich dort erwartet. Wie Hades darauf reagiert, dass du ihm und seinem Reich entkommen bist.«

Verdammt, das hatte sie nicht gewusst. »Ihn zurückzugeben ist im Moment also keine Option – obwohl ...« Zerknirscht blickte sie ihn an.

»... obwohl wir damit Plutos aufhalten könnten. Aber ich riskiere nicht, dass der Höllenhund einen anderen Weg findet, um dich an seine Seite zu ketten. Und das, während du schutzlos in der Unterwelt bist. Eher riskiere ich die ewige Verdammnis, Elli!«

Sie nickte. Auch wenn es falsch war, den Stab zu behalten, war sie dankbar, dass Achill an ihrer Seite blieb. Dass er es nicht riskierte, von ihr getrennt zu werden. Außerdem würden sie ihn ja zurückbringen, sobald dieser Irrsinn vorbei war. Alles zu seiner Zeit. »Zuerst müssen wir die Hintergründe aufklären, anschließend bringen wir ihn Asklepios. Bestimmt werden die Götter Gnade walten lassen, wenn wir Plutos aufhalten. Außerdem war er es, der den Plan ausgeheckt hat. Wir zwei sind streng genommen Marionetten in seinem Spiel gewesen.«

In Achills Blick lagen Zweifel, doch er sprach sie nicht aus, weshalb Elli weiterredete. »Wir werden den Ausweg nutzen, den die Moiren uns genannt haben, und dann wirst auch du eine schöne Zukunft haben, mit mir.« Sie lächelte ihn vertrauensvoll an, auch wenn sie nicht wusste, woher sie die Zuversicht nahm. Wenigstens grinste er schief, was ihr vorerst reichte.

Mit geübten Griffen zog er sein Schwert, betrachtete es im fahlen Licht der Schatten, und steckte es entschieden zurück. Als hätte er damit wieder die Rolle des Kriegshelden angenommen, verzogen sich seine Brauen nachdenklich.

»Wieso sollten wir in den Garten der Hesperiden? Meinst du, wir haben den Singsang der Moiren falsch gedeutet und sie meinten einen anderen Ort?«

Sie zuckte mit den Achseln. »Das wäre natürlich eine Erklärung. Etwas gebracht hat der Besuch dummerweise nicht.« Nachdenklich tippte sie sich mit dem Finger an die Lippen. »Ich frage mich aber immer noch, wieso die Hesperide auf einmal wütend wurde. Ich meine, wir haben doch niemanden –« Elli riss die Augen auf. »Wir haben jemanden verdächtigt. Zumindest namentlich haben wir jemanden genannt, zwar erst später, doch ...«

Achill runzelte die Stirn. »Worauf willst du hinaus?«

»Obwohl wir am Anfang niemanden namentlich beschuldigt haben, hat sie dermaßen emotional reagiert, als hätten wir es getan. Als hätten wir sämtliche Götter beleidigt.« Ihre Stimme überschlug sich, ihre Aufregung stieg. Verdammt, wieso hatte sie es vergessen? Der Gedanke war ihr bereits im Garten gekommen.

Die Arme verschränkend zuckte Achill mit den Schultern. »Ich kann dir nicht folgen.«

Ellis Gedanken rasten, sie fuhr sich durch die Haare, worauf Achill sie an den Oberarmen umfasste und sie zwang, ihn anzusehen. »Was ist dir aufgefallen?«

»Er war längst bei ihr, hat sie eingelullt. Was auch immer dort zu finden gewesen war, er hat es längst.«

»Elli, rede mit mir!«

Langsam hob sie den Kopf und sah Achill an. Seine dunkelblauen Augen, die sich direkt auf sie richteten. »Plutos muss bereits bei ihr gewesen sein, vor uns.«

Er legte den Kopf schräg, die Brauen zusammengezogen. »Wie kommst du darauf?«

Sie warf die Arme in die Luft. »Ich habe es gerochen. Der intensive Duft nach Rosen. Sie hat ihn verströmt, als sie bei uns ankam, aber dann hat sie zu sprechen begonnen, weshalb ich es vergessen habe.«

»Bist du dir sicher? Vielleicht hat sie nur Rosen gepflückt, die auf einer Wiese in der Nähe wachsen.«

Entschieden schüttelte sie den Kopf. »Nein, der Geruch ist anders. Unnatürlich. Viel zu intensiv und aufdringlich. Ich werde ihn mein Lebtag nicht vergessen.« Aufgeregt lief sie auf und ab. »Er hat sie beeinflusst, sie seinem Zauber ausgesetzt und das an sich genommen, was wir hätten finden müssen. Verdammt, Achill, wir waren zu spät. Er muss uns belauscht haben. Mitbekommen haben, dass wir bei den Moiren gewesen sind. Er hat den Tipp gehört. Nur dass er früher verstanden hat, worauf die Schicksalsfrauen hinauswollten. Wieso haben wir ihn nicht bemerkt? Warum haben die Moiren selbst ihn nicht bemerkt?«

Er strich sich über das Kinn. »Ich kann es mir kaum vorstellen, denn wenigstens ich hätte seine Anwesenheit spüren müssen. Aber ausschließen können wir es nicht, du hast recht.«

»Das ist die einzig logische Erklärung, weshalb sie so ausgeflippt ist. Weil er ihr seine Version der Dinge erzählt und sie mit seinem Rosenduft benebelt hat.«

Achill zog die Brauen zusammen, der Blick finsterer als zuvor. »Wir haben Plutos erwähnt, du hast recht. Wahrscheinlich hat sie den Vorwurf von Anfang an verstanden und ihn deshalb vehement verteidigt.«

»Und damit es nicht zu auffällig ist, hat er sie nicht von vornherein gegen uns aufgebracht, sondern für sich eingenommen, damit sie ihn in Schutz nimmt, sollte jemand ihn beleidigen.«

Achill nickte langsam, während Elli fortfuhr. »Er muss einen ähnlichen Zauber wie bei mir angewendet haben. Einen, den man nicht wahrnimmt. Ich habe mich schließlich auch all die Jahre nicht von ihm getrennt, obwohl ich nicht glücklich war, obwohl er nie zu mir gepasst hat.«

Nachdenklich lief Achill auf und ab. »Aber dass er tatsächlich in die Finger bekommen hat, was wir als Hinweis hätten holen sollen ... Wäre das nicht verdammt großes Glück? Er hätte Sekunden vor uns dort gewesen sein müssen. Glaubst du nicht, die Hesperide hätte etwas davon erwähnt?«

»Nicht, wenn sie vollends seinem Zauber erlag. Dann weiß sie nicht einmal genau, was geschehen ist. Vielleicht hat sie sogar vergessen, dass er bei ihr war. Man fühlt sich wie in einer Art Trance und bekommt die Dinge um einen herum nur vage mit, ähnlich wie in einem Traum.« Außer sich vor Wut ballte sie die Hände zu Fäusten. »Wir müssen zurück und sie aus seinem Zauber lösen, damit wir herausfinden, welchen Hinweis sie für uns bereitgehalten hat.«

Gelassen schüttelte Achill den Kopf. »Zuerst einmal müssen wir uns beruhigen. Aufgebracht kommen wir nicht weiter.«

»Aber was sollen wir sonst tun? Welche Möglichkeit bleibt uns?« Sie wollte sich im Schneidersitz auf den Boden setzen, doch Achill griff sie unter dem Arm, die Stimme nur ein Raunen.

»Dies ist nicht der geeignete Ort, um zu rasten.«

Stirnrunzelnd blickte sie auf. »Aber hier kann uns wenigstens niemand finden, weder Plutos noch die Adler von Zeus.«

»Dafür warten in den Schatten andere Wesen, deren Namen wir besser nicht laut aussprechen.« Mit den Worten zog er sie weiter durch das düstere Licht. Sie rannten und rannten, länger noch als auf die westlichen Inseln, bis sie das Dämmerlicht verließen und im Schatten eines großen Tempels angelangten.

Elli blinzelte mehrmals, um den starken Kontrast zu verarbeiten und zu begreifen, wo sie sich befanden. Sogleich legte sie den Kopf in den Nacken, um das Gebäude zu erkennen – und presste sich die Hände vor den Mund. Die Figuren im Giebel, die figürlichen Verzierungen am Gebälk, die Anordnung der Säulen, die enormen Ausmaße ... Jedes Detail kannte sie in- und auswendig, auswendig gelernt anhand von Fotos und Texten für ihre Zwischenprüfung. Sie brauchte sich nicht umzudrehen und das Panorama der Stadt zu überprüfen, um zu wissen, wohin Achill sie gebracht hatte.

»Der Parthenon.«

In der anderen Zeit hatte Elli viele Male an genau dieser Stelle gestanden, aber noch nie in der antiken. Verzückt lachte sie auf, worauf ein tiefes Lachen neben ihr ertönte. Grinsend drehte sie sich zu Achill. »Woher wusstest du ...?«

»Ich musste dich aufmuntern, Elli, und schließlich bist du Archäologin. Was kann wohl dein größter Traum sein?« Langsam drehte sie sich um die eigene Achse, während er raunte: »Einmal die Athener Akropolis in antiker Zeit besuchen.« Seine Stimme, seine Worte gemeinsam mit der Magie des Ortes ließen sie erschaudern.

Und es stimmte, sie waren wirklich dort. In Athen, auf der Akropolis, im Schatten des Parthenon, einer der bedeutendsten Tempel der altgriechischen Zeit.

Langsam ließ sie den Blick über den Niketempel, das Eingangstor, das Propyläen genannt wurde, das Erechtheion, den Olivenbaum und die Pinakothek gleiten, bis sie wieder den beeindruckenden Athenatempel, den Parthenon, vor sich sah.

Während sie die Augen nicht von dem imponierenden Bau lösen konnte, schob Achill sie ins Innere. Sie bemerkte es kaum. Ihr Blick wanderte über den Fries, der sich im Inneren einmal rundherum erstreckte und unzählige Menschen bei einer Zeremonie zeigte, musterte die dicken Säulen, die das schwere Dach trugen, bis ihr ein verzücktes Seufzen entfuhr.

»Pst.«

Elli nickte bloß, kaum in der Lage, ihre Begeisterung zu verbergen. Sie ließ sich von Achill in eine abgelegene Ecke führen, die verlassen war – im Gegensatz zum Inneren der Cella, wo einzelne Gläubige Weihgaben ablegten. Gebannt verfolgte Elli ihre Gesten, wie sie sich vor den Altar knieten, etwas murmelten, die Augen schlossen, wie sie Statuen und Körbe voller Essen ablegten, Blumenkränze und Sträuße niederlegten und mit all dem ihre Verehrung für Athena, die Stadtgöttin, ausdrückten.

Auch als Achill sie um die Ecke zog, reckte Elli den Hals, um die Gläubigen zu beobachten, bis er sich hinter sie stellte und sie leise lachend weiterschob, sodass sie die kultischen Handlungen nicht länger verfolgen konnte. Mit einem seligen Grinsen auf dem Gesicht kehrte sie mit ihren Gedanken ins Hier und Jetzt, zu ihren Problemen zurück. Er hatte recht. Von dem Rückschlag durften sie sich nicht unterkriegen lassen. Sie würden einen Weg finden, auch wenn Plutos ihnen einen Schritt voraus war.

Ihr Herz klopfte aufgeregt, während sie die Hände vor der Brust gefaltet hatte. »Danke, dass du mich hergebracht hast.« Mit leuchtenden Augen schaute sie Achill an, der sie mit seinem Blick zu verschlingen schien.

Augenblicklich veränderte sich die Stimmung. Ihr Herz drängte zu ihm, ein kleiner Schritt, eine Hand auf seine Brust. In einer fließenden Bewegung stellte sie sich auf die Zehenspitzen, hob ihm das Kinn entgegen. Als wäre Magie am Werk neigte er gleichzeitig seinen Kopf, während sie sich ihm entgegenstreckte und ihr Puls in die Höhe schoss. Seine Hände fuhren über ihre Arme, legten sich um ihr Gesicht.

Allein die Vorfreude auf den Kuss ließ ihre Lippen voller Erwartung prickeln. Ein Feuer brannte in ihrem Inneren, sie stand in Flammen. Nur noch wenige Millimeter fehlten. In seinen Augen loderte ein Sturm, bevor er den Blick auf ihre Lippen senkte. Ihr Herz klopfte außer sich, als er sich plötzlich räusperte und einen Schritt zurücktrat.

Einen kleinen Schritt nur, doch es reichte.

Sie durften nicht.

Wehmütig verzog er die geschwungenen Lippen zu einem schiefen Grinsen.

»Am liebsten würde ich sofort über dich herfallen und dich nie wieder loslassen, damit du unseren Rückschlag vergisst – erst recht wenn deine Augen so leuchten und du noch mehr strahlst, als ohnehin schon. Leider wäre das auch ohne die angedrohte göttliche Strafe nicht ratsam.«

Elli blinzelte. Langsam ließ ihr schweres Herzklopfen nach, vor Augen das Bild des Adlers, der ihn zerfetzte, bis sie ihn stirnrunzelnd ansah.

»Was meinst du damit, es gibt noch mehr Gründe als die göttliche Strafe von Zeus' Adler?«

Er lachte leise. »Wenn wir ihren Tempel entweihen, werden uns Athena und die anderen Götter gewiss nicht mehr helfen.«

»Und was machen wir stattdessen?«

»Abwarten?«

Elli schmunzelte. »Abwarten, hm?«

»Nicht gerade unser Spezialgebiet.« Er grinste schief, worauf ihr ein Kribbeln durch den Magen fuhr. Hitze stieg ihr in die Wangen, gefolgt von aufregender Nervosität.

Erneut senkte sich sein Blick auf ihre Lippen, ihren Hals, doch bevor er tiefer glitt, hob er ihn an und schaute ihr in die Augen. Gänsehaut wanderte über ihren Körper, als hätte er sie mit seinem Blick gestreichelt. Sie schluckte, während seine ruhige Stimme durch den Tempel wanderte.

»Wie gerne würde ich dich ...«

Sie schluckte erneut angesichts seines hungrigen Blicks. Wie auf Kommando schrie von weit her ein Adler auf. Ob das Geräusch nur ihrer Einbildung entsprang oder sie selbst im Tempelinneren beobachtet wurden, wusste sie nicht, doch es war Warnung genug.

Schief lächelte sie ihn an. »Wir werden uns ablenken müssen.«

Er streckte kurz die Hand nach ihr aus, doch bevor sie einander berührten, zog er sie zurück und verschränkte sie stattdessen vor der Brust. Ein sehnsüchtiges Schmunzeln auf den Lippen nickte er lediglich, die Augen noch immer auf ihr ruhend.

Elli wandte den Blick ab, um sich zu konzentrieren. Die Zeit verstrich und sie mussten eine Lösung finden.

»Wir sollten überlegen, welche Möglichkeiten uns bleiben. Der Hinweis der Moiren ist in Plutos' Hand, aber davon dürfen wir uns nicht entmutigen lassen. Uns bleibt immer noch der alte Plan, Plutos daran zu hindern, sämtliche Artefakte in seinen Besitz zu bekommen.«

»Du hast recht, Elli, darauf werden wir uns konzentrieren.«

»Der sechste Gegenstand ist es, von dem wir nicht mit Sicherheit wissen, was es ist und welcher Gott ihn mit Hephaistos gefertigt hat.«

Grüblerisch nickte er.

»Wenn wir ihn in unsere Finger bekommen, sind wir im Besitz von drei. Ich wette, Hephaistos hat für Zeus ein Blitzbündel gefertigt.«

Seine Worte erinnerten sie an das, was sie an Schmuck bei sich trug. Nicht an das Amulett, das auf ihrer Brust unter ihrem Gewand lag. Die drei Herzen mit der Schlange. Nein, dieses Schmuckstück hatte sie beschützt, gehörte zu ihr wie die Vergangenheit. Es kam ihr wie der größte Schatz vor und wie ein Wunder, dass Plutos es ihr nicht genommen hatte.

Aber die anderen beiden goldenen Geschmeide waren das, um was es ging. Automatisch fiel ihr Blick auf den Ring und den Armreif an ihrer Hand. Ihr Gewicht wurde unerträglich allein durch die Vorstellung, dass Plutos damit jeden ihrer Schritte überwachte, vielleicht noch immer lenkte, oder es zumindest versuchte.

»Kein Wunder, dass er uns bei den Moiren gefunden hat.« Sie hob die Hand. Die Schmuckstücke wurden schwerer, kälter. Lag es nur an ihrer Vorstellung oder wirkte Plutos seine Macht auf sie aus? Versuchte er sie zu lähmen? Ihr zu schaden? Die metallene Kälte nahm zu, drückte gegen ihr Handgelenk, gegen ihren Finger, presste ihr die Lebenskraft ab.

Verfluchter Ring, verfluchter Armreif! Wieso nur konnte sie sie nicht einfach abziehen und fortwerfen?

Achill legte die Hand auf ihre. »Wird Zeit, dass du die Schmuckstücke ablegen kannst.«

Stumm presste sie die Lippen aufeinander. Er sollte nicht wissen, was die Geschmeide mit ihr anrichteten und wie sehr es sie störte, damit herumlaufen zu müssen. Waren es nur ihre Gedanken, die das Gefühl, geknebelt zu sein, hervorriefen, oder war es Plutos' überirdische Kraft?

Doch Achill schien zu wissen oder zumindest zu ahnen, was in ihr vorging. Sachte fuhr er über das glänzende Metall. Für einen Moment fühlten sich die Artefakte weniger erdrückend an, als hätte er die Last mit ihr geteilt. »Ich verspreche dir, Elli, beim Ruhme meines Namens, ich werde nicht eher rasten, bis du diese verdammten goldenen Fesseln los geworden bist.«

»Das wäre … schön.« Sie schluckte, unfähig auszudrücken, was in ihrem Inneren vorging. Sie räusperte sich, um ihre natürliche Selbstsicherheit wiederzuerlangen und damit die Kraft, dem Willen der Götter zu trotzen. Entschieden hob sie den Kopf. »Wie halten wir Plutos auf?«

Nachdenklich betrachtete er die Schmuckstücke, fuhr erneut mit dem Finger darüber, wodurch sich die Kälte ein wenig legte. »Ich habe eine Idee. In der Unterwelt gibt es jemanden, der mehr weiß, als den olympischen Göttern lieb ist. Ich werde zu ihm gehen und ihn befragen. Vielleicht finde ich einen Weg, wie du den Ring und den Armreif auch ohne das Einverständnis der Besitzer loswirst.«

Ungläubig fuhr Elli auf. »Und ich soll warten und Däumchen drehen? Hier gibt es nicht mal Bücher!«

Er lachte leise.

»Du kannst die Gläubigen beobachten.«

Ihr Blick huschte zu drei Frauen, die in dem Moment den Tempel betraten und mit roten und schwarzen Farben verzierte Tonkrüge bei sich trugen. Natürlich war es spannend zu erfahren, was sie damit vorhatten, aber auf die Zeit würde auch das seinen Reiz verlieren – zumal sie mit ihrer Unruhe niemals die Geduld aufbringen könnte, still ihrem Forscherdrang nachzugehen.

Nein, sie würde sich nicht abspeisen lassen.

Schon öffnete sie den Mund, doch bevor sie widersprechen konnte, erklang eine vertraute Stimme in ihrem Ohr. Eine Stimme, mit der sie nicht gerechnet, vor der sie sich in diesem Tempel sicher geglaubt hatte und die ihr einen eisigen Schauer über den Rücken jagte.

»Ich weiß, wo du dich versteckst, schöne Helena, aber die Zeit ist vorbei. Komm zu mir, auf der Stelle, sonst wird es deinen Freund teuer zu stehen kommen.«

Plutos ...

Unauffällig schielte sie zu Achill, auf dessen Gesicht ein zärtliches Schmunzeln lag. Er konnte die Stimme nicht hören.

»Du zögerst, meine Schöne? Dann lass es mich so sagen. Wenn du nicht auf der Stelle mit mir kommst, erfährt Zeus, wer den Asklepiosstab gestohlen hat. Ich weiß, wo Achill ihn versteckt hält. Während ihr geglaubt habt, ich sammle den letzten Gegenstand, habe ich Erkundungen eingeholt. Es ist vorbei, schöne Helena. Komm, oder Achill wird für immer dafür bezahlen.«

Sie wollte ihm nicht glauben. Sie wollte es nicht. Aber tief in ihr drinnen war diese Angst. Diese ungreifbare Angst, dass er recht hatte, dass Achill für den Diebstahl bestraft wurde und dass sie es hätte verhindern können. Und die schlimmste Angst von allen war, dass ihre gemeinsame Zeit für immer zu Ende sein könnte ...

Sollte sie die Gelegenheit nutzen und Achill ziehen lassen, um anschließend mit Plutos mitzugehen? Achill wusste, was Plutos plante, Hermes hatte es ebenfalls erfahren. Und bevor Achill ebenfalls angeklagt werden würde, sollte sie ihn da nicht lieber schützen, bis er einen Ausweg fand?

Sie könnte den Spieß umdrehen. Eines von Plutos' Druckmitteln war das verfluchte Stück Papier, auf dem sie bezeugte, dass Achill den Stab gestohlen hatte. Ob die Götter anerkennen würden, dass sie es unter dem Einfluss göttlicher Willensbrechung unterzeichnet hatte? Das blieb fraglich, aber so oder so wäre es von Vorteil, es in ihren Besitz zu bekommen.

»Was ist, meine Schöne? Wirst du einsichtig sein?«

Blieb ihr eine Wahl? Die Zähne zusammengebissen nickte sie.

Achill runzelte die Stirn. »Was ist, Elli?«

»Nichts.« Sie hörte selbst, wie verkrampft ihre Stimme klang. Verdammt, sie musste sich etwas einfallen lassen, damit er nicht misstrauisch wurde. »Es passt mir nicht, hier zu warten, aber vermutlich hast du recht.«

Er lächelte sie verstehend an. Seine Augen glühten vor Liebe und dieser Ausdruck war es, der ihr die nötige Kraft verlieh. Sie trat einen Schritt auf ihn zu, gab ihm einen unschuldigen Kuss auf die Wange und lächelte ihn an, während sie bestimmt einen Schritt zurücktrat. Es war nicht das letzte Mal, dass sie sich sahen – an der Hoffnung hielt sie sich verbissen fest, während sie ihn zärtlich betrachtete. »Ich liebe dich, Achill.«

Er zögerte. Spürte er, was in ihr vorging? Doch dann trat er ebenfalls einen Schritt auf sie zu, nahm ihr Gesicht in beide Hände und betrachtete sie sehnsüchtig. »Ich liebe dich auch, Elli, und deshalb werden wir am Ende siegen. Vertrau darauf. Und höre niemals auf, für unsere gemeinsame Zukunft zu kämpfen.«

Spürte er, was sie im Begriff war zu tun? Nein, dann würde er sie niemals zurücklassen. Er machte Anstalten, sich herabzubeugen und sie zu küssen, doch stattdessen seufzte er schwer, ließ eine ihrer langen Strähnen durch seine Finger gleiten und dann verschwand er blitzschnell in den Schatten, ohne ein weiteres Wort zu sagen.

Elli schloss die Augen, kostete den Moment nach, seine Hände an ihren Wangen, in ihrem Haar, den liebevollen Blick, mit dem er sie angeschaut hatte, als vermochte er sie damit einzuhüllen und vor allen Gefahren zu schützen.

Doch nun galt es stark zu sein. Stark für ihn. Für sie beide. Sie glaubte daran, dass sie eine gemeinsame Zukunft hatten, sie glaubte fest daran. Und aus diesem Grund würde sie Plutos vorerst in Sicherheit wiegen, um Achill Zeit zu verschaffen – und um gegebenenfalls das Stück Papier in ihren Besitz zu bekommen.

Mit langsamen Schritten entfernte sie sich aus der Ecke. Der Ecke, die so voller Emotionen steckte, voller Begierde und Hoffnung. Als sie die Cella verließ und durch die Säulen trat, schnappte sie nach Luft. Der Himmel verfärbte sich bereits rosa. Würde sie Achill noch einmal wiedersehen, bevor der Sand in der Uhr hinabgerieselt war?

Die Hoffnung aufzugeben, wäre ein schlimmerer Verrat als alles andere. Die Hände zu Fäusten geballt verließ sie den Schutz des Tempels und mit jedem Schritt hörte sie das hässliche Lachen lauter. Das Lachen, das sagte: »Du gehörst von nun an mir.« Aber sie würde darauf nicht hören, dem Duft der Rosen und all seinem göttlichen Zauber nie wieder verfallen. Sie war Elli, die Wiedergeburt der schönen Helena, und sie würde niemals aufgeben, für ihre Liebe zu Achill zu kämpfen.

KAPITEL 13

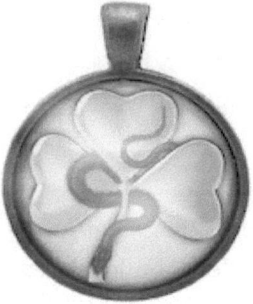

Sie hatte erwartet, dass Plutos sie wieder in undurchsichtiges Licht hüllte und irgendwohin brachte, in sein Haus oder auf den Olymp, doch stattdessen befand sie sich noch immer auf der Akropolis von Athen – und Plutos stand direkt vor ihr, höchstens zwei Schritte entfernt.

Bilder kamen hoch, schon einmal waren sie gemeinsam an diesem Ort gewesen. In einer anderen Zeit. Damals hatte sie noch nicht gewusst, dass ihr Verlobter ein Gott war, der nur darauf wartete, mit ihrer Hilfe die Macht über die griechische Welt zu erlangen.

Was war seither geschehen ... Vieles hatte sie herausgefunden, über ihre eigene Vergangenheit, über ihn, hatte erfahren, wer Achill war und wie lange die Geschichte von ihnen dreien zurückreichte.

In Gedanken umfasste sie das Amulett, das auf ihrer Brust lag, verborgen unter dem griechischen Gewand, und das die Beziehung von Plutos, Achill und ihr verdeutlichte. Die drei Herzen, die aneinander lagen wie ein Kleeblatt, und die Schlange, die sich darüber wand. Auch wenn es niemals Liebe gewesen war, die Plutos und sie verbunden hatte, so lag all den Verwicklungen und dem Raub des Asklepiosstabs doch eine Liebesgeschichte zugrunde. Eine Liebesgeschichte, die ihrer aller Untergang zu werden drohte.

Das schöne und zugleich harte Gesicht von Plutos zeichnete sich vor dem rosafarbenen Abendhimmel ab, seine dunklen kurzen Locken drehten sich im Wind und sein griechisches Gewand wehte um seinen sehnigen Körper. Er grinste selbstgefällig, als hätte er bereits gewonnen.

Und da war sie – seine Schwachstelle. Plutos war nicht so mächtig, wie er glaubte. Sein Hochmut würde ihn zu Fall bringen. Darauf konzentrierte sie sich.

Der Ring an ihrem Finger brandmarkte sie als seine Erwählte und seine Kälte versuchte sie zu schwächen. Doch als hätte Achill ihr mit seiner Berührung einen Teil seiner übermenschlichen Stärke abgegeben, vermochte sie Plutos' göttlicher Energie zu trotzen. Sie nahm den Rosenduft wahr, der ihn umgab, aber er konnte sie ebenso wenig einhüllen und ihren Willen lenken wie der goldene Ring an ihrem Finger und der Armreif an ihrem Handgelenk. Ob die Liebesgöttin wusste, dass Plutos ihn ihr umgelegt hatte? War es in ihrem Einverständnis geschehen?

Der Gedanke verselbstständigte sich. Ruhe überkam sie und legte sich auf ihr wild schlagendes Herz. Mit jedem Atemzug wurde sie entspannter, selbstsicherer. Erfüllt von der neugewonnenen Gelassenheit hob sie den Arm, um den sich der Armreif schlang, und schaute ihn angstfrei an. »Weiß Aphrodite eigentlich, dass du ihren Zauber nutzt, um deine vermeintliche Zukünftige gefügig zu machen?«

Spöttisch grinste er, überzeugt von seiner Überlegenheit. »Es ist nicht der Armreif, der die Gefühle hervorruft, meine Schöne. Er hilft lediglich, die bedingungslose Liebe, die du mir gegenüber empfindest, zu stärken.« Seine Macht versuchte in sie hineinzukriechen. Der Duft der Rosen drang in ihre Poren. Wie eine Parfümwolke erfüllte er jedes bisschen Luft, das sie umgab.

Elli presste die Lippen aufeinander, nicht gewillt, tiefer einzuatmen als nötig, und spannte sämtliche Muskeln an. Wie ein Korsett sollten sie ihr weiches Inneres schützen. Währenddessen kroch Plutos mit seinem Willen in ihren Kopf, wollte die Erinnerung an das Gespräch auslöschen, jeden einzelnen ihrer Gedanken, aber Elli war stärker als beim letzten Mal. Sie lächelte ansatzweise, was er für einen Sieg hielt, während sie in ihrem Inneren nicht aufhörte zu kämpfen.

Achills Kraft war bei ihr; die Gewissheit, Hermes und Athena als Verbündete zu haben, stärkte ihr den Rücken; und eine Energie ging von ihrer Brust, ihrem Herzen aus, die durch ihre Adern schoss wie Feuer. All das half ihr, den göttlichen Willen zurückzudrängen. Mit dem nächsten Atemzug sog sie den Rosenduft ein, doch er bewirkte nichts in ihr, denn augenblicklich stieß sie Plutos' Macht wieder aus, als wäre es ein Atemzug gewesen wie jeder andere.

Etwas geschah. Lag es an ihrem Selbstbewusstsein? Daran, dass sie dem göttlichen Zauber widerstanden hatte, oder dass sie die Kraft und die Unterstützung der anderen Götter und von Achill in ihrem Rücken spürte? Sie wusste es nicht, doch sie erkannte die Risse in Plutos' Selbstdarstellung. Erkannte die Scham, keiner der großen Götter zu sein, das Minderwertigkeitsgefühl, das sich hinter seiner Großspurigkeit verbarg, und die Lügen, die er ihr aufgetischt hatte.

Und in dem Augenblick wusste sie, was zu tun war.

Sie stellte sich vor ihn, drückte das Kreuz durch und erhob ihre Stimme in dem Bewusstsein, dass sie in einer anderen Sphäre weilten, dass die Besucher auf dem Stadtberg nichts von all der göttlichen Magie mitbekamen und deshalb außer Gefahr waren, egal was gleich geschehen würde.

»Ich rufe die Götter zu Zeugen!«, schallte ihre Stimme mit all der Luft, die ihre Lungen hergaben, zwischen die Säulen der Tempel, drang in jede Ritze, in jede Fuge. Sie selbst hatte sich noch nie so reden hören, die Kraft, die sie umgab, nie zuvor gespürt. Und nicht nur sie spürte es. Plutos trat überrascht einen Schritt zurück und riss die Augen auf.

»Was hast du vor?«

»Ich werde den Göttern alles erzählen, deinen Plan, deine List, dein falsches Spiel. Was werden sie wohl dazu sagen, dass du dich über sie erheben willst?«

Eine Ader zuckte auf seiner Stirn. »Das wirst du nicht. Du weißt, was Achill blüht, wenn –«

»Du hast nichts gegen uns in der Hand. Dein Wort steht gegen unseres. Du bist der Übeltäter hinter all dem Frevel, hast uns hereingelegt und es von Anfang an nicht anders geplant.«

Als er begriff, dass sein Zauber nicht länger bei ihr wirkte, verengte er die Augen zu Schlitzen. Er offenbarte das Raubtier, das in ihm steckte und das er mit seiner Maskerade als eitler Gott überdeckte. Seine Stimme war leise, was ihn gefährlicher machte, als es das lauteste Gebrüll vermochte.

»Du überschätzt dich, Helena. Wage es nicht, dich mit mir anzulegen.«

Ihr Puls beschleunigte sich, doch sie wollte sich von ihm nicht einschüchtern lassen. Nicht umsonst reagierte er derart heftig. Sie hatte einen wunden Punkt gefunden, eine Möglichkeit, ihn aufzuhalten, etwas gegen ihn auszurichten. »Ich habe die alte Schrift gelesen. Die Götter werden mir glauben, wenn ich ihnen von deinem wahnwitzigen Plan erzähle.«

Seine Lippen verzogen sich zu einem spöttischen Grinsen. Der Zorn war verschwunden, nach außen zumindest, selbst das Raubtierhafte in seinen Augen. Die Maskerade saß wieder perfekt. »Wieso sollten sie dir glauben?«

Sie wusste nicht, weshalb, aber sie spürte, dass sie mit offenen Karten spielen musste. »Weil ich weiß, was du vorhast. Ich kenne die Schrift und kann sie ihnen zeigen. Du sammelst die göttlichen Artefakte von Hephaistos und willst mit meiner Hilfe die Macht über die Götter erreichen.«

Erneut bröckelte seine Selbstsicherheit. Etwas flackerte in seinen Augen auf. Angst vor der Strafe der Götter und zugleich eine Wut, die ihn unberechenbar machte.

»Du wagst es, dich mit mir anzulegen?«

Obwohl er nur flüsterte, hallten seine Worte über den Stadtberg wie ein Donnergrollen. Rasch hob er die Hände, worauf sich die Erde zwischen ihnen auftürmte. Obwohl die Brocken sie nicht berührten, drückten sie gegen sie, gegen ihre Brust, ihre Lungen. Das Atmen fiel ihr schwer, als läge sie bereits unter der Erde begraben. Sie versuchte nach Luft zu schnappen, doch es ging nicht. Sie presste die Hände auf den Hals, Schwindel erfasste sie, dabei hörte sie sein hässliches Lachen.

»Mit mir legt sich niemand an.«

Er lachte erneut, der Druck verstärkte sich. Schwärze legte sich über ihr Bewusstsein, schon wähnte sie sich begraben unter seiner Kraft, als plötzlich Luft in ihre Lungen eindrang und das Licht zurückkehrte.

»Untersteh dich, Zeus' Tochter anzugreifen!«, donnerte eine laute Stimme.

Sie begriff erst, wem die Stimme gehörte, als Hermes neben ihr auftauchte. Er stellte sich dem eitlen Gott entgegen, hob scheinbar mühelos die Hand und drückte den Erdwall nieder, der sie unter sich zu begraben drohte.

Elli keuchte und schnaufte. Tief sog sie den Sauerstoff in ihre Lungen, die Hände noch immer auf der Brust liegend, während Plutos lautstark fluchte.

»Du wagst es, dich zwischen mich und meine Erwählte zu stellen?«

»Mir scheint, das ist sie nicht freiwillig. Oder wie erklärst du es dir sonst, dass du sie noch vor der Ehezeremonie mithilfe deiner Kräfte bändigen und unterdrücken musst?«

Der Schwindel legte sich, worauf sie wieder klarer sah. Dennoch war ihre Stimme nur ein Krächzen.

»Danke, Hermes.«

»Immer wieder gern, Schönste der Schönen.« Er zwinkerte ihr verschmitzt zu, was ihr ein unerwartetes Lächeln entlockte. Zum Glück war er gekommen, hatte ihren Ruf gehört. Sie war nicht sicher gewesen, ob sie wirklich dazu in der Lage war, die Götter anzurufen. Hatte zumindest gehofft, Plutos damit einzuschüchtern. Zum Glück hatte Hermes sie gehört.

Plutos baute sich vor ihnen auf. Er machte Anstalten, Elli einfach zu sich zu ziehen, doch Hermes' Anwesenheit hielt ihn davon ab.

»Sie gehört zu mir. Sie trägt meinen Ring an ihrem Finger, und das macht sie –«

»– nicht zu deinem Besitz!«

Hasserfüllt funkelte er Hermes an, bevor er sich an Elli richtete. »Du weißt, was deinem Geliebten droht. Es ist deine Entscheidung.«

Das Argument saß. Elli musste Achill Zeit verschaffen – und dieses verfluchte Stück Papier brauchte sie ebenfalls. Andererseits, wie viel war es schon wert? Eine Lüge, eine List, mehr war es nicht und das würden die Götter erkennen. Aber hatte sie wirklich eine Wahl? Konnte sie es riskieren? Verdammt, sie hasste es ausgeliefert zu sein, sich stumm fügen zu müssen … Aber sie würde es sich niemals verzeihen, wenn Achill ihretwegen auf ewig Qualen erleiden musste.

Hermes betrachtete sie prüfend, schien den Zwiespalt an ihrer Mimik abzulesen, bis er scheinbar gelassen die Arme vor der Brust verschränkte. »Weißt du eigentlich, Plutos, dass Hephaistos über die Gegenstände wacht, die er den Göttern geschmiedet hat?«

Erneut zuckte eine Ader auf Plutos' Stirn, doch er schnaubte lediglich auf, als verkünde Hermes einen alten Hut. Doch zugleich erwiderte er nichts, trat auch nicht näher an Elli heran, sondern hörte Hermes zu, die Muskeln wachsam angespannt, als erwarte er jederzeit einen Angriff.

Gelassen betrachtete Hermes seine Fingernägel. »Als Erschaffer der Dinge vermag Hephaistos zu verfolgen, wo sie sich befinden. Und er hat begriffen, dass du Helena benutzt und einen Großteil der göttlichen Geschmeide mit ihrer Hilfe – wie soll ich es am besten ausdrücken? – bunkerst.«

Plutos schob das Kinn nach vorne.

Elli kannte ihn gut genug, um die Unruhe hinter seiner scheinbar gelassenen Mimik zu erkennen.

»Du bluffst!«

»Hast du denn alle Gegenstände bereits zusammen?« Hermes verlagerte das Gewicht auf ein Bein und zählte an den Fingern ab. »Den Armreif und den Ring hast du Helena angezogen, meine Feder hast du ihr gestohlen. Haben deine Mutter und deine Schwester dir ihre Schmiedestücke bereits übergeben? Was ist mit dem Licht?«

In einer flinken Bewegung trat Plutos auf sie zu. Schon glaubte Elli, er packe sie am Handgelenk und zerre sie einfach mit sich fort, doch dann ließ er die Hand sinken. Feindselig blickte er Hermes an, die Stimme ein unheilschweres Zischen. »Du wirst es noch bereuen, dich mit mir angelegt zu haben.« Mit den Worten löste er sich in Rauch auf und verschwand.

Elli und Hermes waren allein.

Erst als Elli lautstark die Luft ausstieß, realisierte sie, dass sie den Atem angehalten hatte. Kurz blickte sie sich um. Er war wirklich fort. Aufatmend wandte sie sich an den Götterboten. »Danke, Hermes, du bist keinen Moment zu früh gekommen.«

»Gern geschehen. Was musst du dich auch immer wieder mit ihm anlegen ... Reicht es nicht, dass du einem Heros den Kopf verdreht hast?« Scheinbar genervt rollte er mit den Augen, bevor er ihr kumpelhaft auf die Schulter schlug.

»Ich verdrehe niemandem den Kopf, ich –« Sie blickte zu Hermes auf, der schelmisch grinste. Unweigerlich zuckten ihre Mundwinkel und sie boxte ihn an den Oberarm. »Anstatt mich aufzuziehen, solltest du mir lieber mal verraten, was wir als nächstes machen. Plutos hat gedroht, Achill bei den Göttern auffliegen zu lassen. Ich weiß nicht, ob ihn deine Drohung wirklich eingeschüchtert hat.«

Stirnrunzelnd blickte Hermes zurück auf den Parthenon. »Wo ist denn dein heroischer Geliebter? Ich kann kaum glauben, dass er sich das Schauspiel mit Plutos freiwillig hat entgehen lassen.«

»Er ist in der Unterwelt, um nach einem Weg zu suchen, wie ich den Ring und den Armreif ablegen kann.«

Hermes hob eine Braue. »Er wusste nicht, dass du dich mit Plutos angelegt hast? Was überrascht mich das?! Als hätte er dich allein gehen lassen ... Lass mich raten. Er glaubt, du wartest brav im Tempel auf ihn?«

Sie zuckte lediglich mit den Schultern, worauf er die Augen verdrehte.

»Dass er sich nicht hat denken können, dass du das niemals tun würdest. Damals vielleicht, aber heute?«

Elli horchte auf. »War ich denn ... War mein früheres Ich so anders?«

»Absolut. Du hast nur deinen hübschen Mund verzogen und alles bekommen, was du wolltest. An Verehrern und Handlangern hat es dir nie gemangelt.« Er klimperte mit den Augen, als versuche er sie nachzuahmen, während Elli den Mund verzog.

»Klingt nicht sonderlich sympathisch ...«

Laut lachend warf er den Kopf in den Nacken.

»Dafür lässt du dich noch genauso leicht aufziehen wie damals.«

Elli schmunzelte. »Ach, daher weht der Wind. Anstatt dir dabei zuzuhören, wie du dich über mich lustig machst und dabei wertvolle Zeit vertrödelst, werde ich mir lieber überlegen, wie ich Plutos stoppen kann. Die Sonne geht bereits unter und sobald die Nacht verstrichen ist, ist es unsere Chance ebenfalls.«

Hermes wurde ernst. »Wie bitte? Woher hast du diese Information?«

»Die Moiren haben es gesagt, als wir bei ihnen waren. Wir haben nur eine Chance bis zum Morgengrauen, dann ist der Sand hinabgerieselt, was bedeutet, dass unser Schicksal unabwendbar und Plutos nicht mehr aufzuhalten ist.«

»Wieso sagst du das nicht gleich?« Er langte nach ihrer Hand. »Nichts wie auf!«

Elli ließ sich nicht einfach mitziehen. »Wohin gehen wir?«

»Natürlich zu Hephaistos. Wenn es wirklich stimmt, was ich Plutos gegenüber behauptet habe, brauchen wir ihn, um zu erfahren, ob unser selbstverliebter Widersacher tatsächlich alle Gegenstände beisammen hat.«

Der Plan war gut, doch Elli zögerte, die dargereichte Hand zu ergreifen. »Was ist mit Achill? Er weiß nicht, wo wir sind.«

»Ach, plötzlich machst du dir darüber Gedanken?«

Sie hörte das Schalkhafte in seiner Stimme, weshalb sie lediglich die Augen verdrehte. Sie würde sich nicht noch einmal von ihm aufziehen lassen. Aber was war nun mit Achill? Er durfte nicht glauben, dass Plutos sie zu sich geholt hatte. Er würde nicht zögern und vermutlich etwas Unvorsichtiges unternehmen.

Als Hermes fortfuhr, war seine Stimme sanfter. »Er weiß immer, wo du bist, auch wenn es manchmal etwas dauert, bis er deine Spur gefunden hat.«

Wärme breitete sich bei den Worten in ihr aus und endlich war sie beruhigt. Rasch lief sie mit Hermes auf das weiße Licht zu, das sich vor ihnen bildete. Sie erhaschte einen Blick auf die Flügel an seinen Schuhen, bevor sie wie auf einer Wolke davonrasten, ohne etwas von der Umgebung zu erfassen. Es ging so schnell, dass Elli kaum begriff, was passierte, als sich die Umgebung von jetzt auf gleich verdunkelte und sie sich in einer düsteren Höhle wiederfanden.

Das flackernde Licht und das stete Donnern verrieten, dass es geklappt hatte. Der Gott hatte ihnen den Zutritt nicht verwehrt. Sie waren bei Hephaistos in seiner Schmiede angekommen.

KAPITEL 14

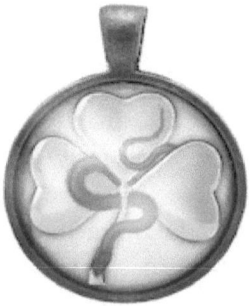

Das stete Donnern hörte nicht auf, während sie sich dem Schein des Feuers näherten. Doch ehe sie ins Licht traten, erklang die voll dröhnende Stimme von Hephaistos und hallte von den Wänden wider. »Wieso wagt ihr es, ohne meine Erlaubnis in meine Privatgemächer vorzudringen?«

»Privatgemächer?« Hermes schnaubte. »Nur du kannst eine so miefige und dunkle Bleibe als Gemach bezeichnen.«

Der nächste Hammerschlag war so hart, dass Hephaistos mit voller Wucht auf den Amboss geschlagen haben musste.

Elli legte Hermes die Hand auf den Unterarm. »Ich denke nicht, dass du ihn reizen solltest.«

»Ach, wir necken uns doch nur. Das machen wir Großen immer.« Er zwinkerte ihr zu und schlenderte durch die Höhle, als wäre er öfter zu Gast. Und dem schien auch so zu sein, denn er trat in einen Schatten, in dem nichts weiter zu erkennen war, und kam mit einem Kelch zurück, aus dem er genüsslich trank. »Der Wein ist abgestanden und die Luft staubig – wie hältst du das nur aus?«

Hephaistos brummte etwas Unverständliches und fuhr fort, die rot glühende Schwertklinge auf dem Amboss zu bearbeiten. Weder sagte er etwas noch warf er sie raus, wobei Elli nicht sagen konnte, was ihr lieber gewesen wäre. Unruhig trat sie von einem Fuß auf den anderen. Die letzten beiden Male hatte sie sich in der Höhle behaglicher gefühlt, auch wenn sie dem Schmiedegott allein gegenübergestanden hatte.

»Entschuldige unser Eindringen, aber die Zeit drängt.« Auch wenn sie höflich sprach, besaß ihre Stimme einen festen Klang. Sie wusste, wie wichtig es war, Hephaistos auf ihre Seite zu ziehen. Sie musste ihn überzeugen, ihr zu helfen – auch wenn er das anfangs nicht gewollt hatte. Sie erinnerte sich, dass er betont hatte, sich selbst an Spielregeln halten zu müssen, weshalb er nicht eingreifen durfte. Aber nun lagen die Dinge anders. Wenn er sich nicht einmischte, wie sollten sie Plutos dann aufhalten?

Ohne auf ihren heftigen Herzschlag Rücksicht zu nehmen, der ihr zuschrie: »Lauf! Lauf!«, trat sie einen weiteren Schritt vor und noch einen, bis Hephaistos den Hammer sinken ließ und sich zu ihr umdrehte. Der flackernde Schein des Feuers warf Schatten auf sein Gesicht und ließ seine Augenhöhlen tiefer und die Furchen um den Mund härter erscheinen. Sein Aussehen entsprach nicht dem jugendlichen Erscheinungsbild von Hermes, Plutos und vermutlich auch Apollon. Nein, er wirkte alt und ehrwürdig, wie man sich die drei großen Herrscher Zeus, Poseidon und

Hades vorstellte. Doch obwohl er den drei großen Brüdern äußerlich ähnelte, war er keiner von ihnen.

»Ich weiß, dass die Zeit rennt.« Sein Tonfall war ernst und nicht mehr erfüllt von Zorn, was sie neuen Mut schöpfen ließ.

»Wir haben gehofft, du kannst uns verraten, ob Plutos bereits alle Artefakte zusammen hat und wenn nicht ..., wo sich das letzte befindet.«

Hephaistos musterte sie von oben herab. Er war ebenso groß wie Hermes, doch durch die Schmiedearbeiten waren seine Muskeln ausgeprägter, das Kreuz breiter. Die Sehnen traten an seinen Unterarmen deutlich hervor, während er den Hammer und das Schwert auf den Amboss legte und sich ihr vollends zuwandte, die Arme vor der Brust verschränkt. »Du hast recht, die Zeit drängt. Er hat beinahe alle Gegenstände, lediglich das Licht fehlt ihm. Und sobald er es in die Hände bekommt, wird er dich zu sich holen und sein Werk vollenden.«

»Ich habe mich bereits zweimal gegen ihn zur Wehr gesetzt«, hielt Elli dagegen, worauf Hephaistos lediglich den Kopf schüttelte, ohne sie aus den Augen zu lassen.

»Glaubst du wirklich, du kannst es mit einem Gott aufnehmen?« Seine Stimme triefte vor Spott.

Der Stolz in ihr rebellierte, doch zugleich kam die Erinnerung daran hoch, wie Plutos sie fast mit der Erde erstickt hätte, wie ihr die Luft zum Atmen weggeblieben war.

Hephaistos hatte recht. Sie durfte nicht denselben Hochmut an den Tag legen, wie sie ihn an Plutos wahrgenommen hatte. Hoffentlich verhielt sie sich nicht ebenso hochmütig, indem sie glaubte, ihn aufhalten zu können.

Hermes stellte den Kelch auf einem Felsvorsprung ab, dessen Form an einen Stehtisch erinnerte. Erst durch die Geste fiel ihr auf, dass es überhaupt vereinzelt Mobiliar gab. Jedes einzelne davon war derart gestaltet, dass es sich an die Felswände anpasste, als wäre es lediglich ein Felsvorsprung. Im Augenwinkel entdeckte sie einen Hocker und eine Gruppe von Liegen, vermutlich das Ruhelager des Gottes.

Hermes schlenderte auf sie zu und stellte sich grinsend neben sie. »Ich werde Helena schützen.« Er legte ihr den Arm um die Schultern, worauf Hephaistos ein abfälliges Schnauben entfuhr.

»Glaubst du ernsthaft, wenn Plutos sämtliche Geschmeide vereint hat, dass du dazu noch in der Lage wärst?« Der Hohn klang seinen Worten nach, worauf ihn Hermes mit seiner ungeteilten Aufmerksamkeit bedachte, eine Hand zur Faust geballt.

»Was schlägst du stattdessen vor?«

Hephaistos fixierte sie aus seinen grauen Augen. Einen Moment zögerte er, als überlege er, ob er sein Wissen mit ihnen teilen wollte.

»Die Schmuckstücke sind derart gefertigt, dass ihre Macht unvorstellbar groß ist. Sobald jemand alle sechs in seinem Besitz hat, können wir Götter ihn nicht mehr aufhalten, weder einzeln noch vereint.«

Hermes reckte das Kinn. »Daran hätte derjenige, der sie geschmiedet hat, doch eigentlich denken können, oder?«

Hephaistos' Kiefer mahlten, doch er ging nicht auf die Provokation ein. »Wir müssen Helena vor ihm verstecken, bis wir sicher sind, dass er das letzte Stück nicht in die Finger bekommt.«

Rasch warf Hermes ihr einen Blick von der Seite zu.

»Das wird dir gar nicht gefallen, was? Aber ich befürchte, er hat recht.«

Elli grummelte. Hermes lag richtig, ihr gefiel die Vorstellung ganz und gar nicht, aber Hephaistos' Bedenken waren nicht von der Hand zu weisen. Wenigstens ging er nicht länger auf Hermes' Kabbelei ein, sondern überlegte, wie sie sinnvoll gegen Plutos vorgehen konnten.

Sie wandte sich an ihn. »Ist das letzte Artefakt Zeus' Blitzbündel?«

Entgegen ihrer Erwartung schüttelte der Gott der Schmiedekunst den Kopf. »Nicht Zeus hat seine Macht in das letzte Geschmeide gelegt, sondern Helios, der Sonnengott persönlich.«

»Helios?« Ungläubig sah Elli von ihm zu Hermes. »Wieso hat Zeus nicht dabei mitgewirkt, als die Welt in Gefahr war?«

»Er hatte seine Gründe.« Hephaistos' Augen schimmerten geheimnisvoll. Offenbar wusste er etwas, das er ihnen nicht verraten würde.

Hermes unterdessen löste bereits den Arm von ihren Schultern. »Weißt du, wo Helios seinen Gegenstand versteckt?«

»Er trägt ihn bei sich.«

Hermes verzog den Mund. »Das habe ich befürchtet. Dann beeile ich mich lieber. Er schiebt seinen Sonnenwagen bereits an den Rand des Horizonts. Nicht mehr lange und Nyx läutet die Nacht ein – und nicht einmal ich weiß, wo sich der Sonnengott des Nachts herumtreibt.« Er zwinkerte Elli zu.

»Lass dich nicht aufhalten.« Hephaistos griff nach dem Hammer und dem Schwert, doch Hermes war mit zwei großen Schritten bei ihm und hielt ihn am Arm zurück.

»Kann ich Helena solange bei dir lassen? Ich würde sie ungern mitnehmen. Wahrscheinlich ist Plutos ebenfalls hinter Helios her und ich werde ihm begegnen. Von der Hitze mal ganz abgesehen.«

Hephaistos brummte etwas. Er klang definitiv nicht begeistert. Und Elli war es auch nicht, aber wenn es nötig war, würde sie eben für ein paar Minuten die Füße stillhalten.

Doch anstatt auf Hephaistos' Zustimmung zu warten, wandte sich Hermes bereits an Elli. »Ist es okay, wenn du bleibst? Ich wette, Achill taucht sowieso bald hier auf. Zusammen könnt ihr mir folgen. Zwar nehme ich es normalerweise mühelos mit Plutos auf, aber ich befürchte, Hephaistos' Einwand ist nicht unberechtigt. Plutos verfügt bereits über einen Großteil der Geschmeide und wer weiß, ob er sie mitbringt, um sich mit mir messen zu können.«

»Zumal wir ihm die zwei, die ich bei mir trage, damit unnötig auf dem Silbertablett präsentieren würden.« Sie hob den Arm, an dem der Reif und der Ring steckten.

Hermes verzog den Mund zu einem schiefen Grinsen. »Ich könnte es mir nie verzeihen, wenn du zwischen die Fronten gerätst.«

Elli nickte. »Klar, ich warte auf Achill.«

Hephaistos schlug mit dem Hammer so laut auf die Klinge, dass es durch die Höhle donnerte, worauf Hermes schief grinste. »Lass dich von dem alten Griesgram nicht ärgern. Er knabbert noch immer an all den Demütigungen, die er erleiden musste, und lässt seine miese Laune gerne an jedem aus, der ihm unter die übergroße Nase kommt.« Er hatte so laut gesprochen, dass Hephaistos es gehört haben musste, weshalb ihm Elli an den Arm schlug.

»Hör auf!« Und das meinte sie nicht nur, weil sie bei diesem schlechtgelaunten Gott bleiben musste, sondern weil sie es nicht mochte, wie der Götterbote über ihn herzog.

Hermes zwinkerte noch einmal mit einem schelmischen Grinsen auf den Lippen, bevor er ihr die Hand küsste und mit zwei Flügelschlägen an seinen Schuhen verschwand. Die Leere, die er zurückließ, fiel ihr auf, bevor sie die Stille bemerkte. Stirnrunzelnd sah sie zu Hephaistos. Er hatte Hammer und Schwert abgelegt, lehnte am Amboss und betrachtete sie.

Sie strich sich über den Oberarm, bevor sie auf das steinige Mobiliar zeigte. »Das ist eine ausgefallene Art, sein Zuhause einzurichten. Ich habe die Möbel zuerst gar nicht gesehen. Ist das ein Teil deiner Magie?«

Einer seiner Mundwinkel zuckte. Die Geste milderte sein einschüchterndes Auftreten, was ein gutes Zeichen sein musste. »Nicht jeder ist in der Lage, es zu erkennen. Du musst ... gewachsen sein.«

»Gewachsen?« Sie war doch kein Kind.

Er unterließ es, sich näher zu erklären, stieß sich vom Amboss ab und in dem Augenblick verlor er seine Lässigkeit. Er musste nach der Krücke greifen, die neben ihm lehnte, um zu ihr laufen zu können. Vermutlich ließ ihn dieses Hinken in vieler Augen weniger mächtig erscheinen, doch Elli wusste es besser. Er war einer der großen, der zwölf mächtigsten Götter des Kosmos.

Er musste stehen bleiben, um auf eine der Liegen deuten zu können, die im Schatten kaum zu erkennen waren. »Nimm Platz, Helena.«

Das musste er ihr nicht zweimal sagen. Gespannt ging sie zu den Ruhemöbeln, die wie nackter Fels, aber trotzdem bequem aussahen. Was für eine Erfahrung, diese außergewöhnliche Einrichtung selbst testen zu können – auch wenn sie bezweifelte, dass sie ihr neu erworbenes Wissen je in einer wissenschaftlichen Arbeit würde verwenden können.

Sie drückte zunächst auf die Sitzfläche und als die leicht nachgab, ließ sie sich darauf nieder. Während sie sich zurücklehnte, spürte sie die dicke Polsterung, und seufzte wohlig auf. »Wie angenehm.«

Unter Mühen hinkte er zu der Liege neben ihr und ließ sich mit einem Keuchen darauf nieder. Sobald er die Krücke angelehnt und sich ausgestreckt hatte, wandte er ihr die Aufmerksamkeit zu. Er wirkte wieder souveräner, zufriedener. Seltsam, dass ihm die Anwendung der Krücken offensichtlich noch immer schwer zu schaffen machte. Hatte er sich nicht allmählich daran gewöhnt? Wahrscheinlich stimmte es, was Hermes angedeutet hatte. Die Demütigungen durch die anderen Götter setzten ihm noch immer zu und durch die Krücke würde er sie nie vergessen können.

»Du wirkst überrascht darüber, dass es in meinem Heim gemütlich ist.« Sein Blick wurde schneidend.

Sie winkte ab. »Ich habe gedacht, ich störe dich bei der Arbeit. Stattdessen lädst du mich auf deine Ruhemöbel ein, die ausgesprochen bequem sind, und setzt dich auch noch zu mir.«

Ein kaum merkliches Schmunzeln legte sich auf sein hartes Gesicht. »Ich biete dir auch gerne eine Erfrischung an. Entgegen Hermes' Urteil schmeckt mein Wein keineswegs fahl.«

Sie grinste. »Das überprüfe ich gern.«

Er schnipste mit dem Finger, worauf eine junge Dienerin herantrat und ihm zwei Kelche reichte. Noch ehe Elli die junge Frau in dem diffusen Licht mustern, geschweige denn sich bei ihr bedanken konnte, zog sie sich bereits in die Schatten zurück.

Hephaistos hielt ihr einen gut gefüllten Kelch entgegen. »Der ist für dich.«

Sie nahm das Gefäß, nippte daran und ihre Augen weiteten sich überrascht. »Lecker. Überhaupt nicht fahl, vielmehr …«, sie legte die Stirn in Falten, während sie den Geschmack erkundete, »… beerig.«

Hephaistos lächelte kaum merklich. »Ich freue mich, dass er dir schmeckt.«

Eine Weile tranken sie schweigend, währenddessen ließ der Gott sie nicht einen Moment aus den Augen. »Hast du herausgefunden, was es mit deiner Geschichte auf sich hat, Helena?«

Sie nickte. »Ich habe einen Brief meines Vaters gefunden. Meine Eltern haben mich beschützt, auch wenn sie nicht meine leiblichen Eltern waren.«

»Du bist die Tochter von Zeus und Leda.«

»Mein früheres Ich.«

»Nein, auch heute noch. Du hast keine anderen Eltern als diese.«

Elli rutschte näher an das Ende der Liege. Vielleicht konnte sie versuchen, aus Hephaistos etwas herauszubekommen, das ihr weiterhalf. »Ist das der Grund, weshalb Plutos mich als die Seine auserkoren hat?«

Er betrachtete sie scheinbar nachdenklich, bevor er einen weiteren Schluck nahm und den Geschmack des Weins nachkostete. Vermutlich überlegte er, was er antworten sollte. Als sie schon nicht mehr mit einer Antwort rechnete, nickte er.

»Davon können wir ausgehen. Als Tochter des Göttervaters ruht in dir große Macht. Du bist genau die richtige, um eine neue Ära von Göttern zu begründen.«

Was für eine schauderhafte Vorstellung. »Denkst du, das plant er?«

Hephaistos nickte und trank einen weiteren Schluck, bevor er den Blick durch die Schmiede gleiten ließ. »Ich sehe, wo sich die Stücke befinden. Seine Mutter und seine Schwester haben ihm die ihren bereits ausgehändigt. Es fehlt ihm nur noch das Licht von Helios. Anschließend wird er dich zu sich holen und sein Werk vollenden.«

Elli unterdrückte ein Schaudern, straffte stattdessen die Schultern und begegnete seinem Blick unerschrocken. Sie wollte gewiss nicht schwach wirken, weshalb er ihr das Unbehagen nicht ansehen sollte. Je eher sie wieder aktiv mitspielen konnte, desto besser. Auch wenn sie es durchaus zu schätzen wusste, dass Hephaistos zugestimmt hatte, sie bei sich warten zu lassen, nahm ihre Unruhe allmählich zu. Der Sand in der Sanduhr rieselte unablässig und die verrinnende Zeit hing wie ein Damoklesschwert über ihr. Wenigstens konnte Plutos sie von Hephaistos' Schmiede nicht so einfach fortbringen – mit dem Gedanken tröstete sie sich.

Dennoch erwartete sie Achills und Hermes' Ankunft unruhig. Die Zeit rann ebenso wie der Sand durch die Uhr, und bei Hephaistos zu sitzen und abzuwarten, was die Männer in der Zeit regelten, entsprach so gar nicht ihren Vorstellungen.

KAPITEL 15

ACHILL

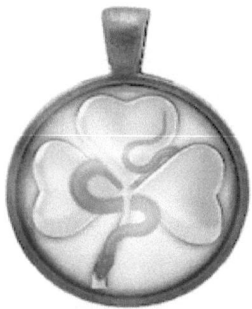

Er eilte durch die Schatten und drang in die Sphären ein, die die Unterwelt umgaben, als wäre er nie fort gewesen. Die Dunkelheit und die Last der Seelen drückten augenblicklich auf ihn. Sogleich kam hoch, weshalb er Helena von Hades' Reich hatte fort bringen müssen. Und wieso er selbst es kaum mehr an diesem Ort ausgehalten hatte.

Glücklicherweise würde sein Besuch nur von kurzer Dauer sein und sonderlich tief eindringen in den Hades musste er auch nicht. Er konnte in dem Übergangsbereich bleiben, denn der Mann, zu dem er wollte, stand an der Grenze.

Es war Charon, der die Toten über den Unterweltfluss Styx in die Unterwelt brachte.

Der alte Fährmann schnappte seit dem Anbeginn der Zeit Gespräche auf und einige Verstorbene schütteten ihm persönlich das Herz aus. Wenn es jemanden gab, der Dinge erfahren hatte, so war er es.

Es war kalt und düster, als Achill an das schwarz schimmernde Wasser gelangte. Der Fluss war so breit, dass man sein Ende nicht sehen konnte. Obwohl er in Bewegung war, hörte man nichts. Weder ein Plätschern noch das Fließen, es ging auch kein Wind. Als stünde an diesem Ort die Zeit still, nun da die Seelen ihre Körper verlassen hatten. Ein Vorbote der Unendlichkeit, die einen jeden in der Unterwelt erwartete.

Charon stand mit seiner Fähre bereit. Sein dunkler Schifferkittel war kaum vor der finsteren Umgebung auszumachen. Wie der personifizierte Tod stand er am Kopfende seiner Barke, in der Hand das lange Ruder und sein Gesicht im Schatten der weiten Kapuze verborgen. Er regte sich nicht, doch Achill spürte, dass er seine Anwesenheit bemerkte.

Unbeirrt lief er auf ihn zu. Noch bevor er bei Charon angelangte, erhob der greise Fährmann seine Stimme. »Was suchst du auf dieser Seite des Flusses, längst Verstorbener?«

»Ich benötige Informationen.«

Charon behielt das Gesicht unter der weiten Kapuze. Dennoch beugte er sich näher. »Welche Informationen?«

»Weißt du, was Plutos plant?«

»Wegen dem unbedeutenden Gott bist du zurückgekommen?« Er lachte heiser. Es klang wie das Schaben über Metall. Jedem anderen hätte das Geräusch die Haare zu Berge getrieben, doch Achill trat einen weiteren Schritt näher und stemmte die Hände in die Seiten.

»Hast du nicht gehört, was er vorhat, oder weshalb lachst du?«

Charon lachte noch eine Weile, er hatte Zeit, bis das unangenehme Geräusch verklang. »Du bist doch mit jener, die ebenfalls in die dunklen Hallen gehört, bei den Moiren gewesen.«

»Ja, wir haben eine Frist ausgehandelt.«

Seine Stimme wurde ernster, als berühre ihn das Schicksal, das Helena und Achill teilten. »Der Fluch lastet nach wie vor auf euch, das weißt du.«

»Wir werden ihn abwenden. Dazu muss ich erfahren, wie ich jene, die bereits in den dunklen Hallen war, von dem Ring und dem Armreif befreien kann, bevor Plutos sie zu sich holt. Sie darf nicht seine Frau werden.« Er unterließ es, ihren Namen auszusprechen, denn einen Namen eines Lebenden an diesem Ort zu nennen, konnte bedeuten, die Wesen der Schatten auf denjenigen aufmerksam zu machen. Und das durfte auf keinen Fall passieren.

Der Fährmann hob den Kopf, sodass Achill einen Blick auf sein fahles Gesicht werfen konnte. Seine Augen, die tief in den Höhlen lagen, schimmerten geheimnisvoll. »Sie wird nicht seine Frau werden.«

»Wie kannst du so überzeugt davon sein?«

»Weil es ein anderer ist, der sie benutzen wird.«

Achill ballte die Hände zu Fäusten, wobei seine Adern an den Armen deutlich hervortraten. »Was willst du damit sagen?«

Der Fährmann kam einen Schritt näher und umfasste ihn an den Schultern. Er fixierte ihn mit seinen wissenden uralten Augen, als vermochte er durch sie mehr zu sagen als durch seinen Mund. »Du musst endlich begreifen, wer wirklich hinter all dem Chaos steckt.«

Der Blick war wie ein Weckruf, wie eine Offenbarung, als hätte der alte Mann ihm dadurch sein Wissen mitgeteilt. Endlich sah Achill klar. Endlich erkannte er, worauf Charon und zuvor die Moiren hinauswollten.

Wie um sicher zu sein, dass er wirklich verstanden hatte, fuhr Charon fort: »Wer hat die Geschmeide derart gefertigt, dass sie demjenigen, der sie alle in seiner Hand hat, unvorstellbare Macht verleihen?«

Achill wusste es. Wieso nur hatte er es nicht längst begriffen? Während er sich bei dem greisen Fährmann bedankte, streckte er seine Gedanken nach ihr aus. Der einen, der sein Herz gehörte, und die er vor all diesem Chaos hatte bewahren wollen. Es verwunderte ihn kaum, dass sie sich nicht mehr in dem Tempel befand, doch als er erspürte, wo sie sich stattdessen aufhielt, setzte sein Herz einmal aus zu schlagen.

Alarmiert hob er den Kopf und blickte direkt in das ausgemergelte Gesicht von Charon, der mit den blassen Lippen ein Wort formte, das seine Augen regelrecht schrien:

»Lauf!«

KAPITEL 16

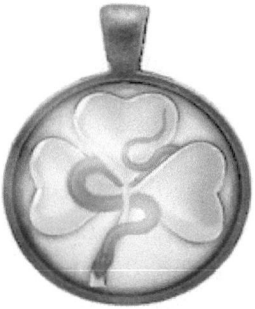

Elli genoss die Zeit bei Hephaistos. Er wandte sich nicht ein einziges Mal seinen Schmiedearbeiten zu, sondern schenkte ihr die komplette Aufmerksamkeit.

Es war nicht unangenehm, den frühen Abend mit ihm zu verbringen, obwohl es ihr weitaus besser gefallen hätte, wenn er sie nicht unablässig betrachten würde. Aber da er auf Abstand blieb, maß sie dem Ganzen keine übermäßige Bedeutung bei.

Regelmäßig erschien die Dienerin, um ihnen nachzuschenken, auch wenn es bei Elli nicht viel nachzuschenken gab. Sie nippte lediglich ab und zu an dem Wein, der ihr schwerer vorkam als üblich. Vermutlich ließ Hephaistos nicht sonderlich viel Wasser beimischen.

»Hältst du dich immer nur in deiner Schmiede auf?«

Den Umstand, dass sie sich mit einem griechischen Gott unterhielt, verwunderte sie nicht mehr. Nach Plutos und Hermes hatte sie sich daran gewöhnt. Einen von ihnen allerdings regelrecht interviewen zu dürfen, während sie mit ihm in seinen privaten Gemächern verweilte, ließ die Archäologin in ihr verzückt aufseufzen.

»Die meiste Zeit schon. Ich genieße die Ruhe, die Abgeschiedenheit. Im Gegensatz zu den meisten anderen Göttern, lasse ich mich nur selten auf dem Olymp blicken. Ich bin eher ein Einzelgänger.«

Sie ahnte, worauf er hinauswollte. Er hielt sich zurück, da er anfangs nicht als vollwertiger Gott akzeptiert wurde. Da er ausschließlich das Kind von Hera war, reagierte Zeus dermaßen eifersüchtig auf ihn, dass er Hephaistos als Neugeborenes vom Olymp geschleudert hatte. Deshalb musste er auch eine Krücke benutzen. Das Handicap machte ihm zu schaffen, das war unübersehbar. Er vermied jede unnötige Bewegung, damit sein Hinken nicht auffiel und er dadurch seine Souveränität nicht einbüßte.

Später war Hephaistos Aphrodite, die schönste Göttin von allen, als Frau versprochen worden, um Zeus' Missetat wiedergutzumachen. Doch die Göttin der Liebe hatte ihn mit Ares, dem Gott des Krieges, betrogen. Hephaistos hatte davon Wind bekommen. Heimlich hatte er ein Netz über das Bett gespannt, in dem sich die beiden beim Liebesakt verfingen. Daraufhin hatte Hephaistos alle Götter herbeigerufen und sie hatten Aphrodite und Ares lauthals ausgelacht.

Aber machte eine solche Strafe den Ehebruch ungeschehen? Sicherlich war Hephaistos noch immer gekränkt deswegen.

Elli vermied es, ihn auf die beiden Geschichten anzusprechen. Stattdessen fiel ihr Blick auf den Ring und den Armreif an ihrem Finger, und ihr kam eine Idee. Hephaistos hatte die beiden Artefakte geschmiedet – vielleicht konnte er deshalb stärker über sie verfügen als andere. »Kannst du mir helfen, die beiden Schmuckstücke loszuwerden?«

»Lass mich sehen.« Er setzte sich näher. Wie zuvor ignorierte sie, wie schwer ihm die körperliche Bewegung fiel. Als er ihre Hand ergriff, überkam sie ein Schaudern. Es fühlte sich unangenehm an. Ob das an seinen rauen roten Fingern lag, wusste sie nicht, aber am liebsten hätte sie die Hand zurückgezogen. Nur mit Mühe konnte sie den Impuls unterdrücken. Damit er es nicht bemerkte, vermied sie es, ihm in die Augen zu sehen, und richtete ihre Aufmerksamkeit auf ihre eigenen Hände.

»Schmerzt es dich, sie zu tragen?« Hephaistos hob den Blick. Dabei waren sie sich so nah, dass sie unweigerlich ein Stück zurückrutschte. Sie unterließ es weiterhin, ihn anzusehen. Dabei straffte sie jedoch die Schultern und drückte das Kreuz durch. Er sollte nicht denken, sie sei schüchtern.

»Schmerzen nicht, aber es ist unangenehm. Ich spüre das kalte Metall. Es fühlt sich an wie eine Fessel.«

Zärtlich strich er über die Schmuckstücke. »Fesseln sind es eigentlich nicht. Beug dich näher und du wirst erkennen, wie fein sie gearbeitet wurden. Wenn du die Schönheit dahinter begreifst, werden sie dich nicht länger beschweren.« Seine Stimme hatte einen scharfen Unterton bekommen, weshalb sie beschwichtigend die Hände hob. Sie hatte ihn als Erschaffer der Artefakte nicht beleidigen wollen.

»Sie sind schön, keine Frage. Aber da ich sie nicht freiwillig anhabe, nicht einmal jederzeit ablegen kann, und sie darüber hinaus auch noch einen Überwachungssensor beinhalten, und ich weiß, was sie bewirken, will ich sie nicht länger tragen.«

»Bist du dir sicher, dass du weißt, was sie bewirken?« Er hob das Gesicht und schaute sie so lang an, dass ihr gar nichts anderes übrig blieb, als seinen Blick zu erwidern. Seine Augen glühten, worauf sie sofort den Blickkontakt unterbrach und sich stattdessen nach der Dienerin umsah. War es nicht Zeit für neuen Wein? Nur mit Mühe konnte sie den Impuls unterdrücken, sofort aufzustehen und aus der Schmiede zu verschwinden. Wann war die Stimmung derart gekippt, dass er sich mehr von ihrer Anwesenheit versprach?

Er musste ihre Ablehnung spüren, ihre unübersehbare Abkehr von ihm erkennen, dennoch rückte er schwerfällig näher. Das Ächzen, das ihm dabei entfuhr, verursachte ihr Übelkeit. Doch sie würde sich ihre wachsende Unsicherheit nicht anmerken lassen. Er war nicht der erste Mann, den sie zurückwies – nicht einmal der erste Gott. Entschieden blickte sie ihm in die Augen und verlieh ihrer Stimme eine feine Schärfe, die ihm nicht entgehen konnte. »Ich habe genug darüber erfahren, um zu wissen, dass ich sie nicht tragen will. Wenn du nicht weißt, wie ich sie ablegen kann, dann werde ich einen anderen Weg finden. Oder Achill.«

Seine wulstigen Lippen verzogen sich säuerlich. »Bist du dir sicher, dass du dem toten Heros trauen kannst? Für mich sieht es aus, als würde er die Gelegenheit nutzen, um dem Tod zu entgehen. Er hat schon lange mit seinem Schicksal gehadert.« Erneut fuhr er über die Schmuckstücke, dabei landete sein Finger auf ihrer Haut. Doch anstatt ihn zurück auf den Ring zu legen, strich er langsam über ihren Handrücken bis zu ihrem Arm.

Sofort entzog sie ihm die Hand. »Ich vertraue niemandem so sehr wie ihm.«

»Wenn das nicht mal ein Fehler ist, schöne Helena.«

Energisch erhob sie sich, wodurch sie auf den Gott herabblicken konnte. Die Richtung, die das Gespräch nahm, gefiel ihr überhaupt nicht. Hephaistos wollte etwas von ihr, es verlangte ihm nach ihr. Es war unübersehbar. Und sie wollte von vornherein klarstellen, dass sie kein Interesse hatte. »Ich danke dir, dass ich bei dir untergekommen bin, aber ich werde nun gehen.«

Spöttisch hob der alte Gott eine Braue. »Gehen?«

»Ich helfe Hermes und Achill. Wir werden Plutos stoppen.«

»Um den unbedeutenden Gott würde ich mir an deiner Stelle keine Sorgen machen.«

Die Art, wie er es sagte, ließ sie aufhorchen. Mit dem Blick, den er ihr dabei zuwarf, schien er sie regelrecht zu verschlingen, worauf es ihr eiskalt den Rücken hinunterlief. Etwas übersah sie. Langsam zog sie die Brauen zusammen. »Was meinst du damit?«

Er antwortete leise, dennoch hallten die Worte durch ihren Kopf, als würde er brüllen: »Dass es ein anderer Gott sein wird, dem du als Braut auf den Thron folgst.«

Sie fixierte ihn, um keine seiner Gesten und Gesichtsregungen zu verpassen und um ihm gleichzeitig deutlich zu machen, wie ernst es ihr war. Nur mit Mühe konnte sie ihre Stimme zügeln, um den Gott nicht anzuschreien.

»Was glauben die Götter eigentlich, dass sie mich gegen meinen Willen ehelichen können und ich ihnen freiwillig auf irgendwelche Throne folge?«

Gelassen lehnte er sich zurück.

»Es sind Götter. Niemand kann ihnen widerstehen. Das besagen die Regeln.«

»Dann wird es Zeit, dass jemand diese unsinnigen Regeln neu schreibt.«

»Wieso sollten wir das tun?«

»Weil ich bei eurem dämlichen Spiel nicht mehr mitspiele.«

Er langte nach dem Weinkelch, schwenkte ihn und ließ sie dabei keinen Moment aus den Augen. »Du hast keine Wahl, schöne Helena.«

»Doch, die habe ich.«

Er erhob sich flinker, als sie es ihm zugetraut hätte. Ehe er sie am Handgelenk packen konnte, trat sie einen Schritt zurück. Und in dem Moment erkannte sie es in seinen Augen, mit denen er sie betrachtete, als wäre sie sein Besitz. Sie erkannte die Wahrheit und schalt sich sogleich, wieso sie dafür so lang gebraucht hatte.

Er selbst war es gewesen, der die Artefakte derart angefertigt hatte, dass derjenige, der alle sechs in seinem Besitz hatte, unaufhaltsam war.

Eindringlich starrte sie ihn an. »Du bist es, der hinter all dem steckt. Plutos hast du nur als Bauernopfer auserkoren.«

Hephaistos lachte auf. »Meine Güte, du hast lange gebraucht, um das zu erkennen. Ich habe dich für klüger gehalten.«

»Und was jetzt? Willst du mich an den Haaren auf den Thron schleifen?«

»Das brauche ich nicht, denn mir allein gebührt die Macht.«

»Das tut sie nicht. Hermes wird sich das Licht von Helios besorgen und dann –« Sie verschluckte sich an dem Rest des

Satzes, als er seine Hand hob, in der ein sonnenförmiges Metallstück schimmerte.

»Du besitzt den letzten Gegenstand.«

Er lachte. »Natürlich. Ich musste nur noch warten, bis du kommst und mir den Ring und den Armreif bringst.«

Das konnte doch nicht wahr sein. Wie hatte sie es nicht längst erkennen können? Vor ihm hatten die Moiren sie gewarnt. Und die Hesperide …? »Warst du vor uns im Garten der Hesperiden?«

»Natürlich. Ich musste meine Spuren verwischen.«

Das bedeutete, die junge Frau hatte etwas gewusst. Etwas, das Hephaistos verraten hätte. »Was hast du ihr angetan?«

»Das ist nicht die entscheidende Frage, Helena. An deiner Stelle würde ich viel mehr fragen, was ich mit dir tun werde.« Er sprang auf sie zu und umfasste ihr Handgelenk. Sie versuchte sich aus seinem Griff zu befreien, doch er hielt sie eisern, als wären seine Hände selbst metallische Fesseln, die er geschmiedet hatte. »Komm mit!«

»Das werde ich nicht. Lass mich los!« Sie wehrte sich mit aller Kraft, doch er zog sie näher an sich. Und obwohl er nur eine Hand nutzen konnte und mit der anderen nach der Krücke langte, konnte sie nichts gegen ihn ausrichten. Der Ring und der Armreif an ihrer Hand glühten. Durch die Schmuckstücke verstärkten sich seine göttlichen Kräfte.

»Was soll das?«

Er lachte. Es klang nicht zufrieden, sondern irre. Als wären bei ihm sämtliche Sicherungen durchgeknallt. »Wir werden nun unsere Verbindung besiegeln.«

»Das werden wir nicht! Ich willige nicht ein.« Immer wieder versuchte sie sich loszureißen, doch der Ring und der Armreif verlangsamten ihre Bewegungen, ließen ihre Glieder bleiern erscheinen und legten sich wie Fesseln um ihren Geist.

Aber Elli gab nicht auf. Sie wehrte sich gegen die göttliche Magie, würde sich nicht davon unterdrücken lassen. Sie besaß einen eigenen Willen, auch wenn ihn ihr so mancher griechische Gott gerne abgesprochen hätte. »Lass mich los! Ich will dich nicht heiraten!«

»Ich brauche nicht dein Einverständnis.« Mit nur einer Hand zerrte er sie mit sich, während er tiefer in die Schmiede schlurfte. Das Licht des Feuers warf tanzende Schatten an die Felswände, als feuerten sie den Gott zusätzlich an. Unnachgiebig hinkte er durch die Düsternis, in der nichts zu hören war als seine schwerfälligen Schritte und der Widerhall ihres lautstarken Protests.

Wie stark sie sich auch wehrte, was sie ihm auch an den Kopf warf, er zog sie tiefer, bis sie an ein großes Becken gelangten, das gänzlich in Gold eingefasst war. Die Form erinnerte an ein vierblättriges Kleeblatt und seine Ausmaße waren so enorm, dass es für ein paar Schwimmzüge gereicht hätte.

Elli hörte auf, sich gegen den Griff des Gottes zu wehren. Sie musste unter allen Umständen vermeiden, in das Wasser einzutauchen. Ihre Kraft aufbewahren, bis sie einen Moment der Flucht fand. Vorher würde sie beobachten und sämtliche Sinne anspannen. Hauptsache, sie gab nicht auf. Und vielleicht würde sein Griff lockerer werden, wenn ihr Widerstand scheinbar bröckelte.

»Was soll ich hier?« Sie ahnte es bereits, doch sie musste Zeit schinden, ihn am Reden halten. Wie lang konnte es noch dauern, bis Achill herkam?

»In dem Becken wirst du dein Brautbad nehmen.«

»Ich werde nicht deine Braut sein, Hephaistos! Niemals!«

Er lachte lediglich, während er sie losließ. »Versuch gar nicht, davonzurennen. Es wird dir nicht gelingen.«

Trotzdem versuchte sie es, wollte lossprinten, auch wenn sie nicht wusste, wohin, doch der Gott hatte recht. Ihre Beine waren zu schwer und ihre Füße fühlten sich an, als wären sie mit dem Steinboden verschmolzen. Nicht einen Millimeter konnte sie sie heben, nicht einmal die Knie eindrücken, um sich zu bewegen.

Hephaistos hob die Hand, worauf sie statt des verstaubten Gewandes ein dünnes weißes Tuch um den Körper geschlungen trug. »Geh ins Wasser!«

Erbost hob sie den Kopf. »Nein, das werde ich nicht!«

Sein Willen legte sich auf ihren, drängte sie vorwärts. Aber sie musste aufbegehren. Sie spürte es. Das Wasser würde ihre Sinne benebeln, ihr womöglich sogar den Willen rauben. Sämtliche Erinnerungen. Und das durfte nicht geschehen. Mit aller Kraft stemmte sie sich gegen die Macht des Gottes, der auflachte.

»Denkst du wirklich, du kannst es mit einem der olympischen Götter aufnehmen?«

»Ich werde mich dir auf keinen Fall unterwerfen.«

»Dann werde ich es eben tun!« Während er lachte, verstärkte sich der Druck auf ihren Körper. Ohne sie zu berühren, fühlte es sich an, als schiebe er sie auf das Becken zu, mit seinem kompletten Körpergewicht. Ein Schritt. Noch einer. Verdammt, sie durfte dieses Wasser nicht berühren.

Er lachte erneut und ihre Schritte wurden schneller. Sie konnte nichts dagegen tun. Ihr Körper folgte ihr nicht länger, sondern diesem arroganten Gott, in dessen Augen die Gier glänzte.

»Nein, lass mich. Ich will nicht!« Doch er fuhr unbeirrt fort, bis sie mit einem Fuß über dem Becken schwebte.

»Tauch ein in das Becken und nimm dein Bad, auf dass du als die meine hinaussteigst.« Mit den Worten stieß er sie hinein und sie konnte nichts dagegen ausrichten. Sie schrie auf, bevor sie mit dem kompletten Körper eintauchte und unterging.

Mit dem Kopf unter Wasser strampelte sie, versuchte an Frischluft zu kommen, doch das Becken hielt sie unten, flüsterte mit ihr, säuselte ihr Worte der Liebe und des Glücks zu, die ihren Verstand trüben würden, sollte sie der Stimme länger ausgesetzt sein. Doch Elli presste die Lippen aufeinander, die Augen zusammen und sämtliche Muskeln an. Sie würde nicht aufgeben zu kämpfen. Sie würde nicht … sie würde …

Ihre Glieder erschlafften, doch ihr Kopf kämpfte weiter. Sie wollte keinem Gott dienen. Nicht gegen ihren Willen verheiratet sein. Sie wollte frei sein. Selbstbestimmt.

Die Kräfte des Gottes überstiegen die ihren, sie wusste es, aber sie gab nicht auf. Sein Lachen erklang, es verfolgte sie bis in die Tiefen des Wassers, vibrierte durch ihren Körper, ihren Geist, bis sich der Klang veränderte. Das Lachen wurde zu einem Knurren, zu einem Schrei, zu einem Klingen, als schlage Metall gegen Metall.

Sie musste raus hier, musste auftauchen.

Ihr Körper reagierte nicht, aber er musste. Sie würde nicht aufgeben.

Der Druck auf sie ließ nach und endlich folgten ihre Beine ihrem Willen. Ein Schwimmzug, noch einer und sie tauchte durch die Wasseroberfläche an die Luft. Tief sog sie den Sauerstoff in ihre Lungen, worauf sich die Schwere von ihr legte. Die Augen aufgerissen blickte sie zum Beckenrand, wo ein Kampf stattfand.

Hephaistos focht mit einem Schwert gegen jemanden in altgriechischer Rüstung. Er wirbelte das Schwert geschickter noch als der Gott, drängte ihn zurück, doch Hephaistos lachte hochmütig auf und parierte den nächsten Schlag, sodass der Heros zurückgedrängt wurde und sich ihr zuwandte.

Achill …

Achill kämpfte gegen Hephaistos.

Er war rechtzeitig gekommen, um sie zu retten.

Elli schnappte erneut nach Luft und schwamm mit schnellen Zügen an den Rand des Beckens. Während sie sich aus dem Wasser stemmte, hörte sie die Schwerter der Männer unentwegt aneinanderschlagen. Achill konnte gegen Hephaistos nicht gewinnen. Der Gott der Schmiedekunst war zu stark. Doch der Schwertkampf verschaffte ihnen Zeit, oder vielmehr ihr Zeit, um aus dem Becken zu entkommen und damit dem Zauber des Wassers zu entgehen, das ihr jeglichen Willen hatte nehmen wollen.

Schwer tropfte das Wasser auf den Boden, als wöge es mehr als gewöhnlich. Und mit jedem Tropfen, der von ihr abperlte, ließ der Druck auf ihre Brust nach. Sie wrang das Gewand aus, um den letzten Rest des Zaubers von sich zu streifen. »Achill, ich bin frei!«

Er schaute kurz zu ihr, doch sofort wieder nach vorne, wo Hephaistos zu einem harten Schlag ausholte. Mit Übermacht donnerte der Gott das Schwert auf Achill nieder, doch er fing den Hieb ab. Angespannt verfolgte sie den Kampf. Wie lange würde Achill ihm trotzen können?

»Wir müssen raus hier!«

»Ihr könnt mir nicht entkommen. Sämtliche Zugänge sind verriegelt. Seht es ein, es ist vorbei. Helena gehört mir!« Seine Stimme war dunkel und hallte von den Wänden, als arbeite die Höhle mit ihm zusammen. Wahrscheinlich tat sie das auch. Mit allem war seine Magie verwoben, mit den Möbeln, dem Feuer, dem Amboss, vermutlich auch den Pforten.

»Sie wird niemals irgendjemandem gehören!« Achill setzte dem Gott stärker zu und drängte ihn zurück, doch Hephaistos lachte nur, als wäre all das Teil seines Spiels.

Währenddessen überlegte Elli fieberhaft. Was konnte sie tun? Wie Achill helfen? Sie hatte keine Waffe, um mitzukämpfen, würde ohnehin keinen einzigen Schlag des Gottes parieren können. Ihre Stärke war nie die der Muskelkraft gewesen, sondern vielmehr Wendigkeit, Schnelligkeit und ihr Verstand. Und den musste sie gebrauchen. Athena hatte es ihr gesagt. Diese Schlacht musste sie mit ihrem Wissen schlagen, mit ihrer Denkkraft.

Deshalb war es an ihr, einen Ausgang zu suchen. Einen Weg, der sie aus dieser Schmiede befreite. Sollte sie es mit Plutos' Ring versuchen? Sofort verwarf sie den Gedanken. Nicht nur Plutos wollte sie zu sich holen, sondern auch Hephaistos. Sie konnte keinen der geschmiedeten Gegenstände nutzen, das war klar. Er verfügte über sie, über jedes einzelne der sechs Artefakte. Welche Möglichkeit blieb ihr?

Nach einer Lösung suchend schaute sie sich in der Höhle um, als sie eine Bewegung wahrnahm, dort, hinter der Felsnase. Angespannt heftete sie den Blick darauf, bis erneut jemand auftauchte. Es war die Dienerin, und erst jetzt bemerkte Elli, dass sie aussah wie die Dienerin, die sie in Plutos' Gewahrsam versorgt hatte. Sie brauchte nicht lange zu überlegen, bis ihr der Name einfiel.

Sophia.

Was tat sie hier? Hatte sie sie vorhin bereits bedient? Wieso war es ihr nicht aufgefallen?

Die junge Frau deutete auf Ellis Brust, wo sich unter dem dünnen Gewand zaghaft das Medaillon abzeichnete. Ihre Hand folgte dem Blick der Dienerin und schloss sich um die drei Herzen mit der Schlange. Überrascht senkte sie den Blick. Eine Wärme ging davon aus, die sie an die Feder von Hermes erinnerte, nachdem dieser sie mit seiner Energie aufgeladen hatte.

Konnte sie damit entkommen? Jeder Gott, sowohl Plutos als auch Hephaistos, hatten ihr das Amulett gelassen. Barg es wirklich Kräfte? Und wieso wusste die Dienerin davon und die Götter aber nicht? Durfte sie Sophia überhaupt vertrauen?

Die Zeit lief ihnen davon, weshalb Elli instinktiv entschied. Zu keiner Zeit hatte sie Arglist im Gesicht der jungen Frau gelesen. Deshalb würde sie ihr vertrauen. Hauptsache, sie waren von Hephaistos und diesem abgeschiedenen Ort weg.

Entschieden umschloss sie den Anhänger und stellte sich den Parthenon vor, den Ort, an dem sie sich sicher fühlen konnte. Sicher vor Plutos und auch vor Hephaistos. Athena stand auf ihrer Seite, weshalb dieser Tempel ihr Zufluchtsort sein konnte.

Die Wärme des Medaillons nahm zu. Jeden Moment würde die Magie wirken.

»Achill!« Sie rannte auf ihn zu, worauf sich dieser zu ihr umdrehte. Sie streckte ihm die Hand entgegen, die er sofort ergriff. Noch während Hephaistos überrascht auf das Amulett in ihrer Hand schaute und schreiend zum nächsten

Schlag ausholte, verschwamm die Finsternis der Höhle und sie wurden fortgetragen. Fortgetragen aus der Schmiede. Fortgetragen von der Dunkelheit. Und fortgetragen von dem Gott, der es geschafft hatte, so lang seine Beweggründe zu verschleiern, weshalb Elli ihm beinahe in die Falle gegangen war.

KAPITEL 17

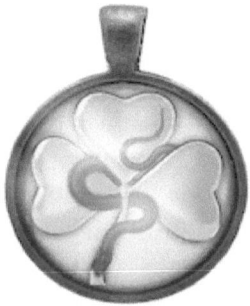

Sie landeten in dem großen Tempel auf der Akropolis von Athen, der Athena geweiht war. Der Parthenon bot ihnen Schutz und Sicherheit. Und Privatsphäre, denn glücklicherweise befanden sich keine Gläubigen darin, die sich über ihr plötzliches Auftauchen wunderten.

Ellis Herzschlag ging noch immer rasend schnell. Sie war völlig außer Puste. Der Kampf gegen das Wasser und Hephaistos' Willen waren kräftezehrend gewesen. Beinahe hätte er sie unterworfen. Wäre Achill nicht gekommen ... Es würde dauern, bis ihr Puls wieder in normalem Tempo schlug.

Sie blinzelte mehrmals, keuchte und nahm in ihrer Aufregung zwei Dinge wahr. Die Wärme des Medaillons in ihrer Hand und die Wärme von Achill in ihrer anderen. Sie riss die Augen auf und wandte sich ihm zu.

Liebevoll betrachtete er sie. Sorgen lagen auf seiner Stirn, in seinem Blick, auf seinen Gesichtszügen. Er tastete sie ab und schaute sie sich von Kopf bis Fuß an, gründlich, bis er sich vergewissert hatte, dass sie unverletzt war.

»Elli …« Er trat näher und legte die Arme um sie. Ohne an irgendwelche Folgen zu denken, zog er sie an sich und küsste sie. Seine Lippen waren warm und vertraut, tief atmete sie seinen Geruch ein, tiefer und tiefer, als vermochte er es den letzten Überrest von Hephaistos' Willen aus ihr hinauszupressen. Sie drückte sich an ihn, fuhr mit den Händen über seine Arme, die von ledernen Schienen bedeckt waren, über seine Brust bis zu seinem Gesicht.

Ein Adler schrie auf, doch Achill ließ nicht ab von ihr. Und sie nicht von ihm. Sie konnte nicht. Zu viel war geschehen, zu lang waren sie getrennt, zu groß der Schreck über den Verrat von Hephaistos.

Gierig hing sie an seinen Lippen wie er an ihren, wie Ertrinkende klammerten sie sich aneinander fest. Die gemeinsame Zeit neigte sich dem Ende zu, der Sand war beinahe hinabgerieselt und dann würde es keinen gestohlenen Moment mehr geben. Nie wieder. Sie schluchzte auf, als der Adler erneut aufschrie. Warnend. Schneidend. Aber sie brauchte ihn. Sie brauchte ihn so sehr.

Langsam löste sich Achill von ihr. Wie in Zeitlupe, als koste es ihn alle Kraft, die er zur Verfügung hatte, trat er einen Schritt von ihr zurück, nahm die Hände von ihr, nur mit den Augen schien er sie noch immer zu liebkosen. Zu streicheln. Zu wärmen. Er spürte, wie sehr sie ihn brauchte. Er verstand, denn er selbst brauchte sie ebenso sehr. Und genauso schmerzerfüllt und sehnsüchtig, wie sie sich fühlte, betrachtete er sie.

»Wir dürfen nicht.« Seine Stimme war kratzig. Er räusperte sich und wandte den Blick von ihr ab.

Sie schluckte. Mit zusammengepressten Lippen unterdrückte sie den Seufzer, der auf ihrem Herzen lag.

Vielleicht war ihnen die gemeinsame Zeit verwehrt worden, damit sie das Wesentliche nicht aus den Augen verloren. Damit sie all ihre Energie darauf verwendeten, Hephaistos aufzuhalten. Hephaistos, nicht Plutos.

Er räusperte sich erneut und mit dem Geräusch kehrte der Blick des Strategen auf sein Gesicht zurück. »Wie hast du es geschafft, uns aus der Schmiede zu befreien?«

Sie brauchte einen Moment, bis sie zurück in ihre Rolle als Wissenschaftlerin schlüpfte. Denn diesen Modus brauchte sie, um den Endkampf für sich zu entscheiden. Nicht nur ein Gott war es, gegen den sie angehen mussten, nein, es waren zwei. Und einer davon gehörte zu den mächtigen Zwölf.

Sie zeigte auf den Anhänger, der über ihrem Gewand hing und noch immer sanft glühte, als bräuchte Achill irgendeinen Beweis, um ihr zu glauben. Er trat näher und nahm ihn in die Hand.

»Das kann doch nicht wahr sein. Welche Macht ruht in ihm?«

Sie zuckte mit den Schultern, die Augen unablässig auf die drei Herzen und die Schlange gerichtet. »Ich weiß es nicht, aber eine Dienerin, die ich von Plutos kenne, hat mir signalisiert, dass ich ihn benutzen soll.«

Er fuhr sich mit der Hand über das Kinn. »Wieso hat sie uns geholfen?«

»Das wüsste ich auch gerne. Aber noch viel lieber wüsste ich, was es mit dem Anhänger auf sich hat. Weißt du, woher er kommt?«

Langsam schüttelte er den Kopf.

Doch Elli ließ nicht locker. »Auf dem Bild von Eirene, das in der Athener Bibliothek hängt, trage ich ihn um den Hals. Habe ich ihn damals schon besessen?«

»Nein, daran könnte ich mich erinnern. Bevor ich ihn an dir gesehen habe, hielt ich ihn all die Jahre für ein Symbol, das die Malerin entworfen hat, um unsere Beziehung vereinfacht darzustellen. Schließlich hast du den Asklepiosstab auch nie wirklich in deinen Händen gehalten – im Gegensatz zu der Darstellung auf dem Gemälde.«

In Gedanken betrachtete sie das Kunstwerk, vor dem sie gestanden hatte, als sie Dädalos zum ersten Mal begegnet war. Langsam fuhr sie die drei Herzen und die Schlange nach. Woher kam der Anhänger? Wer hatte ihn gefertigt? Und welche Macht ruhte in ihm? »Hast du ihn wirklich nie gesehen, bevor ich damit zurück in die Antike gekommen bin?«

Er schüttelte den Kopf, die Stirn grüblerisch in Falten. »Ich –«

Ein Donnern erklang. Ein Beben, als rissen die Götter persönlich den Tempel ein. Die Erde bewegte sich, alles wackelte.

»Was geht vor sich? Ist das Hephaistos?« Elli streckte die Hände zu den Seiten, um die Balance zu halten. Einzelne Steine rieselten von der Decke und krachten neben ihnen auf den Boden. Nur die Cella schien betroffen, weshalb sie in den Vorraum rannten. Mit weit aufgerissenen Augen starrte Elli nach oben und hielt die Hände zum Schutz über den Kopf, doch noch immer bebte der Boden. »Raus hier!«

Sie rannten nach draußen. Ihre Schritte wurden von dem lauten Poltern der Steine verschluckt. Sobald sie aus dem

Tempel waren, zog Achill sie zu sich und schirmte sie mit dem Körper ab. »Hephaistos, er ist der einzige, der infrage kommt.«

»Aber Athena ist auf unserer Seite. Er dürfte uns gar nicht finden. Wie kann er …?« Sie erstarrte, während Achill auf ihre Hand zeigte, die sie an seine Brust gelegt hatte. Die Hand, an der sie weder den Ring der Erwählten noch den Armreif der Liebe trug.

Die Artefakte waren fort.

Wann hatte Hephaistos ihr die beiden Schmuckstücke abgestreift? Im Wasser? Danach? Sie hatte es nicht bemerkt, nicht einmal, dass die Last von ihr genommen wurde. Mehrmals fuhr sie mit den Fingern über ihre Haut, an der kein Zeichen zurückgeblieben war. Erleichtert strich sie erneut über die Hand, bis sie erschrocken die Luft einsog.

»Hephaistos hat alle sechs Artefakte zusammen. Seine Macht übersteigt die der anderen Götter.«

Säulentrommeln fielen zu Boden, der Lärm war ohrenbetäubend, worauf Achill und Elli sich weiter von dem Parthenon entfernten. Dabei hielten sie den Blick auf den zerstörten Tempel gerichtet. Erst als sie sich in Laufrichtung umdrehten, sahen sie ihn.

Hephaistos.

Breitbeinig stand er ihnen gegenüber und lachte. Selbst die Krücke unter der Achsel konnte sein übermächtiges Auftreten nicht mildern.

»Kommst du endlich freiwillig zu mir, schöne Helena, oder muss ich erst sämtliche Überbleibsel der alten Götter zerstören?«

»Der alten Götter? Du bist selbst einer von ihnen.«

»Nicht mehr, ich gehöre zu einer neuen Ära.«

»Tust du das?«, erklang eine gestrenge Stimme hinter ihnen. Athena persönlich stand in den Überbleibseln ihres Tempels, die Arme drohend erhoben, und daneben Hermes. »Untersteh dich, Hephaistos, meinen Tempel zu zerstören, oder du sollst mich kennenlernen.«

Der Gott der Schmiedekunst lachte hässlich auf. »Du kannst es nicht länger mit mir aufnehmen, Athena. Keiner von euch kann das. Sieh es ein, die Zeit eurer Macht ist vorbei. Besser, du verscherzt es dir nicht mit mir, denn ich entscheide, wo ihr in Zukunft hausen und was ihr mit dem Rest euer Unsterblichkeit anfangen werdet.«

Hermes wirkte nicht so herablassend wie zuvor in der Schmiede, während er sich neben Athena positionierte. Es schien, als verstehe er erst jetzt, wie mächtig Hephaistos war. Und mit wem sie es zu tun hatten. Dennoch verblieb er ruhig neben Athena, als gäbe es nichts zu befürchten. »Dein Hochmut wird dich teuer zu stehen kommen, aber dein Verrat ist es, der deinen Untergang bedeuten wird!«

»Mein Hochmut? Wer verbringt denn seine Zeit lieber mit dämlichen Spielen, anstatt zu erkennen, was wirklich vor sich geht?« Er schüttelte missbilligend den Kopf. »Ihr zerfleischt euch lieber selbst, und deshalb ist es nun zu spät.«

»Das ist es noch nicht!«, rief Elli. »Die Moiren haben uns Zeit gegeben bis zum Sonnenaufgang. Es muss noch eine Möglichkeit geben.«

Mit Achill stellte sie sich neben Athena und Hermes, doch sie winkten ihnen abzuhauen.

»Geht, solange wir ihn ablenken!«

Achill zog sein Schwert. »Wir werden euch nicht im Stich lassen!«

Hermes hob die Hände, bereit zum Angriff.

Währenddessen raunte ihnen Athena zu: »Dann findet einen Weg, wie ihr diesen größenwahnsinnigen Idioten aufhalten könnt!«

Achill holte mit seinem Schwert aus, doch Elli zog ihn zur Seite. »Sie hat recht, wir können in diesem Kampf nicht viel ausrichten.«

Er wollte protestieren. Abfällig schaute er zu Hephaistos, der fortfuhr, sich mit Athena und Hermes zu messen. Doch der Gott der Schmiedekunst schien sie nicht zu sehen. Offenbar nutzte Athena den verbliebenen Schutz des Tempels, um sie vor ihm abzuschirmen. Und diesen letzten Ausweg mussten sie nutzen, um zu entkommen.

Ein letztes Mal drehte sich Athena zu ihnen. »Setzt euren Verstand ein. Denkt daran, diesen Kampf können wir nur mit einer ausgereiften Strategie für uns entscheiden.« Mit den Worten wandte sie sich an den hässlich lachenden Gott und begann, gemeinsam mit Hermes den Tempel ihrer Gläubigen zu verteidigen.

Achill war nicht der Typ, der sich vor einem Kampf drückte, doch Elli umfasste ihren Anhänger und gleichzeitig seine Hand. »Komm, ich habe eine Idee.«

Bevor er fragen konnte, wohin die Reise ging, nutzte sie das Medaillon, worauf die kämpfenden Götter vor ihren Augen verschwammen, ebenso wie der Stadtberg von Athen mitsamt dem zusammenstürzenden Tempel. Einzig das Rosa des Abendhimmels blieb bestehen. Es zog sich über sie, als wäre die Welt in Ordnung und als gäbe es keinen Grund, Trübsal zu blasen.

Als sie auf den Füßen landeten, befanden sie sich in einem anderen Athena-Tempel. Es war der in Delphi, auf dessen Terrasse Elli die Statue gefunden hatte, in der all die

Jahre der Ring von Plutos aufbewahrt worden war. Ehrfürchtig hob sie den Blick und bestaunte die Architektur, während Achill sie schmunzelnd betrachtete.

»Du nutzt doch nicht etwa das Artefakt, um eigenen Studien nachzugehen, Frau Dr. Achilles?«

Als er ihren Namen nannte, hob sie den Blick. »Hattest du deine Finger mit im Spiel, weil ich deinen Namen als Nachnamen bekommen habe?«

Er lachte leise. »Das war einer von Hermes Scherzen.«

Sie grinste, bevor sie sich erneut dem Tempel zuwandte. »Er ist atemberaubend schön. Aber ich habe uns nicht hergebracht, um ihn mir im Detail anzusehen. Vielmehr glaube ich, dass Athenas Schutz nach wie vor wirkt, weshalb Plutos uns nicht zu sich holen kann.«

»Aber du trägst ohnehin nicht mehr seinen Ring. Wahrscheinlich kann er uns gar nicht mehr auflauern.«

»Das stimmt, aber ich wollte jedwede unangenehme Überraschung vermeiden, solange ich dir sage, was ich denke.«

Seine Augen funkelten amüsiert. »Wieso klingt das so, als wäre es sehr ernst?«

»Das ist es, Achill. Ich denke, uns bleibt nur ein Weg, wie wir Hephaistos stoppen können.«

Grinsend beugte er sich näher. »Ich bin ganz Ohr, Frau Dr. Achilles.«

»Lass die Scherze. Es ist wichtig. Du musst den Asklepiosstab zurückgeben.«

Seine Augen weiteten sich, bevor er zu seiner Gelassenheit zurückfand. »Weißt du, was du von mir verlangst?«

Sie wusste, was er meinte, doch ihnen blieb keine Alternative. »Wir können nicht vorhersehen, wie die Götter reagieren, aber uns bleibt keine Wahl. Nur wenn die Götter ihre Macht zurückbekommen, können sie Hephaistos aufhalten.«

»Aber sie ...« Er presste die Lippen aufeinander.

»Sie könnten dich bestrafen, ich weiß, aber die Strafe wird nicht nur dich, sondern auch mich treffen. Ich werde dich nicht allein vor sie ziehen lassen.«

Er fuhr sich durch das dunkle Haar. »Darum geht es mir nicht. Wenn ich den Stab zurückgebe, kann ich nicht länger unter den Lebenden bleiben, weshalb ich dich nicht länger beschützen kann, Elli. Unsere Zeit ist dann vorbei und du bist auf dich allein gestellt. Und ...«

»Ja?«

»Es wäre möglich, dass du ohne mich im Hades landest. Dort ist nicht der rechte Ort für dich. Das letzte Mal schon hat es dich beinahe zerstört. Die Götter könnten mir keine größere Strafe auferlegen, als das Wissen, dass du die Unendlichkeit in dieser Finsternis fristen musst.«

Sie schluckte erneut, doch sie senkte den Blick nicht. Er musste wissen, dass sie stark genug war, egal welche Strafe sich die Götter ausdachten. Sie hatten keine Wahl. Sie wünschte, es wäre anders. Sie wünschte, es gäbe eine Alternative. Doch ihr fiel nichts ein.

Er streckte die Hand nach ihr aus und zog sie zurück, bevor sie einander berührten. »Ich weiß nicht, ob ich das Risiko eingehen kann. Du wärst Plutos und Hephaistos schutzlos ausgeliefert.«

Langsam hob sie den Kopf. »Du musst.«

»Aber –«

Sie hob die Hand. »Nein, Achill, wir tragen Verantwortung. Verantwortung für die Ordnung der Welt. Wir beide dürften eigentlich gar nicht hier sein, und nur weil wir es sind, stürzen Tempel ein. Was denkst du, was passiert, wenn wir Hephaistos nicht aufhalten? Er wird alle Heiligtümer zerstören, egal ob sich Gläubige darin befinden oder nicht. Er wird rücksichtslos sämtliche Hinterlassenschaften der olympischen Götter niederreißen, nur um seine Herrschaft zu demonstrieren.«

Er fuhr sich über den Nacken. »Du hast recht, Elli. Dennoch können wir es nicht riskieren.«

»Aber –«

»Nein, es muss einen anderen Weg geben.«

Sie warf die Hände in die Luft. »Welchen? Hast du eine Idee? Mir fällt nämlich keine andere Möglichkeit ein.«

Er lief aus dem Tempelinneren hinaus zu den Stufen, die hinabführten, und ließ sich darauf nieder. Er wirkte ratlos, beinahe verzweifelt, weshalb sich Elli neben ihn setzte. Er stützte die Unterarme auf die Knie und betrachtete sie, streckte die Hand nach ihr aus und sie nach ihm. Kurz bevor sie einander berührten, hielten sie inne, die Blicke unentwegt auf ihre sich beinahe berührenden Finger gerichtet.

So saßen sie eine Weile in einvernehmlicher Stille, die nur durchbrochen wurde von dem steten Ruf eines Käuzchens, bis sie die aufsteigende Dunkelheit wahrnahmen. Die Sonne war untergegangen. Nicht einmal mehr ein heller Streifen zeichnete sich am Horizont ab. Nur das Licht des Mondes und der Sterne beschien die Tempel vor ihnen und das hohe Gebirge.

Plutos holte sie nicht zu sich. Er besaß nicht länger die Artefakte, nicht einmal mehr den Ring der Erwählten. Aber auch wenn der Gott sich möglicherweise zurückzog, gab es einen weitaus mächtigeren, den sie fürchten mussten.

Auch wenn sie Achill gern mehr Zeit gegeben hätte, um den Weg, den sie beschreiten mussten, zu akzeptieren, mussten sie anfangen, den Plan in die Tat umzusetzen.

»Achill, die Uhr tickt. Die Nacht hat begonnen und sobald sie zu Ende ist, kann niemand mehr Hephaistos aufhalten.«

Es dauerte, bis er den Kopf hob und sie ansah. »Es fühlt sich an, als würde ich dich aufgeben. Als würde ich dich den Löwen zum Fraß vorwerfen. Wie könnte ich riskieren, nicht mehr für dich da zu sein?«

Sie lächelte ihn mitfühlend an, während in ihr ein Sturm tobte. Ein Sturm der widersprüchlichsten Gefühle, dessen Widerschein sie in seinen Augen erkannte. »Es wäre gelogen, wenn ich behaupten würde, ich fürchte mich nicht, denn das tue ich. Vor der Strafe der Götter, vor der Trennung von dir, der Unterwelt … Doch noch mehr fürchte ich einen übermächtigen Hephaistos, dem ich als Frau dienen muss. Was wird er mit dieser Macht anstellen? Wie viele Menschen werden unter ihm leiden?«

Er presste die Lippen zusammen, seine Kiefer mahlten. Langsam sah er sie an. »Elli, ich habe mir gewünscht, es würde anders kommen. Hätte ich geahnt, was ich anrichte …«

»Nein, Achill, ich mache dir keine Vorwürfe. Vielmehr danke ich dir für die zweite Chance, die du mir gegeben hast. Ich hatte ein wundervolles zweites Leben. Du hast die Schatten vertrieben und mir das Licht geschenkt.«

Er lächelte sie an, quälend, dann strich er ihr über die Wange, die Berührung war kaum zu spüren, bevor er die Hand zurückzog. »Cheiron hat es mir ebenfalls geraten. Er sieht es als den einzigen Weg an. Aber ich tue es nicht, wenn du auch nur einen Rest Zweifel in dir trägst, Elli.«

Auch wenn ihr Magen rebellierte, senkte sie den Blick nicht. Zärtlich betrachtete er sie. »Bist du dir sicher, dass du das tun willst?«

Sie nickte. Ein Kloß bildete sich in ihrem Hals, der sie daran hindern würde, ihre Zustimmung laut vernehmlich zu erteilen. Sie wollte Achill nicht opfern, denn so fühlte es sich an. Und sie wollte die Zeit mit ihm nicht frühzeitig beenden. Aber besser, sie zogen den Schlussstrich zu ihren Bedingungen als Hephaistos zu seinen.

KAPITEL 18

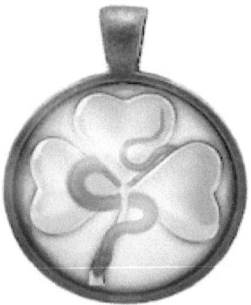

Er verriet Elli nicht, wohin es ging, und sie fragte nicht nach. Vielmehr hingen sie beide für einen kurzen Moment ihren eigenen Überlegungen nach. Vermutlich hörte er wie sie nicht auf darüber nachzudenken, ob es nicht doch eine Alternative gäbe. Eine Alternative dazu, ihre gemeinsame Zeit verfrüht zu beenden und sich dem Urteil der Götter zu überlassen.

Doch da er nach diesem kurzen Moment ihre Hand ergriff und ebenso das Medaillon, die Augen schloss und sie mittels seiner Gedanken an einen anderen Ort brachte, schien ihm genauso wie ihr kein anderer Weg einzufallen.

Es war so dunkel, dass sie kaum erkannte, wie sie den Ort wechselten. Doch die Geräuschkulisse veränderte sich. Statt eines Kauzes hörte Elli fernes Wellenrauschen. Gleichzeitig drang der feine Duft nach Salz in ihre Lungen, worauf sie tiefer einatmete.

Sie wollte fragen, wo sie sich befanden, doch Achill legte einen Finger an seine Lippen. Auch wenn Plutos sie nicht mehr ohne weiteres aufspüren konnte, sollte weder er noch jemand anderes auf sie aufmerksam werden.

Wortlos folgte sie ihm auf Zehenspitzen über weichen Grund. Es war kein Sand, das spürte sie, vielmehr offenbarte der Mond, der hinter einer Wolke hervortrat, eine üppige Wiese. Neugierig ließ sie den Blick über die Anhöhe gleiten, die ihr bekannt vorkam. Sie war schon einmal an diesem Ort gewesen, kannte ihn, den Geruch, die Geräusche, die Stimmung. Und als sie begriff, wo sie sich befanden, schnappte sie kaum hörbar nach Luft.

Sie brauchte nicht die Öffnung im Boden zu sehen, die sich vor ihnen auftat. Sie brauchte ihn nicht zu fragen, wohin er sie gebracht hatte. Nein, sie wusste es.

Sie befanden sich auf Kefalonia, am Rande des Melissani-Sees.

An dem Ort, von dem sie bei ihrem ersten Abenteuer in der Antike zurück in die Gegenwart gekommen war.

Dass er ausgerechnet in der Höhle, in der die Nymphe Melissanthe hauste, den Asklepiosstab versteckt hatte, damit hätte sie nicht gerechnet. War die Wasserfrau deshalb noch am Leben und nicht tot wie im Mythos? Auch wenn die Fragen ihr auf der Zunge lagen, sprach sie sie nicht aus.

Stumm trat sie mit ihm auf die Treppe zu, die sich die Erdwand entlang hinab zum See wand, und lief mit ihm Schritt für Schritt hinunter. Ihre Nerven waren angespannt, ihr Herzschlag beschleunigte sich, während sie auf jedes Geräusch lauschte.

Doch es war nichts zu hören. Kein Tropfen, kein Wasserschwappen, auch keine Schwanzflosse, die auf das Wasser peitschte. Bislang war ihre Ankunft unbemerkt.

Das letzte Mal waren sie von Melissanthe, der Nymphe, regelrecht angegriffen worden. Und die zweite Nymphe, die sich als Amphitrite herausgestellt hatte, war ebenfalls nicht sonderlich begeistert über ihr Auftauchen gewesen. Wie oft hatte Elli sich gefragt, welche Rolle Achill in der Geschichte der Nymphe spielte, weshalb die beiden Wasserfrauen derart ablehnend auf ihn reagierten. Doch egal wie gründlich sie die Bücher im Archäologischen Institut gewälzt hatte, sie war nicht dahintergekommen.

Kein Wunder, damals hatte sie seinen richtigen Namen noch nicht gekannt. Außerdem war alles, das mit dem Raub des Asklepiosstabs zu tun hatte, nicht bis in die Gegenwart vorgedrungen.

Achill drehte sich zu ihr um. Dadurch, dass sie zwei Stufen höher stand als er, befanden sie sich beinahe auf Augenhöhe. Stumm legte er erneut die Finger an die Lippen. Sie mussten still bleiben. Sie nickte und hob die Hände zum Zeichen, dass sie tausende Fragen hatte, worauf er schmunzelte. Wie sehr liebte sie es, wenn er sie so ansah. Ihr Herz hüpfte, während er den Kopf schüttelte. Sie sollten nicht reden, schon klar. Gar nicht so einfach. Verbiete einer Wissenschaftlerin, die gerade eine Entdeckung gemacht hatte, mal den Mund.

Doch anstatt weiterzulaufen, umfasste er ihre Hand. Er schaute ihr in die Augen und beugte sich näher. Unweigerlich hielt Elli die Luft an. Er wollte sie doch nicht etwa in diesem Augenblick küssen? Ohne ein Geräusch zu verursachen, sog er deutlich spürbar die Luft ein und hielt sie an. Hieß das sie …? Noch bevor sie zu Ende denken konnte, was er meinte, umfasste er ihre Hand und sprang mit ihr in die Tiefe.

Ein stummer Schrei folgte, eine gefühlte Ewigkeit dauerte der Fall. Währenddessen kamen zu Ellis vielen Fragen tausend neue dazu. Wie reagierten die Nymphen? Würden sie sie angreifen? Wie könnte sie sich schützen? Wieso musste sich der Stab ausgerechnet in diesem dunklen Wasser befinden – denn welchen anderen Grund konnte Achill haben, mit ihr in diese Schwärze zu springen?

Als sie die Wasseroberfläche durchbrachen, sog sie den letzten Rest Luft ein, bevor sie in dem kalten Wasser untergingen. Sie sanken und sanken durch den Schwung tiefer als erwartet, und noch tiefer und tiefer. Wie konnte das sein? Ein Sog zog sie regelrecht hinab. Hätte sie das geahnt, hätte sie mehr Luft geholt.

Sie hörten nicht auf, tiefer zu gleiten, und es gab keine Möglichkeit, sich dem entgegenzustemmen. Schwärze umfing sie, kaum ein Lichtschein drang von den Gestirnen bis in die Tiefe des Wassers vor. Ihr Puls ging schneller, während sie sich umsah, doch sie konnte kaum etwas erkennen.

Allmählich wurde das schwarze Wasser heller, je tiefer sie kamen. Dennoch baute sich ein Druck auf ihrer Brust auf. Wie weit war der Weg noch? Und wie sollte sie die Strecke nach oben zurücklegen, ohne ein weiteres Mal Luft zu holen?

Panik drohte sie zu überrollen, der Sauerstoffmangel machte sich bemerkbar, doch Achill spürte es. Er drückte ihre Hand, worauf sie zu ihm schaute, und er nickte ihr zu, legte eine Hand auf ihr Herz und schaute ihr direkt in die Augen. Und mit seinen Augen schien er zu sagen:

»Vertrau mir.«

Und das tat sie. Sie hörte seine Stimme in ihrem Kopf und entspannte. Dabei hielt sie seinen Blick gefangen, so wie er den ihren, während sie tiefer sanken und das Wasser um sie herum stetig heller wurde. Ein goldener Glanz breitete sich in den Tiefen aus, zu dem sich rosa Farbtöne mischten, bis Achill lächelte und hinab deutete. Elli folgte seinem Fingerzeig und riss die Augen auf.

Unweit ihrer Füße befand sich der Grund des Sees. Er war felsig, bewachsen mit einzelnen Algen und bunt schillernden Wasserpflanzen. Fische schwammen umher, von den Nymphen fehlte jede Spur.

Und dort, tief unten im See, befand sich der Grund für die außerordentliche Helligkeit, den goldenen Glanz des Wassers, die Magie, die sich in der Höhle manifestiert hatte. Inmitten des felsigen Bodens steckte ein Gegenstand, der so hell erstrahlte, dass er den kompletten Grund des Sees beleuchtete.

Es war der Stab des Asklepios.

Er war hüfthoch und besaß wenige Zentimeter Durchmesser. Um seinen Schaft wand sich eine Schlange, deren Schuppen einzeln ausgearbeitet waren und deren Kopf sich an den Stab selbst lehnte, als würde sie zu dem Träger des Stabs hinaufblicken.

Nicht eine einzige Alge hatte sich auf dem göttlichen Attribut abgesetzt und auch sonst keinerlei Sediment. Seine Oberfläche schimmerte golden und makellos, als hätte das Wasser sie all die Jahre poliert.

Ehrfürchtig bestaunte Elli den Asklepiosstab, während sie und Achill mit den Füßen auf den Boden des Sees aufsetzten. Ihre Haare schwammen unentwegt nach oben, das einzige, das sie hinaufzog, denn seltsamerweise hatte sie keine

Probleme mehr, die Luft anzuhalten. Vielleicht weil ihre Aufmerksamkeit von dem göttlichen Kunstwerk gefangen wurde. Oder aber weil die lebenserhaltenden Kräfte des Stabs wirkten.

Mit aufgerissenen Augen bestaunte sie den Stab. Diesen Stab, mit dem all das seinen Anfang genommen hatte. Achill schwamm näher. Er umfasste ihn mit beiden Händen, als unvermittelt eine Schwanzflosse an ihnen vorbeizischte und ihm mit voller Wucht auf die Wange schlug.

Abrupt sah Elli auf und blickte direkt in seegrüne hervorstehende Augen. Das grünblonde Haar der Nymphe schwamm wie Peitschen um ihren Kopf, während sie die Hände zu Fäusten ballte. Jederzeit würde Elli sie unter tausend anderen wiedererkennen.

Melissanthe, die Nymphe, nach der die Höhle benannt war.

»Was tut ihr hier?«, schrie die Nymphe, obwohl sie den Mund nicht öffnete.

»Wir holen, was uns gehört.« Auch Achill hatte nicht den Mund geöffnet, um ihr zu antworten, vielmehr hörte Elli das Gespräch ausschließlich in ihrem Kopf.

»Was euch gehört?« Melissanthe lachte, dabei sprudelte Wasser aus ihrem Mund, in dem sich eine Reihe weißer Zähne befand, das einzig normale an ihrer Erscheinung. »Ich wollte ihn hier nie haben. Du hast mich ausgetrickst.«

»Ich habe dich nie täuschen wollen. Ich brauchte ein gutes Versteck.«

»Nie täuschen? Du hast mir gesagt, wenn ich zustimme, gäbe es eine Chance für mich und Pan.«

»Ich habe gesagt, es könnte eine Möglichkeit geben, da ihr wieder in derselben Sphäre weilt. Ich –«

»Red dich nicht raus! Es hat nie eine zweite Chance gegeben. Stattdessen hast du mich zu den Lebenden zurückgeholt, indem du diesen verdammten Stab in den Grund meines Sees gerammt hast. Und Pan? Der ist nicht ein einziges Mal aufgetaucht. Ich musste hier mein Dasein fristen, das ich bereitwillig aufgegeben habe. Doch ein zweites Mal konnte ich es nicht, weil dieser verfluchte Stab hier unten feststeckt.« Erneut schlug sie ihm mit der Schwanzflosse ins Gesicht.

Achill hob abwehrend die Arme. »Hör auf. Wir nehmen den Stab mit und du kannst zurück in die Unterwelt.«

Sie umfasste den Stab mit ihren grazilen Händen, in denen mehr Stärke lag, als man es ihr zugetraut hätte. »Vielleicht will ich das gar nicht mehr. Vielleicht will ich den Stab behalten. Er gehört mir. Er steht mir mehr zu als allen anderen. Niemand hat wegen ihm so viel leiden müssen wie ich.« Mit den Worten schwamm sie zwischen Achill und den Stab, holte mit den Händen aus und wollte ihm über das Gesicht kratzen, doch diesmal war er schneller. Er drückte sie zurück und schnappte sich ihren Fischschwanz, worauf sie sich um sich drehte, die Hände klauenartig aufgerissen. Sie versuchte erneut ihm das Gesicht zu zerkratzen, doch er stieß sie zur Seite, sodass sie durch den Schwung durch das Wasser zurückgedrängt wurde.

Elli stand perplex daneben und schaute zu, wie die Nymphe erneut angriff und Achill sich verteidigte. Melissanthe würde den Stab freiwillig nicht hergeben. Aber sie mussten ihn holen. Ihn zurückgeben, sonst würde Hephaistos nicht mehr zu stoppen sein.

Sogleich wallte die Entschlossenheit in Elli auf. Sie umfasste den Asklepiosstab und bevor die Nymphe sie aufhalten konnte, zog sie ihn mit einem Ruck aus dem Boden. Sein Glanz verschwand, doch die Energie war ungebrochen, das spürte Elli an dem Kribbeln ihrer Finger.

»Nein!« Melissanthe schrie auf.

Doch Elli hörte nicht darauf. Sie drückte ihn sich an die Brust und schwamm damit an die Oberfläche. Achill folgte ihr auf den Fuß, während die Nymphe noch einmal versuchte nach ihnen zu schnappen. Sie verfehlte sie, schrie herzzerreißend auf und als Elli wieder gen Boden schaute, war sie nicht mehr zu sehen.

Das Wasser unter ihnen lag ruhig, von dem goldenen Schimmer fehlte jegliche Spur. Nur die Fische schwammen gelassen über den Grund des Bodens, als wäre für sie die normale Ordnung endlich wieder hergestellt.

Auch wenn Melissanthe verschwunden war, beschleunigte Elli ihre Schwimmbewegungen, bis sie endlich durch die Wasseroberfläche brach und an frische Luft stieß. Achill nahm ihr den Stab ab, damit sie zur Seite schwimmen konnte. Endlich an der Höhlenwand angekommen, stemmte sie sich auf die Stufe und kämpfte sich aus dem Wasser. Sie wollte sich auf die Treppe legen – allmählich forderten die Kämpfe ihren Tribut –, als ein Donnern ertönte.

»Komm, Elli, wir dürfen nicht rasten.« Achill half ihr auf die Füße und drängte sie die Stufen nach oben.

Die Finsternis wurde weniger. Schwaches Licht drang zu ihnen, je höher sie gelangten. Über ihnen leuchtete der grenzenlose Sternenhimmel, beschien jede einzelne Stufe, die sie nach oben liefen, als ein erneuter Donner ertönte.

»Ist das Zeus?«

Achill drängte sie voran, während Erdbrocken bereits von den Wänden ins Wasser fielen. »Nein, die Höhle stürzt ein.«

»Was? Wie kann das sein? Liegt das daran, weil wir den Stab mitgenommen haben?« Immer schneller rannte sie hinauf, zwei Stufen auf einmal nehmend.

»Das kann ich mir nicht vorstellen.«

Sie spurteten weiter, bis sie sich von der letzten Stufe abstießen und sich auf der Wiese wiederfanden, unter der sich die Höhle samt dem See erstreckte. Und dort stand jemand, der selbstgefällig lachte und dessen Augen aufleuchteten, als er den Stab in Achills Händen erblickte.

»Nein, die Höhle stürzt ein, weil ich nicht die Geduld aufbringen konnte, noch länger auf euch zu warten.«

KAPITEL 19

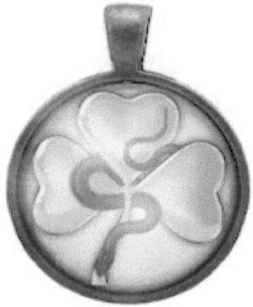

Breitbeinig stand Plutos vor ihnen, die sehnigen Arme vor der Brust verschränkt und ein blasiertes Grinsen auf den Lippen. Dabei ließ er sie nicht einen Moment aus den Augen, wie ein Jäger, der seine Beute in der Falle wusste.

Achill stellte sich schützend vor Elli, den Stab hinter seinem Rücken verbergend, auch wenn Plutos ihn längst entdeckt hatte. »Hast du es noch nicht mitbekommen? Du wurdest benutzt.«

»Benutzt.« Plutos spie das Wort förmlich aus. »Der alte Gott in der Schmiede weiß selbst nicht, was gut für ihn ist.«

Elli stellte sich neben Achill. Sie wollte unbedingt während der Unterhaltung Plutos' Gesicht sehen. »Er hat sämtliche Artefakte in seinem Besitz. Schau, ich trage deinen Ring nicht mehr und auch der Armreif ist fort.« Zum Beweis hielt sie ihm die Hand entgegen, an der sich kein einziges Schmuckstück befand.

Plutos' Gesichtsausdruck blieb überheblich, doch sie erkannte den Zorn in seinen Augen. Sie würde von jetzt an immer hinter seine Fassade blicken können, das begriff sie in diesem Moment.

»Es ist mein Ring und ich werde ihn mir zurückholen.«

Achill schüttelte den Kopf. »Wie fühlt es sich an, benutzt zu werden? Hat Hephaistos sich mit dir getroffen? Dir selbst die Flausen in den Kopf gesetzt, dass du die Herrschaft über die Götter erringen könntest?«

Der Gott presste die Zähne zusammen, eine Geste, die kaum hinter seinen makellosen Lippen zu erkennen war, doch Elli sah es.

»Hat er dir das alte Schriftstück gezeigt oder hat er es dich selbst finden lassen?«

Wut flackerte in seinen Augen auf, weshalb Elli nickte. »Volltreffer. Ich frage mich nur, wie du es so lange nicht hast durchschauen können. Ich dachte, du wärest klüger.«

»Wenigstens habe ich es vor euch begriffen.«

Elli neigte den Kopf. »Aber offensichtlich zu spät, oder wieso ist Hephaistos nun im Besitz aller Artefakte, die du so brav für ihn gesammelt hast?«

»Ich werde sie mir zurückholen, aber zuerst brauche ich den Stab. Also her damit. Sofort! Er steht mir zu.«

Achill schüttelte den Kopf. »Es ist vorbei, wir geben ihn zurück.«

Plutos' Blick wurde lauernd. »Und riskiert, dass ihr euch nie wiederseht? Das könnt ihr mir nicht erzählen. Ich hätte eine Alternative für euch.«

Elli würde darauf nicht hereinfallen.

»Du machst uns nur etwas vor. Niemals lassen wir uns auf einen Pakt mit dir ein.«

»Niemals?« Plutos blickte zu Achill, der den Gott beobachtete. »Auch dein öffentlichkeitsverliebter Heros nicht?«

Achill begegnete ihm mit herablassendem Blick. »Geh uns aus dem Weg oder wir werden uns den Weg erkämpfen.«

»Erkämpfen? Ihr wollt es ernsthaft mit mir aufnehmen? Was ist mit deiner ewigen Predigt, dass man mich niemals unterschätzen darf?«

Achill ließ ihn keinen Moment aus den Augen. »Das gilt für andere, nicht für mich.«

Plutos lachte auf. »Du willst kämpfen? Dann auf. Anders kommst du nämlich nicht von hier weg.«

Langsam reichte Achill den Stab an Elli. »Halt dich im Hintergrund.«

»Hör auf mit dem Unsinn«, raunte sie. »Es wird einen anderen Weg für uns geben.«

»Nein, den gibt es nicht, Schönste.« Plutos trat näher auf sie zu. Sein makelloses Gesicht hatte etwas Fratzenartiges. Seltsam, dass sie sein Innerstes nun derart deutlich sah, wo sie es doch all die Jahre nicht erkannt hatte. Aber womöglich hatten der Ring und der Armreif einen Teil dazu beigetragen, seinen Zauber aufrechtzuerhalten.

Plutos wandte sich an Elli und fixierte sie, als wollte er die ehemalige Vertrautheit wieder herstellen. »Hat er dir eigentlich erzählt, wie oft er versucht hat, Zutritt zum Olymp zu erlangen? So wie jeder Heros? Ich würde mich an deiner Stelle nicht zu besonders fühlen. Wahrscheinlich versucht er lediglich durch eine weitere ach so heldenhafte Aktion das Wohlwollen der Götter zu erlangen. Du bist für ihn nur Mittel zum Zweck.«

Die Verleumdung prallte an Elli ab. Ohne auf Plutos' Worte zu achten, drückte sie den Stab an ihre Brust, während Achill das Schwert aus der Scheide zog. Sie würde Plutos nie wieder Glauben schenken. Es war nur ein Trick, um sie zu verunsichern.

Mit schweren Schritten trat Achill auf den Gott zu, der lachend die Arme erhob und Schwung holte. Der Erdboden wackelte, bäumte sich auf und rollte wie eine Welle auf sie zu, doch Achill stemmte sich dagegen, das Schwert schützend vor sich und Elli haltend. Er spannte die Muskeln an und kämpfte sich vorwärts. Schritt für Schritt drängte er die Erdmassen zurück. Doch sofort erhöhte Plutos den Druck.

Während die Männer kämpften, suchte Elli nach einem Ausweg, nach einem Stück Schatten, das sich auf ihrer Seite bildete. Doch immer wenn Plutos durch seine steilen Erdwellen einen Schatten hervorrief, veränderte er die Richtung, sodass der Schatten sogleich verschwand.

Die Männer schienen ebenbürtig. Mal setzte Achill zwei Schritte vor, dann drängte Plutos ihn zurück. Beide gingen nicht bis zum Äußersten, warteten ab, um auf den Angriff des Gegenübers zu reagieren. Die Zeit zog sich dahin, die Nacht schritt unbarmherzig voran. Wie viele Stunden blieben ihnen, bis der Tag anbrach? Oder waren es nur Minuten? Der Kampf zog sich in die Länge. Immer wieder presste Plutos den Erdwall auf Achill und ließ nach, als wollte er ihn verhöhnen, ihn hinhalten.

Was, wenn das Plutos' Taktik war? Womöglich arbeitete er mit Hephaistos zusammen. Wieso sonst war er gekommen, um den Stab an sich zu nehmen? Vielleicht hatten sie sich abgesprochen, gehörte all das zu ihrem Plan.

Ob es stimmte oder nicht, sie mussten von diesem Ort verschwinden, endlich den Stab zurückgeben. Und wenn sie nicht durch die Schatten davon und hinauf zum Olymp laufen konnten, dann mussten sie die Götter eben zu sich rufen.

Elli ballte die Hände um den Stab, der im Dunkel der Nacht verschwand wie ein einfacher Stock. Es gab keine Alternative. Ohnehin hatte Achill zugestimmt, das Urteil der Götter zu erdulden. Es galt, Hephaistos und Plutos aufzuhalten. Alles andere war zweitrangig.

Selbst ihre Liebe ...

Ihre Brust zog sich zusammen, doch sie atmete ruhig ein und wieder aus, bis sie die Beklemmung auf ein Minimum reduziert hatte. Es war an der Zeit, Verantwortung zu übernehmen, wie sie es dem weisen Zentauren Cheiron zugesagt hatte. Wie sonst sollte sie je wieder in den Spiegel blicken?

Sie hob die Hände, hielt den Asklepiosstab in die Höhe und holte alles aus ihren Lungen heraus, als sie rief: »Ihr großen Götter des Olymp, kommt und hört uns an.«

»Was tust du?« Plutos lenkte den Erdwall von Achill fort, zu Elli, doch sofort schmiss sich Achill dazwischen. Mit beiden Händen umfasste er sein Schwert, das den Zauber des Gottes fernhielt. Er schützte sie, komme, was wolle.

Ellis Herzschlag beschleunigte sich, trotzdem hob sie den Stab höher. »Ich habe den Asklepiosstab, halte ihn in Händen und bin bereit, ihn herzugeben. Kommt, ich werde ihn euch zurückgeben. Damit ist Hephaistos zu stoppen.«

Ihre Stimme hallte wie ein ewig lauter Ruf über den Hügel und der Wind trug sie weiter bis in die höchsten Winkel des Himmels. Dennoch reagierte niemand. Kein Leuchten kündete vom Olymp, der sich öffnete, nicht einer der Götter antwortete ihr. Hielten sie es für einen Scherz? Sahen sie nicht, was sie in Händen gen Himmel streckte? Oder hielt Hephaistos sie alle auf? Kämpften sie noch immer vor dem Parthenon?

»Gib nicht auf, Elli. Du schaffst das«, presste Achill aus zusammengebissenen Zähnen hervor, während er Plutos parierte.

»Nein, der Stab gehört mir.« Erneut veränderte Plutos die Richtung des Erdwalls und versuchte gleichzeitig auf der anderen Seite zu Elli vorzudringen, doch Achill hielt ihn auf.

»Beeil dich, Elli!«

Gebannt verfolgte sie den Kampf, bis Achills Worte sie wachrüttelten und sie sich dem Nachthimmel zuwandte. Eine Idee kam ihr. Was brauchte jeder Gott? Einen Gläubigen, denn die Gläubigen gaben den Göttern Kraft. Das hatte ihr Dädalos erklärt.

»Ihr großen Götter, wir verehren euch und legen vor euch den Stab des Asklepios nieder.« Mit den Worten verneigte sie sich und legte das göttliche Attribut auf die Erde. Erneut wackelte es. Hoffentlich hatte sie keinen Fehler begangen. Doch dann knisterte es vor ihr in der Luft, ein Lichtblitz erschien und im nächsten Moment erschienen drei Götter auf der Wiese. Dass es Götter waren, erkannte Elli sogleich an ihrer Größe und ihrem erhabenen Auftreten.

Es waren zwei Männer und eine Frau, die sich sogleich in den Vordergrund drängte. Ihr langes blondes Haar schimmerte golden, ihre Haut wirkte wie aus Perlmutt so rein und hell, und ihr Blick unter gesenkten Lidern war betörend. Es war Aphrodite.

Hinter ihr stand ein bärtiger Mann, der für einen Gott unerwartet unsicher wirkte. Er war älter und trug sein

Göttergewand im Gegensatz zu dem anderen nicht nur um die Hüfte, sondern auch über den Oberkörper geschlungen. Es war Asklepios, der Gott der Heilkunst. Sein Blick huschte hin und her, bis er den Stab auf dem Boden erblickte. In seine kleinen Augen trat ein ungläubiger Glanz.

Daneben befand sich unverkennbar Poseidon, der sogleich seinen Dreizack in die Erde rammte. Sein Blick ging grimmig von Elli zu Achill und Plutos, als müsste er überlegen, wen von ihnen er zuerst tötete. Es war geschehen, was alle zu verhindern versucht hatten. Als einer der drei großen Brüder mischte sich Poseidon ein und veränderte damit das Machtgefüge, das sich bisher bei den Spielen aufgetan hatte.

Sogleich hörten Achill und Plutos auf zu kämpfen. Plutos fiel auf ein Knie. »Ich gelobe, ich habe versucht, die beiden davon abzuhalten, den Stab zu stehlen. All die Jahre habe ich danach gesucht, um ihn Euch, Asklepios, zurückzugeben. Doch Achill hat ihn versteckt, all die Zeit. Nur deshalb weilt er unter den Lebenden.«

»Sei still, du elender Verräter«, zischte Aphrodite und trat auf den Stab zu. Nur zögerlich kam Asklepios hinter ihr hervor, als wäre er durch den Raub seines Stabes seiner Kräfte beraubt. Womöglich schämte er sich auch, schoss es Elli durch den Kopf, während sie beobachtete, wie sich der alte Gott zögerlich näherte.

Poseidon blieb währenddessen im Hintergrund, doch er verfolgte jede Bewegung mit Argusaugen. Sein Blick war unerbittlich, die Hand nur wenige Millimeter vom Dreizack entfernt, sodass er ihn jederzeit packen und sie damit richten konnte.

Achill und Elli stellten sich näher beisammen, die Hände ineinander verschränkt. Sie spürten ihren steigenden Puls, als wären ihre Herzen eins. Der Moment des Urteils war gekommen. Mit angehaltenem Atem beobachteten sie, wie Aphrodite zur Seite trat und Asklepios sich nach dem Stab bückte. Doch bevor er ihn berührte, blitzte es auf und ein weiterer Gott erschien auf der Bildfläche, dessen Anblick Elli nie wieder vergessen würde.

Hephaistos.

Er landete direkt vor dem Stab und trotz seiner Krücke beugte er sich so schnell danach, dass ihn keiner der Anwesenden aufhalten konnte.

Mit einem siegessicheren Lachen hob er den Stab auf, betrachtete ihn, während die Zeit still zu stehen schien und sich keiner der anderen Götter rührte. Hephaistos unterdessen wandte sich an Elli, vor die sich sofort Achill stellte. Dennoch bedachte Hephaistos sie mit einem selbstgefälligen Blick, als hätte er all das inszeniert, um ihr zu imponieren.

»Was soll das, Hephaistos? Gib Asklepios seinen Stab!«, rief Aphrodite. Die Schärfe in ihrer Stimme tat ihrem Liebreiz keinen Abbruch. Neben sie trat Poseidon, der seinen Dreizack unbemerkt aus der Erde gezogen hatte und ihn drohend auf den Gott der Schmiedekunst richtete. »Gib auf, wir sind in der Überzahl, sonst sollst du meine Kraft zu spüren bekommen!«

Hephaistos presste die Kiefer aufeinander. Seltsamerweise schien er nicht glücklich, sondern gequält. Nacheinander schaute er den Göttern in die Augen. Am längsten verblieb sein Blick auf Aphrodite. »Die Zeit, dass ich tue, was ihr wollt, ist vorbei.«

»Bist du immer noch sauer wegen der alten Geschichte?« Aphrodite lachte betörend auf. »Ich dachte, du hättest daraus gelernt, dass man keine Frau zu einer Ehe zwingen kann.«

»Womöglich war es lediglich die Falsche.« Hephaistos'
Blick wanderte zu Elli. »Kommst du nun mit mir, meine
Schöne? Die Zeit der neuen Ära kann beginnen.«

Achill hob das Schwert. »Sie wird niemals mit dir gehen!«

»Kann sie nicht selbst für sich sprechen, o holder Heros?«
Hephaistos starrte sie an, sodass ihr unweigerlich Gänsehaut
über den Rücken kroch. »Willst du etwa riskieren, dass ich
sie alle töte, Helena?«

»Hör auf, sie vor eine solche Wahl zu stellen. So schnell
lassen wir uns nicht töten.« Aphrodite stellte sich ebenfalls
vor Elli und selbst Poseidon und Asklepios bezogen neben
ihr Stellung. Einzig Plutos stand separat, als wüsste er nicht,
welche Seite lukrativer war. Doch bevor er sich positionierte,
verschwand er lautlos von der Bildfläche.

Elli registrierte es nur am Rande. All ihre Sinne waren
geschärft. Sie würde mit Hephaistos nicht mitgehen. Niemals. Egal, was er ihr androhte. Egal, was er behauptete.
Selbst wenn er alle Götter vernichtete, die sich vor ihr
positioniert hatten. Niemals würde sie ihm dabei behilflich
sein, eine neue Ära der Götter zu gründen.

Als spürten die Götter ihren ungebrochenen Willen,
begannen sie zu kämpfen. Poseidon hob den Dreizack und
schleuderte einen Blitz auf Hephaistos, Asklepios rief
Schlangen herbei, die sich auf ihn stürzten, und Aphrodite
betrachtete ihn aus ihren betörenden Augen, um seinen
Willen dem ihren zu unterwerfen.

Achill hob das Schwert und stellte sich neben die drei,
bereit, sein Leben für ihres zu geben. Wie damals vor Troja
kämpfte er an der Seite der Götter. Gebannt verfolgte Elli,
wie Hephaistos den Stab zu seiner Krücke steckte und mit
nur einem Schwung seiner Hand die Götter zurückschob,

ohne sie zu berühren. Gras riss aus der Wiese, Erde wirbelte auf, während die Götter die Zähne zusammenbissen, um dem einen Gott zu trotzen, der sie ausgetrickst hatte. Der sich nur am Rande des Spielfelds aufgehalten hatte und doch die eine Hauptfigur war.

Wie auf einen stummen Hilferuf kamen Athena und Hermes herbei und stellten sich neben die anderen. Gemeinsam kämpften sie gegen Hephaistos, der mühelos jeden Angriff abwehrte.

Elli konnte nichts ausrichten, außer zuzusehen. Es war, wie Athena es gesagt hatte. Mit Kraft würden sie diesen Kampf nicht für sich entscheiden, einzig mit dem Verstand. Fieberhaft dachte sie nach, wie sie die Partie für sich entscheiden konnten. Welche Möglichkeiten ihnen blieben.

Es gab jemanden, der einen Weg finden konnte. Jemanden, mit dem sie schon so manche Erkenntnis gewonnen hatte. Einen Fachmann den Asklepiosstab betreffend. Auch wenn er nur ein Mensch war, konnte er ihr behilflich sein, eine Lösung zu finden.

Dädalos, ihr gelehrter Freund aus Athen.

Wissen war Macht und er würde ihr helfen, das Wissen richtig zu kombinieren.

Ihr Blick huschte zu Achill. Am liebsten würde sie ihn mitnehmen, aber die Götter brauchten ihn, seine Kraft. Sie brauchten jeden Beistand, den sie bekommen konnten. Und vielleicht war das eine Gelegenheit für ihn, seine Rechtschaffenheit zu beweisen.

Sie umfasste das Amulett mit den drei Herzen und der Schlange, mit dem sie schon zweimal gereist war und das wieder die gewohnte Wärme ausstrahlte, als wäre es einverstanden mit dem, was sie vorhatte zu tun. Sie schloss die

Augen und betete, dass Dädalos zuhause war. All ihre Gedanken richtete sie auf ihn und wurde fortgerissen, während
die Rufe der Götter, das Fauchen der Schlangen und das
Zischen der Blitze durch die Nacht hallten. Hoffentlich
hielten die Götter durch, bis sie zurück war. Zurück mit einer
Lösung, die Hephaistos stoppen würde.

KAPITEL 20

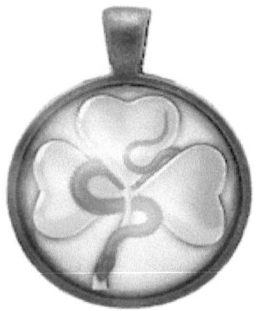

Sie landete im dunklen Hof des Hauses, in dem nirgends ein Licht brannte und kein Ton durch die Nacht drang. Nach den lautstarken Flüchen und Rufen der Götter war es gespenstisch still.

Hoffentlich übernachtete Dädalos nicht bei irgendeinem Kollegen, bei dem er zu Abend gegessen und ewig disputiert hatte. Andererseits war es so spät, weshalb es nicht verwunderte, dass es ruhig war. Sämtliche Anwesenden mussten schlafen.

Der Geruch nach mediterranem Essen mit vielen Kräutern drang ihr in die Nase und ließ sie sich sogleich wohlfühlen. Tief sog sie den appetitanregenden Duft ein, worauf ihr Magen grummelte. Kein Wunder, wann hatte sie zuletzt gegessen?

Auf Zehenspitzen schlich sie auf den Gebäudekomplex zu und hielt inne. Sie wusste nicht, wo sich Dädalos' Gemächer befanden. Sie waren zum Essen und Reden jedes Mal im Hof zusammen gewesen. Sie kannte lediglich die Räume seiner Tochter. Darin hatte sie sich frischmachen und übernachten dürfen.

Verdammt. Und jetzt? Sollte sie einfach an die Tür klopfen? Wie sollte sie den Dienstboten erklären, dass sie ihren Chef aus dem Bett klingen mussten, weil Elli sofort mit ihm reden wollte?

So oder so, ihr blieb keine Zeit. Sie musste es wagen. Und wenn die Dienstboten sie von dem Grundstück jagen wollten, würde sie so laut nach Dädalos rufen, bis er auf sie aufmerksam wurde.

Doch sie brauchte gar nicht zu schreien oder irgendjemanden aufzuwecken. Denn als sie an die Tür gelangte, stand dort bereits jemand. Dunkle mandelförmige Augen leuchteten ihr in der Finsternis der Nacht entgegen, die im Gegensatz zu sonst nicht schüchtern gesenkt waren, sondern aus denen Elli selbstbewusst gemustert wurde.

Ungläubig betrachtete sie die schmale Dienerin, die sie seit Anbeginn ihrer Reise in die Antike kannte. »Sophia?«

Zufrieden lächelte die junge Frau und nickte. »Willkommen, Helena, Dädalos erwartet Euch bereits.«

Elli hob die Brauen. »Seit wann arbeitest du hier? Du warst doch für Plutos im Dienst.« Sie erinnerte sich, dass sie die Dienerin bei ihrem ersten Besuch bei Dädalos ebenfalls gesehen, sie jedoch für eine Verwechselung gehalten hatte. Wie hätte auch dieselbe Hausdienerin bei Plutos in Delphi und am selben Tag bei Dädalos in Athen arbeiten können? Aber offenbar war es tatsächlich ein und dieselbe Person gewesen. Und sie hatte sie zusätzlich bei jemand anderem gesehen …

Misstrauisch musterte Elli die zierliche Gestalt. »Hast du nicht auch für Hephaistos gearbeitet?«

Sie antwortete nicht, verneigte sich lediglich, öffnete die Tür und bedeutete Elli, ihr zu folgen.

Zögerlich lief sie hinter der jungen Frau her. Was ging vor sich? Eine neue Falle? Aber wieso sollte Dädalos ihr in den Rücken fallen? Sie überschlug die Geschehnisse, sämtliche Verwicklungen und Verstrickungen der Götter, der Mythologie, doch ihr wollte beim besten Willen nichts einfallen, dass gegen den attischen Gelehrten sprach. Gespannt folgte sie der jungen Frau, die nach einer Laterne griff und sie durch mehrere Gänge zu einem Raum geleitete, der wiederum auf einen Teil des Hofs führte, einen abgetrennten Bereich.

Dort, inmitten des Lichts von Öllampen und Talglichtern, lag Dädalos auf einer Liege, in der Hand einen Kelch Wein und blickte ihr mit wachen Augen entgegen.»Willkommen, Schwester im Geiste, ich habe dich bereits erwartet.«

Als er ihr verdutztes Gesicht sah, vermochte nicht einmal der üppige Bart sein Schmunzeln zu verbergen.

»Was willst du damit sagen, du hast mich erwartet?«

»Der Aufruhr der Götter ist nicht nur durch das helle Leuchten im Norden zu sehen, dort, wo der Olymp liegt, sondern auch in der Luft spürbar. Es knistert wie bei jedem Kampf, weshalb es eindeutig ist. Die Nacht des letzten Gefechts ist angebrochen.«

Ungläubig sah Elli ihn an, bis sie stumm nickte. »Ich komme von dort. Sie kämpfen. Hephaistos war es, der hinter all dem steckt.«

Überrascht verzog Dädalos die Brauen. »Hephaistos? Bist du sicher?«

»Es besteht kein Zweifel. Er hat es selbst zugegeben und darüber hinaus sind alle sechs Artefakte in seinem Besitz. Mit ihnen versucht er, eine neue Ära der Götter zu errichten, und ich soll ihm als sein fügsames Weibchen dabei behilflich sein.«

Ein amüsiertes Funkeln trat in seine Augen. »Aber du wirst ihm nicht helfen.«

»Niemals!«

Er winkte sie näher. »Komm und erzähl, was geschehen ist. Uns läuft die Zeit davon.«

Das ließ sich Elli nicht zweimal sagen. Während Sophia lautlos in den Schatten verschwand, setzte sie sich auf die Liege neben Dädalos und fasste zusammen, wie sie versucht hatten, den Stab des Asklepios den Göttern zurückzugeben. Sie berichtete auch von dem, was ihr Cheiron, der weise Zentaur, offenbart hatte, wie sie bei Plutos gefangen und mit Achill bei den Moiren gewesen war und was sie mit Hermes in Cheirons Bibliothek entdeckt hatte. Einmal angefangen, sprudelten die Worte aus ihr, ohne dass sie darüber nachdachte.

Unvermittelt hob Dädalos die Hand. »Moment, das erscheint mir von außerordentlicher Wichtigkeit. Wer hat die Schrift verfasst, die du in der Bibliothek aufgestöbert hast?«

»Sie war nicht unterzeichnet.«

»Merkwürdig. Erzähl mir mehr davon. Versuch, dich so detailliert wie möglich zu erinnern, was darin geschrieben stand.«

Vor ihrem inneren Auge sah Elli die Zeilen noch immer vor sich. Regelrecht eingebrannt in ihr Gedächtnis hatte sich die Prophezeiung, weshalb sie sie mühelos zusammenbekam. »Der Schrift zufolge gibt es sechs Säulen, auf denen man die Macht über die Erde, das Wasser, den Himmel sowie die Unterwelt errichtet. Und diese sechs Säulen wurden in den sechs Artefakten, die Hephaistos selbst geschmiedet hat und in die sechs Götter einen Teil ihrer Macht gelegt haben, manifestiert.«

Beiläufig kratzte er sich am Bart. »Sechs Säulen und sechs Gegenstände. Das passt. Um welche handelt es sich nun und welche Wirkung haben sie?«

An den Fingern zählte Elli auf. »Der Armreif von Aphrodite verkörpert die Liebe, damit die Untergebenen dir bedingungslos folgen; Persephones Diadem dient als Krone, um den Herrschaftsanspruch zu verdeutlichen; Demeters Füllhorn wird dazu benötigt, um für Wohlstand zu sorgen, damit die Gläubigen dir vertrauen, dass du sie versorgst; Hermes' Feder ist die Feder des Glücks, die dazu dient, die Pläne erfolgreich in die Tat umzusetzen; Helios' Sonnenstrahl wird für das Licht gebraucht, denn alle Untergebenen würden zum Licht hinstreben; und mit Plutos' Ring, dem Ring der Erwählten, muss man eine Frau ehelichen, deren Schönheit und Tugend von der tyrannischen Herrschaft ablenken soll.«

Langsam nickte Dädalos, tief in Gedanken versunken. »Schade, dass du die Schrift nicht bei dir hast. Aber die Art, wie die Macht aufgebaut werden soll, erinnert mich an einen Text auf einer Schriftrolle, die ich kürzlich von einem Bekannten erworben habe.«

Als wäre das ein Stichwort gewesen, trat Sophia aus den Schatten und neigte sich Dädalos zu, der ihr etwas ins Ohr flüsterte. Sie verneigte sich und huschte davon. Elli folgte ihr verwundert mit den Augen, bis Dädalos mit einem Räuspern ihre Aufmerksamkeit auf sich zog.

»Die Zeit rennt, die Nacht hat nur noch wenige Stunden. Es ist wichtig, dass du diese Stunden nutzt, Helena.«

»Ich bin zu allem bereit, um Hephaistos aufzuhalten. Er hat sich den Asklepiosstab geschnappt, als wir ihn zurückgeben wollten. Ich hoffe, die Götter halten gegen ihn durch, bis ich mit einer Lösung zurück bin.«

»Ich rate dir, nicht an den Schauplatz des Kampfes zurückzukehren. Es war eine gute Entscheidung, dass du gekommen bist. Wenn ich deine Erzählungen und meine Recherchen zu dem Fall zusammenfüge, so bleibt dir nur ein Weg.«

»Du hast eine Idee? Erzähl.«

Er strich sich durch den langen Bart. »Es ist nur eine Idee und wir müssen überlegen, ob es die richtige ist, denn ich befürchte, mehr als einen Versuch, ihn aufzuhalten, haben wir nicht.«

»Das denke ich auch.«

Sophia tauchte unvermittelt auf, trat an ihn heran und reichte ihm eine Schriftrolle, die er sogleich entrollte und zufrieden nickte.

»Genau die habe ich gemeint. Dankeschön.« Er lächelte der jungen Frau zu, die sich verneigte und zurückzog. Am liebsten hätte Elli gefragt, was es mit Sophia auf sich hatte, doch das würde sie erforschen müssen, wenn sie mehr Zeit zur Verfügung hatte.

»Lies, Helena, und sag mir, was du denkst.« Er hielt ihr den Text entgegen, dem sie sogleich ihre Aufmerksamkeit schenkte.

EIN HERZ, ES ZU FINDEN
IM GÖTTLICHEN SCHEIN,
AUF EWIG GEBUNDEN
IN GLÄNZENDEM STEIN.
DER GÖTTER GESÄNGE,
DER MYTHEN KRAFT,
DIE ZEIT WIRD BRINGEN,
WAS DIE LIEBE ERSCHAFFT.

Außer dem Gedicht stand nichts auf dem Papyrus. Fragend blickte Elli auf. »Was hat das zu bedeuten?«

»Es stammt von der Künstlerin, die das Gemälde von dir, Plutos und Achill gemalt hat. Sie hat dieses Gedicht verfasst, jedoch darauf geachtet, dass es nicht publik wurde. Möglicherweise fürchtete sie, dass es in falsche Hände gelangen könnte.«

»Von der Malerin Eirene? Interessant. Aber wieso glaubst du, dass sie mehr über den Mythos wusste als die Götter selbst?«

»Die Frage kann ich dir nicht beantworten. Fakt ist jedoch, dass sie euch drei damals, als die Dinge geschehen sind, gemalt hat. Sie hat eure Beziehung zueinander richtig dargestellt, Plutos, der besitzergreifend dein Handgelenk umfasst, und Achill, der sehnsüchtig die Finger nach dir ausstreckt, ebenso wie du nach ihm.«

Stimmt, das war erstaunlich. »Und sie hat mir auf dem Bild den Asklepiosstab in die Hände gedrückt und das Amulett um den Hals gehängt.« Mit der freien Hand langte sie nach dem Anhänger mit den drei Herzen und der Schlange, den sie über ihrem Gewand trug.

Dädalos betrachtete sie zufrieden.

»Bemerkenswert, oder?«

»Da gebe ich dir recht. Aber was hat sie mit dem Gedicht gemeint? Von welchem Herz ist die Rede, das in glänzendem Stein auf ewig gebunden ist?«

»Das habe ich mich ebenfalls gefragt, bis mir ein Zusatz zu dem Mythos, laut dem Aphrodite Hephaistos betrogen hat, eingefallen ist. Was anschließend geschah.«

Elli runzelte die Stirn. »Du meinst, nachdem er sie und Ares durch die List mit dem Netz über dem Ehebett der Lächerlichkeit der Götter preisgegeben hat?«

Er nickte. »Es heißt, Hephaistos sei sehr verletzt gewesen. Zum zweiten Mal fühlte er sich von den Göttern hintergangen, von der Liebe verstoßen. Beim ersten Mal, als Zeus ihn vom Olymp geschleudert hat, wurde er seiner Mutter beraubt, beim zweiten Mal, als Aphrodite ihn betrogen hat, fühlte er sich seiner rechtmäßigen Gattin beraubt. Zwei Frauen, nach deren Liebe er sich verzehrte.«

Er musste noch schlimmer verletzt sein, als sie es selbst wahrgenommen hatte. Wenn sich das Gedicht tatsächlich auf Hephaistos bezog, spielte es gewiss darauf an, dass er etwas mit seinem eigenen Herzen angerichtet hatte. »Das kann ich mir gut vorstellen. Was hat er laut des Mythos' getan?«

»Er hat sich das Herz herausgerissen und es in seiner Schmiede, im göttlichen Schein, gehärtet, bis es aus Stein bestand. Auf diese Weise, so heißt es, wollte er verhindern, dass er je wieder verletzt werden würde.«

»Was für eine abschreckende Vorstellung. Das eigene Herz herausreißen und anschließend im Feuer bearbeiten, bis es so hart ist, dass es unverletzlich wird.« Fassungslos schüttelte Elli den Kopf. »Aber was hart ist, kann zerbrochen werden.«

Zufrieden betrachtete Dädalos sie, als sähe er die Rädchen hinter ihrer Stirn rotieren. »Ich gebe dir recht. Ein natürliches Herz könnte nicht zerschellen, wenn man es auf den Boden wirft, eines aus Stein allerdings schon.«

Elli strich sich eine lose Strähne hinters Ohr, während sie sich gedanklich wappnete. »Wenn es stimmt, was dieses Gedicht und der Mythos besagen, dann hat er sein Herz bestimmt in seiner Schmiede versteckt. Er kontrolliert die Zugänge. Niemand kann unbemerkt hinein, wenn er es nicht gestattet. An keinem anderen Ort wäre es so sicher wie dort.«

Dädalos langte nach seinem Weinkelch und schwenkte ihn. »Davon gehe ich auch aus. Aber dir bleibt eine Möglichkeit, an die er nicht gedacht hat.«

Stirnrunzelnd sah Elli auf. »Was meinst du?«

»Deinen Anhänger.« Er deutete auf ihre Brust, auf der die drei Herzen und die Schlange ruhten.

Elli umfasste das Amulett und sogleich nahm sie die sanfte Wärme wahr, die es ausstrahlte. Es war wie ein Trost, ein Hilfsmittel, das ihr unverhofft in die Hände gefallen war. »Du meinst, damit kann es mir gelingen?«

»Ich denke schon, denn seit geraumer Zeit kannst du dich mithilfe des Amuletts von Ort zu Ort bewegen, ohne die Strecke zu Fuß oder zu Pferd zurücklegen zu müssen, richtig?«

»Das stimmt. Es funktioniert wie zuvor der Ring von Plutos und die Feder von Hermes. Nur dass dieses Amulett keines der von Hephaistos geschmiedeten Artefakte ist.«

»Und dennoch hat es ähnliche Kräfte.«

Nachdenklich senkte sie den Blick, um das Artefakt zu betrachten. »Seltsam, oder? Ich habe gedacht, dass Achill es mir in meine Zeit gebracht hätte, aber er behauptet, er sei es nicht gewesen. Plutos selbst wird es mir kaum gegeben haben. Wer war es dann?«

Ratlos schüttelte er den Kopf. »Ich denke, es war jemand, der bei den Großen mitspielt, der jedoch unerkannt bleiben will.«

Davon war auszugehen. Und es war jemand, der auf ihrer Seite stand – wieso sonst sollte er ihr ein derart mächtiges Hilfsmittel an die Hand geben? Der Gedanke schenkte ihr Zuversicht. Tief atmete sie durch. »Was glaubst du, was ich tun muss, wenn ich sein Herz habe?«

»Du musst es als deinen Trumpf nutzen, um den Asklepiosstab zurückzubekommen. Und falls er sich weigert …«

Elli überfiel ein Frösteln, als sie ahnte, worauf er hinauswollte. »… dann soll ich es zerstören?«

Dädalos nickte.

Sie schüttelte den Kopf. »Die Vorstellung gefällt mir nicht.«

»Du wirst keine Wahl haben, wenn er nicht darauf eingeht.«

»Trotzdem. Es könnte ihn zerstören, ihn sogar töten.«

»Solange er den Asklepiosstab bei sich hat, ist es unwahrscheinlich, aber wir werden es riskieren müssen. So oder so wird es ihn schwächen, und darauf kommt es im Moment an. Dein Mitleid in Ehren, Helena, aber es gilt, unsere Welt zu erhalten. Und manchmal sind Opfer nötig.«

Unvermittelt kam ihr die Prophezeiung der Pythia in den Sinn, die sie in Delphi erhalten hatte. Sie würde auf den Olymp einkehren und das Spiel der Götter stören. Soweit entsprachen die Worte des Orakels tatsächlich der Wahrheit.

»Hoffen wir, dass er sich auf den Tausch einlässt. Aber erstmal muss ich ohnehin das Herz beschaffen. Anschließend kehre ich zu den anderen zurück, damit sie mich bei dem Tauschhandel unterstützen.«

»Der Plan klingt gut.«

»Beinahe so gut, dass er funktionieren könnte, was?« Sie schmunzelte halbherzig, während Dädalos sie tief seufzend betrachtete.

»Ich wünschte, ich könnte mit dir gehen oder dir sogar die Bürde abnehmen. Oder sie zumindest mit dir teilen. Aber schau mich an.« Er deutete auf seinen wohlgenährten Bauch und anschließend auf sein weißes Haar. »Ich befürchte, in diesem Spiel darf ich nur die Rolle des wissenschaftlichen Beraters spielen.«

»Höre ich Bedauern aus deinen Worten heraus?«

Er zuckte lediglich mit den Achseln, worauf sie sich zu ihm vorlehnte.

»Dank dir habe ich viele Erkenntnisse gewonnen. Und wenn unser Plan funktioniert und wir Hephaistos aufhalten, dann haben wir das vor allem deinem Wissensdrang zu verdanken. Zum Glück hast du diese Schriftrolle in deinen Besitz bekommen. Viele hätten sie als unwichtiges Gedicht aussortiert.«

»So wie mein Bekannter.« Er grinste verstohlen hinter seinem Bart, worauf Elli ihn anlächelte. Sie ergriff seine Hand und drückte sie, worauf er seine zweite Hand auf ihre legte und die Geste erwiderte. Dabei blickte er sie an. »Du bist eine bemerkenswerte Wissenschaftlerin, Helena, und eine Kämpferin. Ich glaube an dich.«

Die Worte rührten sie zu Tränen, doch sie schluckte sie entschieden hinunter. Dies war nicht der Moment, um schwach zu werden.

Dädalos betrachtete das Amulett auf ihrer Brust.

»Nun bleibt nur die Frage, ob das Medaillon stark genug ist, um dich in seine Schmiede zu bringen.«

»Es gibt nur einen Weg, das herauszufinden.« Sie erhob sich von der Liege, umfasste den Anhänger und atmete tief durch. »Ich komme dich besuchen, sobald wir Hephaistos gestoppt haben. Dann erzähle ich dir alles im Detail.«

»Das wäre wunderbar, Helena. Ich freue mich darauf.«

Sich so zuversichtlich zu verabschieden, befeuerte ihren Mut. Es gab eine Möglichkeit. Hephaistos rechnete gewiss nicht damit, dass sie von dem Mythos erfahren hatte. Und er wusste nicht, dass sie mithilfe des Amuletts von Ort zu Ort springen konnte. Jetzt musste der Anhänger nur noch stark genug sein, um die Schutzvorrichtungen seiner Schmiede zu durchbrechen.

Sie lächelte Dädalos ein letztes Mal an, bevor sie die Augen schloss, um sich voll und ganz auf den Ort zu konzentrieren, den sie besuchen musste. Den Ort, an dem Hephaistos sie das letzte Mal beinahe unterworfen hatte und an dem sie sein versteinertes Herz finden würde. Seine Schmiede auf Lemnos.

KAPITEL 21

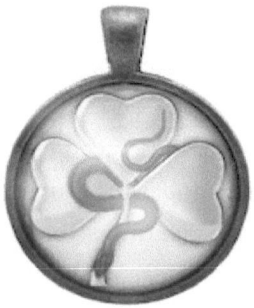

Sie konzentrierte sich auf die Höhle von Hephaistos. Auf den flackernden Schein des Feuers, auf die Inneneinrichtung, das mit den Wänden verschmelzende Mobiliar, ja selbst auf das Gefühl, das sie empfunden hatte, als sie sich in die ungewohnten Kissen gelehnt hatte. Der Geruch von verbrennendem Holz, den Klang des Hämmerns, der von den Wänden widerhallte. Alles konnte hilfreich sein, um die Kraft des Amuletts zu unterstützen und den Schutz der Schmiede zu überwinden. Es musste gelingen. Es musste einfach.

Verbissen presste sie die Lider ebenso fest zusammen wie die Muskeln, als könnte sie damit die Energie des Anhängers zusätzlich anregen. Nichts durfte sie unversucht lassen.

Eine Weile geschah nichts, doch so schnell gab sie bestimmt nicht auf.

Sie hörte niemanden. Entweder Dädalos schwieg oder sie war bereits in einer anderen Sphäre, nur noch nicht dort, wo sie hin wollte. Erneut rief sie die Erinnerung an ihren letzten Besuch wach, unterdrückte die Wut, die sie dabei empfand, und konzentrierte sich auf ihren Willen, unbedingt erneut in diese Schmiede zu gelangen.

Endlich ging ein Ruck durch ihren Körper, worauf ihre Füße den Kontakt zum Boden verloren. Gleichzeitig verflog der Essensgeruch, der noch immer in der Luft gehangen hatte und den sie erst jetzt vermisste, da er nicht mehr da war. Stattdessen legte sich stickige Luft auf ihre Lungen und der Geruch nach verbranntem Holz mischte sich dazu.

Ihr Herz schlug unweigerlich schneller, während sie rasch die Augen öffnete. Falls Hephaistos bereits zurück war und ihre Ankunft bemerkte, musste sie wachsam sein. Hellhörig. Auf alles gefasst. Nicht einmal der kleinste Schatten, der sich bewegte, durfte ihr entgehen.

Doch in der verborgenen Ecke der Höhle, in der sie auch die letzten Male angekommen war, herrschte drückende Dunkelheit. Lediglich in der Ferne flackerte ein schwacher Schein. Und das stete Donnern, das normalerweise erklang, war glücklicherweise nicht zu hören. Dennoch war es unverkennbar die richtige Höhle.

Die Schmiede von Hephaistos.

Innerlich vollführte sie einen Freudensprung. Es war ihr gelungen. Das Amulett hatte sie in die Höhlen von Hephaistos befördert. Nun musste sie nur noch das versteinerte Herz finden.

Nur noch …

Auch wenn die Stille darauf schließen ließ, dass sie allein war, schlich sie wortlos dem Schein des Feuers entgegen, den

Blick zu den Seiten und hinter sich huschend, falls sich irgendwo jemand verbarg. Sie versuchte, kein Geräusch zu verursachen, atmete leise, setzte die Füße behutsam auf, dennoch glaubte sie ihr Herzklopfen von den Wänden widerhallen zu hören.

Sie näherte sich dem Feuer und dem Amboss, dem Ort, an dem Hephaistos normalerweise gestanden hatte, wenn sie zu Gast in seine Höhle gekommen war. Nur dass sie diesmal kein Gast war. Sie war ein Eindringling.

Doch von dem Gedanken ließ sie sich nicht aufhalten. Ihre Mission war von äußerster Wichtigkeit. Sie musste das versteinerte Herz finden, solange die Götter gemeinsam mit Achill Hephaistos in Schach hielten. Da er alle sechs Gegenstände bei sich hatte, war es nur eine Frage der Zeit, bis er sie besiegte. Folglich raste ihr die Zeit davon. Jede Minute war kostbar, jede Sekunde konnte es zu spät sein.

Die Vorstellung machte sie fahrig, weshalb Elli sie beiseiteschob und sich bedacht dem Amboss näherte. Mit ihrem geschulten Archäologenblick scannte sie den Schmiedeblock. Sie suchte nach Einkerbungen, Zeichnungen, nach Symbolen oder anderen Auffälligkeiten, doch weder auf der Arbeitsfläche noch am Fuß des Amboss' waren Unregelmäßigkeiten zu erkennen. Sie umrundete ihn mehrmals, tastete den Boden zunächst mit den Füßen ab und als sie nichts fand, ging sie auf die Knie und befühlte die kalten Fliesen und den hölzernen Fuß, falls ihr mit bloßem Auge etwas entgangen war. Doch selbst auf diese Weise war nichts Auffälliges auszumachen.

Ein Klirren ertönte. Sofort sprang sie auf und rannte mit eingezogenem Kopf zur Wand, wo sie sich in die Schatten zurückzog. Ihr Herz klopfte wild, während sie sich umsah.

Niemand befand sich in der Schmiede, aber womöglich in den weiterführenden Bereichen der Höhle. Wahrscheinlich arbeiteten weitere Diener für ihn, denn nur weil sich Sophia bei Dädalos aufhielt und sie die einzige Hilfskraft gewesen war, die Elli bei ihm gesehen hatte, hieß das nicht, dass er keine weiteren Bediensteten beschäftigte. Und eben jene Bediensteten befanden sich mit Sicherheit in der Höhle, selbst wenn der Chef ausgeflogen war.

Erneut klirrte es. Es klang, als würde jemand mit Geschirr hantieren. Das Geräusch musste aus einem anderen Raum kommen.

Weiter vorne, wo die Schatten besonders tief waren, zeichnete sich ein schmaler Gang ab. Bestimmt führte er in den Wohnbereich des Gottes und vielleicht befand sich dort etwas wie eine Küche. Besser, sie schaute nach, wer dort arbeitete, um abschätzen zu können, mit wem sie es zu tun bekäme, sollte sie bemerkt werden.

Ihr Herz klopfte schneller, während sie behutsam einen Fuß vor den anderen setzte. Langsam arbeitete sie sich voran, den Rücken an die Wand gedrückt, um im Falle eines Falles unentdeckt zu bleiben. Sie folgte dem schmalen Gang, der nur spärlich vom Schein des Schmiedefeuers beleuchtet wurde, bis sie eine Abzweigung erreichte. Der Gang teilte sich und führte einmal in vollkommene Finsternis, wohingegen die andere Richtung schwach beleuchtet war.

Elli entschied sich für den beleuchteten Weg und folgte ihm, langsam, leise. Sie musste zunächst dem Geräusch auf den Grund gehen, bevor sie ihre Suche fortsetzte. Weiter vorne öffnete sich der Gang zur Seite und führte in einen weiteren Raum. Mit den Fußspitzen bereits im Schein trat Elli einen Schritt näher, um einen Blick hineinzuwerfen.

Mehrere brennende Fackeln steckten in Halterungen an der Wand und tauchten das Areal in grelles Licht. Eine Gestalt huschte von einer Seite zur anderen. Dem langen wallenden Gewand und dem üppigen Haarknoten am Hinterkopf zufolge war eine Frau mit Aufräumen beschäftigt. Sie hatte Elli den Rücken zugewandt, während sie Teller in einen Schrank räumte.

Den Kopf gesenkt zog sich Elli in die Schatten zurück und warf einen Blick in die Richtung, in die der Gang an der Küche vorbeiführte. Entschieden, jeden Winkel zu erkunden, folgte sie ihm.

Mit jedem Schritt wurde die Luft stickiger. Ein schwacher Schein glomm in der Ferne und dazu kam ein rhythmisches Geräusch, dass sie zunächst nicht zuordnen konnte. Doch je weiter sie schlich, desto lauter wurde es, bis sie es erkannte und ihr beinahe das Herz stehen blieb.

Hammerschläge. Und der Schein rührte von Feuern her.

Dort hinten mussten sich weitere Schmiederäume befinden, in denen jemand arbeitete. Nicht Hephaistos selbst, sondern seine Gehilfen. Dank ihres Studiums ahnte sie, wer das Geräusch verursachte.

Zyklopen. Grobschlächtige Gestalten mit nur einem Auge, denen Elli lieber nicht begegnen wollte.

Der Sage nach halfen sie Hephaistos in seiner Schmiede. Offenbar benutzen sie dafür separate Räume. Der Gott der Schmiedekunst war nun mal ein Einzelgänger und bevorzugte offensichtlich einen eigenen Arbeitsraum – wie es jeder andere Chef in der Regel auch handhabte.

In Windeseile und so leise wie möglich drehte sie um und schlich in die entgegengesetzte Richtung. Sie passierte die Küche, in der die Magd noch immer zugange war, und stahl sich weiter, bis sie wieder an die erste Abzweigung gelangte und diesmal die entgegengesetzte Richtung einschlug.

Allmählich gewöhnten sich ihre Augen an die Düsternis, sodass sie Schemen erkennen konnte. Sie blieb bei ihrer Taktik, die Wand entlang zu schleichen, und streckte die Hände aus, eine Hand an der Wand, die andere in Laufrichtung, um etwaige Hindernisse frühzeitig zu ertasten. Schließlich wollte sie sich nicht durch lautstarkes Gepolter verraten.

Auch in dieser Richtung öffnete sich der Gang zu einem geräumigen Zimmer. Nur schemenhaft war das Mobiliar zu erkennen, das mit den Wänden verschmolz. Einzelne Regale, zwei große Truhen. In markantem Gegensatz dazu stand das breite Bett, das durch vier mächtige Säulen und einen Baldachin hervorgehoben wurde und deutlich sichtbar in der Mitte des Zimmers prangte.

Bingo. Sie hatte Hephaistos' Schlafgemach entdeckt. Wenn nicht hier, wo sonst sollte er etwas so Wichtiges wie sein eigenes Herz verstecken?

Rasch warf sie einen Blick über die Schulter. Gut, die Dienerin war nicht auf sie aufmerksam geworden. Dem leisen Geklapper zufolge war sie noch immer in der Küche beschäftigt – und dem fernen Donnern nach zu urteilen, arbeiteten auch die Zyklopen ununterbrochen weiter. Ihr würde ein wenig Zeit bleiben, in der sie unbemerkt das Zimmer durchsuchen konnte.

Auf Zehenspitzen erkundete sie den Raum, tastete das Bett samt seines Gestells, der Matratze und der Kissen ab, schaute darunter, wühlte sich durch jede Schublade und die beiden Truhen und betastete sogar jeden Millimeter des Baldachins. Dafür stieg sie auf das Bett und streckte die

Hände aus, um wirklich jede Falte zu befühlen. Aber selbst nachdem sie akribisch die Wände und den Boden abgetastet hatte, blieb sie erfolglos. Es war kein Versteck auszumachen.

Tief durchatmend ließ sie sich mit dem Rücken an der Wand auf den Boden gleiten, streckte die Beine von sich und atmete durch. Dieses kopflose Zimmer-auf-den-Kopf-Stellen brachte sie nicht weiter. Sie musste überlegen. Mit Köpfchen an die Sache herangehen.

Wenn sie der Gott der Schmiedekunst wäre, in dieser Höhle leben würde und das eigene Herz versteinert hätte, damit sie niemals wieder verletzt werden konnte, wo würde sie es verstecken?

Am Amboss nicht, das war zu naheliegend.

Im Schlafzimmer offensichtlich auch nicht.

Im Bad war es auch unwahrscheinlich.

Und in den Schmieden, wo die Zyklopen arbeiteten sicherlich auch nicht. Bestimmt würde er nicht riskieren, dass sie aus Versehen auf das Herz stießen oder ihn dabei beobachteten, wie er nachsah, ob es noch an Ort und Stelle war.

Konnte es nicht sein, dass es einen Ort in dieser Höhle gab, der Hephaistos zur Entspannung gereichte? Eine Art Büro oder Aussichtspunkt oder Wellnessbereich oder … Irgendetwas, das derart privat war, dass nicht einmal die Dienstboten hineindurften.

Okay, Wellnessbereich schied aus, das war unwahrscheinlich. Sollte er einen solchen Raum haben, ließ er sich darin gewiss massieren und bedienen.

Eine Art Büro wäre eine Möglichkeit, aber ein Aussichtspunkt, das kam ihr am wahrscheinlichsten vor. Auch wenn sich Hephaistos von der Welt zurückgezogen hatte, konnte es kein Mensch auf ewig unter der Erde aushalten.

Und ein Gott sicherlich auch nicht. Von irgendwo behielt er die Menschen im Auge, oder auch die anderen Götter oder genoss schlichtergreifend eine sensationelle Aussicht.

Leise kam Elli wieder auf die Füße, von neuem Tatendrang erfüllt. Es galt einen Geheimgang zu entdecken, der höchstwahrscheinlich nach oben führte. Ein Grinsen legte sich auf ihr Gesicht. Ein Geheimgang. Es gab nichts Besseres, was ein Archäologe in seiner Laufbahn finden konnte.

Beschwingt machte sie sich auf den Weg und verblieb dabei an den Wänden. Geheimgänge gingen entweder von den Wänden, der Decke oder dem Boden ab. Wegen Hephaistos' Gehbehinderung war es schwer vorstellbar, dass er sich durch eine Boden- oder Deckenluke kämpfte, weshalb die Option einer geheimen Tür in der Wand am wahrscheinlichsten war.

Im Schlafgemach hatte sie jede Steinwand abgetastet und in der Küche waren ständig die Dienstboten zugange. Entweder würde sie die Geheimtür in der Schmiede selbst finden oder aber in einem der schmalen Gänge. Mit Sicherheit nutzte Hephaistos einen der unbeleuchteten Flure, um trotz seiner Gehbehinderung nach einer Kurve schnell und unbemerkt zu verschwinden. Das war definitiv wahrscheinlicher, als dass er die Geheimtür im Schein seines eigenen Schmiedefeuers angebracht hatte.

Mit flinken Händen tastete Elli an den Steinwänden entlang. Sie lief an der entgegengesetzten Seite zurück, denn die andere hatte sie schließlich bereits abgetastet, als sie hergekommen war. Zwar nicht so akribisch, wie sie nun vorging, aber selbst die feinste Spalte wäre ihr aufgefallen.

Bevor sie an die Gabelung des Gangs gelangte, war es endlich soweit. Eine Ritze. Sie fühlte eine Ritze, die vom

Boden bis weit über ihren Kopf reichte. Und kaum zwei Schritte weiter gab es die gleiche Ritze.

Da war er. Der geheime Zugang.

Ihr Herz klopfte vor Aufregung. Was für eine Entdeckung. Nur dass sie dummerweise in keiner Fachzeitschrift darüber würde berichten können. Aber in ihrem Herzen würde diese Entdeckung für immer ein Highlight sein.

Sie drückte auf der einen Seite gegen die Ritze und als nichts geschah, wanderte sie mit den Händen zu der anderen. Sie war an dieser Stelle richtig. Sie wusste es. War felsenfest davon überzeugt. Erneut übte sie Druck auf die Wand aus, aber es passierte nichts. Elli wäre allerdings nicht Elli, wenn sie an dieser Stelle aufgegeben hätte. Es musste einen geheimen Mechanismus geben.

Erneut strich sie über die Steinflächen, die sich um die Ritzen erstreckten. Sie waren rau und unauffällig. Doch Moment, da. Eine kleine Felsnase. So klein, dass sie mit bloßem Auge womöglich nicht auffiel, aber mit den Fingern erfühlte man jede Unebenheit.

Jetzt musste sie nur noch herausfinden, wie … Elli drückte und drehte, schob nach oben und zog nach unten und endlich machte es Knack und ein leises Schaben war zu hören. Ihr Herz tat den Freudenhüpfer, den sie sich verbot, um unentdeckt zu bleiben, während sie mit stetig sanftem Druck gegen die Geheimtür drückte, bis sich ein Spalt auftat, der gerade ausreichend groß genug war. Ohne zu zögern, quetschte sie sich hindurch. Die raue Wand schabte über ihre Beine, doch Elli ignorierte den Schmerz. Sobald sie auf der anderen Seite war, schob sie die Geheimtür zu und sah sich um.

Es war heller hinter der Geheimtür, wesentlich heller. Aber das Bemerkenswerte war, dass es sich nicht um gelbliches Licht handelte, das von einem Feuer herrührte, sondern klares Licht. Natürliches Licht. Tageslicht.

In Windeseile blickte sie sich um. Sie befand sich in einem schmalen Gang, der auf eine Steintreppe zulief, die hinaufführte.

Ein geheimer Aussichtspunkt. Sie hatte recht gehabt.

Am liebsten wäre sie die Stufen hinaufgerannt, aber sie musste vorsichtig sein. Womöglich hatte Hephaistos geheime Fallstricke eingebaut, für den unwahrscheinlichen Fall, dass ein unliebsamer Gast den versteckten Bereich betreten sollte.

Behutsam setzte sie einen Fuß vor den anderen, während sie mit dem Blick den Flur und anschließend sämtliche Trittstufen abscannte. Es war nichts auszumachen, das ihr gefährlich werden konnte. Trotzdem lief sie so nah wie möglich an der Seite. Wenn es Fallen gab, hatte er sie bestimmt in der Mitte der Stufen angebracht. Allerdings war es für ihn mit Krücken ohnehin schwierig, die Stufen hinaufzukommen. Würde er sich selbst den Aufstieg derart erschweren? Egal, Elli würde auf Nummer Sicher gehen.

Bedächtig erklomm sie die Treppe, jederzeit mit einer Falle rechnend. Doch es kam keine. Vielmehr wurde es mit jeder Stufe heller, mit jedem Schritt die Luft klarer, bis sie eine Aussichtsplattform erreichte, die ihr schier den Atem raubte.

KAPITEL 22

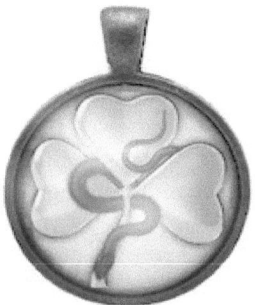

Elli befand sich auf dem höchsten Punkt des ehemaligen Vulkans, von dem aus sie Lemnos nahezu komplett überblicken konnte. Dominiert wurde die Insel von weiten Sandlandschaften, ungewöhnlichen Felsformationen und goldenen Weizenähren, die im Licht der ersten morgendlichen Sonnenstrahlen leuchteten.

Die warmen Farben des Sonnenaufgangs tauchten die fernen Hügel in eine schimmernde Pracht aus orange und gelb, scheinbar endlose Strände erstreckten sich dahinter und weiter vorne entdeckte sie eine antike Stadt. Es musste Hephaista sein, die nach dem Gott der Schmiedekunst benannt wurde.

Das große Theater zeichnete sich ab, mehrere Gebäude ragten in unterschiedlicher Höhe gen Himmel und einzelne

Statuen reckten ihre Köpfe empor, als würden sie sich darum streiten, wer auf die Ferne zuerst gesehen werden konnte.

Wie sehr musste Hephaistos es genießen, auf diese Stadt, die nach ihm benannt war, zu blicken, auf die Menschen, die ihn verehrten, und zu wissen, dass er einer von den Großen Göttern war, auch wenn diese ihm mehrfach übel mitgespielt hatten. An diesem Ort konnte er zur Ruhe kommen. An diesem Ort würde das jeder, das spürte Elli sogleich.

Eine geheimnisvolle Stimmung lag in der Luft, ein Prickeln, das sie verzückt aufseufzen ließ. Mythologie und Realität verschwammen. Dort vorne lag die Stadt, die in der Gegenwart von Menschen besichtigt werden konnte, und hier stand sie auf einer Aussichtsplattform über den Schmieden eines Gottes, der den Leuten zufolge einzig in ihrer Glaubenswelt existierte.

Natürlich wollte sie am liebsten losmarschieren und die antike Stadt erkunden, das Theater, die Häuser, das gewöhnliche Stadtleben, doch sie durfte keine Zeit verlieren. Wehmütig wandte sie den Blick ab, so schwer es ihr auch fiel. Zuerst musste sie das Herz finden, bevor …

Sie erbleichte.

… bevor die Sonne aufging.

Aber die Sonne ging schon auf. Noch war nichts von dem Feuerball am Horizont zu sehen, doch die Strahlen waren bereits so weit gewandert, dass sich das Tageslicht mühelos über die Insel ausbreitete und sie die Stadt in der Ferne sehen konnte. Und zwar bereits verdammt detailliert.

Minuten blieben ihr nur noch, womöglich Sekunden.

Sofort wandte sie ihre Aufmerksamkeit der Aussichtsplattform selbst zu. Ihre Augen huschten über die gepolsterte Liege, den kleinen dreifüßigen Tisch, die Kanne und den

Kelch, die auf einem Tablett standen, bis zu dem prächtigen Thron, der in der Mitte von all dem prangte.

Wie das Bett des Gottes wurde er von einem mächtigen Baldachin überdacht, der an vier Säulen befestigt war und im lauen Morgenwind hin und her wehte. Der Herrscherstuhl selbst war aus Gold gefertigt, mit Rubinen und Smaragden verziert und durch schneckenförmige Details an den Armlehnen ausgeschmückt. Ein rot leuchtendes Kissen ruhte auf der Sitzfläche und die Rückenlehne selbst war mit einem eingearbeiteten roten Samtkissen gepolstert.

Während sie den prunkhaften Sitzplatz betrachtete, wusste Elli, wo sie suchen musste.

Der Thron.

Darin war das Herz versteckt.

Durch seine opulente Gestaltung in Verbindung mit dem unschlagbaren Ort, an dem er stand, verkörperte er die Autorität, die Hephaistos ausübte. Die Kraft, die ihm oblag. Nirgends konnte er sich mächtiger fühlen. An keinem anderen Ort war sein Herz sicher. Ein Ort, an dem der Gott auf seine Gläubigen herabblicken konnte.

Das Ticken der Zeit im Ohr und die Strahlen der Sonne im Auge behaltend, die unaufhaltsam näher krochen, stürzte sich Elli auf den Herrschersitz, schmiss das Kissen zur Seite, tastete die Edelsteine ab, drehte sie, zog an ihnen, versuchte sie zur Seite zu schieben, ergebnislos. Sie tastete die goldenen Verzierungen ab, die Armlehnen, die Beine und Füße, vergebens.

Die Strahlen beschienen bereits ihren Rücken, doch sie gab ihr Bestes, es zu ignorieren.

Sie musste konzentriert bleiben, Angst durfte ihr dabei nicht den Kopf vernebeln.

Sie umrundete den Stuhl, befühlte die Lehne an der Rückseite und schrie vor Freude auf, als sie endlich einen Spalt entdeckte, der sich im Quadrat abzeichnete. Er deckte sich mit den Verzierungen, weshalb er ihr nicht sogleich aufgefallen war, doch eine Seite des Spalts fügte sich in keine Verzierung. Dort musste es sein.

So schnell wie möglich fuhr sie mit den Fingerspitzen über die Rückenlehne, bis sie an ein kleines apfelförmiges Ornament stieß, das auf ihr Schieben reagierte. Mit einem leisen Klicken öffnete sich ein Fach in der Rückseite des Throns. Wie eine Schublade schob es sich zu ihr hin, als hätte es all die Zeit nur darauf gewartet, ihr seinen Inhalt zu präsentieren.

Das Geheimfach war ausgelegt mit rotem Samt und darin lag etwas, dessen Anblick ihr das eigene Herz in der Brust zusammenschnürte.

Ein heller Stein, in dessen Mitte sich etwas Rotes verbarg.

Sie und Dädalos hatten falschgelegen. Hephaistos hatte nicht sein Herz zu Stein verarbeitet, sondern das Herz in Stein eingelagert. In hellen Stein. Stein, wie sie ihn noch nie zuvor gesehen hatte. Und überdeutlich strahlte in seiner Mitte das rote Herz von Hephaistos. Es strahlte und sagte damit eindeutig aus, dass es auf sich aufmerksam machen wollte. Darauf, dass es noch immer intakt war und nur darauf wartete, wieder benutzt zu werden. Dabei schlug es regelmäßig, als würde es noch immer seiner lebenserhaltenden Funktion nachkommen.

Ehrfürchtig langte Elli nach dem außergewöhnlichen Fund. Der Stein war kühl, dennoch nahm sie eine schwache Wärme wahr, die vom Inneren ausging. Von Hephaistos' Herz.

Es war gut, dass das Herz unversehrt war. Wenn sie den Stein hart genug auf den Boden donnerte, würde sie es nicht zerstören, sondern vielmehr von seiner harten Hülle befreien. Und dann würde der Gott wieder seine Güte wahrnehmen. Die Güte, die er nur noch seinen Gläubigen auf der Insel entgegengebracht hatte, denn wahrscheinlich hatte er die zarte Wärme gespürt, die in der Rückenlehne verborgen war, während er auf dem Throne gesessen hatte.

Sie wusste, was zu tun war. Sie brauchte gar nicht zurückzugehen zu den anderen. Nein, sie musste die verbliebenen Sekunden nutzen und das Herz auf der Stelle befreien. Damit vermochte sie Hephaistos aufzuhalten und anschließend würde sie mit dem Herzen zu den Göttern nach Kefalonia zurückkehren.

Mit einem siegessicheren Lächeln hob sie die Arme, nahm Schwung, spannte Arme, Schultern und Muskeln an, während sie den Stein fester umfasste. Doch bevor sie das Herz auf den steinernen Boden schmettern konnte, fuhr ein Blitz in ihren Rücken.

Höllischer Schmerz drängte sich durch ihren Körper. Wie Feuer brannte er sich durch ihre Adern, während eine Kraft von ihr Besitz ergriff und sie fortzog. All das geschah schnell und die Kraft war derart übermächtig, dass sie nichts dagegen ausrichten konnte.

Entsetzt schloss sie die Augen. Sie begriff, was geschah. Was das bedeutete … Was ihr nun blühte …

Die Sonne war aufgegangen.

Die Nacht war vorbei.

Hephaistos holte sie zu sich.

Sie riss die Augen auf, auch wenn sie spürte, dass sie nichts mehr an dem Lauf des Schicksals ändern konnte.

Dennoch musste sie wissen, wohin er sie holte. Was genau er tun würde.

Dunkelheit umfing sie, ihr Haar flatterte wild um ihren Kopf, während sie das steinerne Herz fest an sich drückte. Vielleicht konnte es doch noch ein Druckmittel sein.

Vielleicht ...

Sie wurde mit einer derart übermächtigen Gewalt durch die Luft gewirbelt, dass ihr Gewand fast von ihrem Körper gerissen wurde, als von jetzt auf gleich der Wind erstarb und sie sich in rot glimmender Düsternis wiederfand.

Dunkle Berge zeichneten sich in der Ferne ab, hinter denen Rauch aufstieg, ein Wehklagen war zu hören, das die feinen Härchen auf ihren Armen aufstellte, und der Himmel versank in dunkelrotem Licht, von dem eine unangenehme Hitze ausging. Die Luft war heiß, stickig und erfüllt von Ruß.

Hustend sah sich Elli um. Besaß Hephaistos eine weitere Schmiede irgendwo an der Erdoberfläche und hatte sie dorthin zu sich geholt? Oder sollte so etwa von nun an die Welt aussehen?

Ein Schreck fuhr ihr durch die Glieder, während sie sich einmal um die eigene Achse drehte und die Umgebung in sich aufsog. So weit sie blickte, sie konnte weder Gebäude noch Menschen, ja nicht einmal einen Baum oder Strauch, nicht den kleinsten Grashalm ausfindig machen.

Fassungslos betrachtete sie die rauchende Einöde. Wie hatte er so schnell alles vernichten können?

Es durfte nicht wahr sein.

Es konnte nicht alles vernichtet sein.

Inständig betend suchte sie die Umgebung nach irgendetwas Lebendigem ab, nach etwas Schönem oder auch nur dem unscheinbarsten Gewächs, das Leben bedeutet hätte.

Hoffnung. Fortbestand. Und während sie nichts davon entdeckte, nichts, das ihr Hoffnung gab oder ihr alarmiert schlagendes Herz besänftigt hätte, sickerte die Erkenntnis in ihren Kopf, die all das erklärte.

Die Erkenntnis, dass ...

Nein, sie wollte nicht.

Es konnte nicht sein.

Es durfte nicht sein.

Es war das erste Mal, dass sich ihr Verstand wehrte. Er wollte das Offensichtliche nicht erkennen. Es nicht begreifen. Nicht wissen, was vor sich ging.

Doch es nützte nichts, sich dagegen aufzulehnen. Wissen war Macht. Auch wenn dieses Wissen bedeutete, dass man gescheitert war und von nun an in der tristen Unendlichkeit hausen musste.

KAPITEL 23

ACHILL

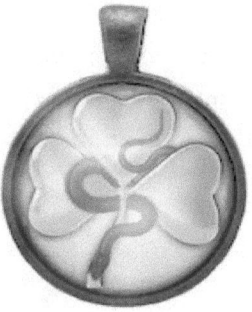

Verbissen kämpfte er neben den Göttern, neben Athena, Hermes, Aphrodite, Poseidon und Asklepios und im Laufe des Gefechts waren auch Artemis und ihr Zwillingsbruder Apollon aufgetaucht. Gemeinsam kämpften sie gegen den einen Gott, der beschlossen hatte, sie alle zu unterwerfen.

Artemis ließ unzählige Hirschkühe auf Hephaistos zugaloppieren, Apollon schoss ununterbrochen mit Giftpfeilen, dazwischen kämpfte Athena mit der Lanze, Hermes und Achill mit einem Schwert und Aphrodite rief ebenfalls ihre Schutztiere zu Hilfe und setzte all ihre betörenden Kräfte ein, um den Willen ihres Gegners zu brechen.

Chaos war ausgebrochen, Staub wirbelte auf und vernebelte die Sicht, weshalb es schwer war, den Überblick zu behalten.

Dennoch war Achill aufgefallen, dass Elli mit Hilfe des Amuletts fortgesprungen war. Er hatte ihr Zögern gespürt, ihre Überlegung, als hätte sie ihm ins Ohr geflüstert. Wäre die Zeit gewesen, hätte er sie ermutigt zu gehen, doch zunächst hatte er seinen Schlag beenden müssen, um Athena nicht in Gefahr zu bringen. Als er sich daraufhin kaum merklich – um die anderen nicht unnötig auf sie aufmerksam zu machen – nach ihr umgesehen hatte, war sie bereits verschwunden.

Am liebsten hätte er sie durch die Schatten verfolgt, aber er wusste, dass sie eine Idee hatte, einen Plan, und er vertraute ihr, dass es ihr gelingen konnte. Es war vernünftig, aus dem Schussfeld zu verschwinden und mit Dädalos, ihrem belesenen Freund aus Athen, zu diskutieren, wie sie Hephaistos aufhalten konnte, während er gemeinsam mit den anderen Göttern ihn in Schach hielt. Vernünftiger wäre es sicherlich gewesen, zu Cheiron zu gehen. Der weise Zentaur kannte sich wie kein anderer in der Mythologie aus und vielleicht konnte er ihnen helfen. Das hätte Achill ihr sagen wollen, doch dafür war es nun zu spät.

Hephaistos wurde mit jeder Minute stärker, weshalb er seine komplette Konzentration auf das Gefecht richten musste. Das Gesicht des Schmiedegottes wirkte weder müde noch wurden seine Bewegungen langsamer oder fahrig, doch auch die anderen Götter hielten verbissen stand. Achill würde sich ebenfalls nicht zurückdrängen lassen, aber Himmel, der Kampf dauerte zu lange. Hephaistos spielte auf Zeit. Es war eindeutig.

Hephaistos wusste, dass ihnen die Zeit davonlief, und während Achill die Verfärbung am östlichen Firmament anschaute, schoss sein Puls in die Höhe.

Die Frist war jeden Moment verstrichen, die letzte Möglichkeit, Hephaistos zu stoppen, vertan. Aber er würde nicht aufgeben, egal wie hell der Horizont erstrahlte. Er vertraute Elli. Sie würde rechtzeitig zurück sein.

Sie musste einfach.

Er führte sein Schwert entschlossen, trat mit zusammengebissenen Zähnen vor, obgleich die Macht des Schmiedegottes ihn beinahe dazu brachte, in die Knie zu gehen. Voller Entschlossenheit und durchdrungen von neuer Kraft kämpfte er noch verbissener. Die Götter folgten seinem Beispiel, drängten Hephaistos zurück, als der erste Sonnenstrahl über die Bergspitzen im Osten schoss und auf dem Schauplatz angelangte.

Die Götter reagierten nicht darauf, nur Hermes blickte entsetzt zu ihm. Er wollte etwas sagen, die anderen warnen, als eine Kraft von Achill Besitz nahm, die nichts mit dem Kampf zu tun hatte.

Er wurde fortgezogen, Dunkelheit umfing ihn. Er stemmte sich gegen die Übermacht, wollte Hermes noch etwas zurufen, doch seine Stimme versagte ihm. Nichts als ein Röcheln drang aus seinem Mund, während er in einer anderen Umgebung landete.

Es war der Ort, den er schon mehrere Male besucht hatte.

Der mythische Platz, der verborgen lag und von dem kaum einer wusste.

Eingerahmt von hohen Felsen und Bäumen, die auf den Klippen wuchsen, verschwand er selbst im Morgengrauen in den Schatten. Dennoch vermochte er unverkennbar die drei

Gestalten zu erkennen, die ihn bereits erwarteten und bei deren Anblick sich ihm die Eingeweide zusammenzogen.

Es waren die Moiren. Die drei Schicksalsfrauen Klotho, Lachesis und Atropos. Sie standen in der Mitte und blickten ihm erwartungsvoll entgegen.

Wie die letzten Male übernahm Atropos sogleich das Wort, die Stimme gewohnt streng und keinen Widerspruch duldend. »Deine Stunde ist gekommen, das letzte Sandkorn hat die obere Kammer verlassen. Von nun an musst du uns dienen bis in alle Ewigkeit.«

Er riss den Mund auf, wollte protestieren, erzählen, dass sie kurz davor standen, Hephaistos aufzuhalten, doch kein Ton kam über seine Lippen. Nicht der leiseste Laut.

Atropos ließ ihn keinen Moment aus den Augen. Während sie ihn von oben herab musterte, obgleich er größer war als sie, blickten ihre Schwestern bedauernd, als täte ihnen leid, was geschehen war.

»Du kannst nur sprechen, wenn wir es dir gestatten, nur tun, was wir dir befehlen, und nur dorthin gehen, wo du uns dienlich bist.«

Die Zeit war verstrichen? Aber das hieß, Elli war … Elli war …

Er signalisierte, dass er etwas sagen wollte, doch die Moiren erlaubten es ihm nicht.

»Wir wissen, dass du mit eurem Schicksal haderst, doch du selbst hast es mit uns ausgehandelt.«

Während die Erkenntnis, dass alles umsonst gewesen war, durch seinen Kopf schoss, war es der eine Schrei, der seinen Körper nicht verlassen konnte und der ihm den Boden unter den Füßen wegriss. Der Schrei war laut und verzweifelt, verbittert und voller Angst. Angst um die eine, der sein Herz gehörte. Die er nicht hatte schützen können. Und die von nun an und für alle Zeit die Ewigkeit in der Unterwelt verbringen musste.

KAPITEL 24

Sie war in der Unterwelt. Im Hades. An dem Ort, von dem Achill sie fortgebracht hatte. Damals ... als diese Geschichte begann.

Akribisch musterte sie die Umgebung. Diese trostlose drückende Umgebung, die ihr bereits nach wenigen Sekunden die Luft zum Atmen raubte. Und während sie dort stand, allein und verlassen, tauchte die Erinnerung an damals wieder auf. Sie erinnerte sich, verschmolz mit ihrem früheren Ich, nun, da sie keine Wiedergeburt mehr war, sondern die Erlebnisse ihrer Seele mitsamt den Eindrücken, die sie hinterlassen hatten, an diesem Ort zueinanderfanden.

Sie behielt ihren unerschütterlichen Willen, ihr analytisches Denken, all ihr Wissen und ihre Überzeugungen, dennoch spürte sie zusätzlich all die Gedanken und

Emotionen ihres ehemaligen Ichs. Sie gehörten wieder zu ihr, waren ein Teil von ihr, so wie es eigentlich schon immer gewesen war.

Eigentlich sollte sie sich deshalb stark fühlen. Zusammengefügt. Heil. Doch das tat sie nicht. Stattdessen spürte sie eine Schwere auf sich, die unablässig auf sie drückte.

Dass sie hier war, in der Unterwelt, konnte nur eins bedeuten.

Die Zeit in der Sanduhr war abgelaufen.

Ob die Sanduhr zerbrochen in Stephanos' Höhle lag? Oder ob sie wartete, bis jemand kam und sie erneut umdrehte, um eines anderen letzten Stunden aufzuzeigen? Es war egal, tat nichts zur Sache, dennoch dachte Elli darüber nach, bis ihre Gedanken weiterwanderten.

Ihre Rückkehr an diesen Ort bedeutete, dass Achills Zeit ebenfalls abgelaufen war. Die Moiren würden ihn von nun an für ihre Zwecke nutzen. Schmerzlich zog sich ihr Herz zusammen. Würden sie ihm die Ewigkeit zur Hölle machen?

Der Gedanke daran, ihn nie wieder zu sehen, ließ sie innehalten und ihre Aufmerksamkeit nach innen richten. Eine Träne bildete sich, eine einzige, die langsam über ihre Wange wanderte, vom Kinn perlte und auf den ausgedörrten Boden tropfte, als versuche sie, diese unfruchtbare Landschaft zu bewässern. Um Hoffnung zu sähen. Doch an diesem Ort konnte es keine Hoffnung geben.

Sie hatte zu viel Zeit gebraucht, um das Herz zu finden. Sie war gescheitert. Niedergeschlagen senkte sie den Kopf und blickte auf das, was sie noch immer in ihren Händen hielt.

Einen durchsichtigen Stein, in dem ein rotes, intaktes Herz pochte.

Hephaistos' Herz.

Unwillkürlich klopfte ihr Herz schneller. Sollte sie versuchen, den Stein zu zerstören? Würde sie damit für die anderen etwas ausrichten? Einen Versuch war es wert, auch wenn sie womöglich niemals erfuhr, ob es funktioniert hatte oder nicht. Sie holte aus, doch bevor sie den Stein zu Boden donnern konnte, tauchte wie aus dem Nichts ein Mann vor ihr auf.

Er war groß wie die anderen Götter, hatte einen dunklen Bart und dunkle Brauen, unter denen sein unerbittlicher Blick hervorstach. Ein Tuch war locker um seine Hüften geschlungen, über dem er seine Hände ineinandergelegt hatte. Doch anstatt damit Ruhe und Gelassenheit zu signalisieren, erweckte es den Eindruck, als brauche er diese Geste, um seine Wut unter Kontrolle zu halten.

Hades, der Herrscher der Unterwelt.

Der zweite große Bruder mischte sich in das Spiel der Götter ein.

Nur dass das Spiel vorbei und längst verloren war.

Seine Erscheinung war derart ausdrucksstark und einschüchternd, dass Elli erst nach einer Weile die Frau auffiel, die neben ihm stand und deren zierliche Glieder in starkem Kontrast zu ihrem strengen Blick standen. Sie warf ihr dunkles Haar über ihre Schultern und machte einen Schritt auf Elli zu.

Persephone, die Herrscherin der Unterwelt, Tochter von Demeter und Schwester von Plutos. Nicht der kleinste Funken Mitgefühl war in ihrem Gesicht zu erkennen, ebenso wenig wie in Hades', der neben seine Frau trat.

»Du warst lange fort, obwohl du längst in unsere Welt, unter unsere Herrschaft gehörst.« Seine tiefe Stimme hallte ungebremst über die Ebene, dass es die gesamte Unterwelt hören musste.

Elli wollte etwas darauf erwidern, doch ihr Mund reagierte nicht. Ihre Lippen wollten sich nicht öffnen. Sie stand einfach still da, regungslos, machtlos, in Erwartung ihres Totengerichts. Normalerweise fand das auf der Wiese statt, die mit Affodill bewachsen war, dessen weiße kelchförmige Blüten die Seelen willkommen hießen. Vage erinnerte sie sich, schon einmal dort gewesen und den Richtspruch von Alkaios erhalten zu haben. Bilder tauchten auf, die Stimme des alten Totenrichters wanderte durch ihre Gedankenwelt, doch angesichts des Herrschers der Unterwelt, der sie keine Sekunde aus den Augen ließ, verflog die Erinnerung.

Wieso widmeten sich Hades und Persephone persönlich ihrer Rückkehr? Weil sie schon längst in der Unterwelt hätte sein müssen und ohne Erlaubnis entkommen war?

Als hätte Hades ihre Gedanken gelesen, antwortete er prompt. »Du bist nicht nur entgegen der bestehenden Ordnung durch eine List unserer Herrschaft entkommen. Nein, du hast durch diese List auch noch dazu beigetragen, dass die komplette griechische Welt aus den Fugen geraten ist. Wir stehen an einem Scheideweg. Die alten Strukturen könnten schon heute fallen und einer tyrannischen Herrschaft folgen, nur weil ihr euch eurem Schicksal entziehen wolltet.«

Es donnerte und blitzte, obgleich kein Himmel zu sehen war. Vielmehr schimmerte es über ihnen rot und schwarz und dieses Licht spiegelte sich in Hades' wutentbrannten Augen wider. Sie brauchte auf keine Gnade zu hoffen, dennoch wartete sie angespannt auf das Urteil, das verriet, wie es weiterging.

Auf den Inseln der Seligen, dem sogenannten Elysium, ewige Glückseligkeit zu erfahren, damit konnte sie nicht rechnen. Dennoch erhoffte sie sich Milde. Schließlich war sie die Tochter von Zeus. Er würde doch gewiss nicht tatenlos dabei zusehen, wenn sie –

»Für diesen Frevel gehörst du in den Tartaros!«

Elli erblasste.

Der Tartaros war der schrecklichste Ort in der Unterwelt, der von unheimlichen Gestalten bewohnt wurde. Dort mussten diejenigen die Unendlichkeit fristen, die sich schlimmste Vergehen hatten zuschulden kommen lassen. Die Danaiden waren beispielsweise dort, die fünfzig Töchter des Danaos, die ihre Ehemänner in der Brautnacht umgebracht hatten. Für diese Bluttat mussten sie bis in die Ewigkeit Wasser in ein bodenloses Gefäß schöpfen.

Darüber hinaus befand sich Sisyphos im Tartaros, der mehrfach den Tod überlistet und somit der Unterwelt entkommen war, obwohl er längst hätte dort verweilen müssen – ähnlich wie Elli und Achill. Deshalb war er dazu gezwungen, in der tiefsten Region der Unterwelt seit ewiger Zeit und für immer einen Stein einen Berg hinaufzurollen. Jedes Mal, wenn er beinahe oben angekommen war, rollte der Stein hinunter.

Elli wollte protestieren, um ihr Schicksal kämpfen, doch sie vermochte ihren Mund nicht zu öffnen, die Worte nicht auszusprechen, die ihr auf der Zunge lagen. Stumm erduldete sie den Richtspruch, ohne in der Lage zu sein, dagegen aufzubegehren, sich zu erklären und von dem Kampf und dem Herz zu erzählen, das noch immer in ihren Händen lag.

Stattdessen geriet ihr eigenes Herz aus dem Takt, ihre Beine zitterten und wollten unter ihr nachgeben, ihre Füße sie nicht länger tragen. Doch ihr Körper reagierte nicht auf die Zeichen der Schwäche. Vielleicht, weil er ohnehin nicht mehr funktionierte. Weil sie in dieser Welt nichts weiter war als eine Seele, eine nebulöse Gestalt, die über keine normalen Körperfunktionen verfügte.

»Die Götter haben bestimmt, dass du für alle Zeit einen Tempel für Asklepios bauen sollst.« Während Hades das Urteil verkündete, blieb Persephone reglos neben ihm stehen, die Augen unablässig auf Elli gerichtet. Sie schwieg, fügte dem Rechtsspruch nichts hinzu, sondern beobachtete, ohne einzugreifen, als urplötzlich ein Wirbelsturm Elli erfasste und mit sich forttrug.

Ihr Haar wirbelte wild umher, ihr dünnes Gewand zerrte an ihr, als wollte der Wind es zerreißen und sie damit auch noch für alle Zeit entblößen, um sie der Schande preiszugeben. Endlich ließ der Sturm nach und sie gelangte in einem anderen Bereich der Unterwelt an. Im tiefstgelegenen Bereich. Dem gefürchteten Tartaros.

Ihr Haar war zerzaust und schmutzig, ihr Gewand zerfetzt und hing wie ein Sack an ihr, darüber hinaus waren ihre Sandalen fort. Überzogen war sie gänzlich mit einer Schicht Ruß, ihre Haut, ihr Haar, das zerfetzte Kleidungsstück, weshalb sie wie eine mittellose Bettlerin daherkam.

Niemand war zu sehen, weit und breit war nichts als grau in grau. Eine Art Nebel verhinderte, dass sie weiter als zehn, vielleicht zwanzig Meter schauen konnte. Womöglich war es Rauch, der von dem heißen Boden aufstieg. Ihre Füße brannten auf dem felsigen Untergrund, dessen Hitze kaum auszuhalten war.

Sie befand sich in absoluter Verlassenheit, als hätte die Welt sie vergessen. Einzig vor ihr lagen Steinblöcke auf dem felsigen Grund, der sich vor ihr erstreckte. Die Bausteine für Asklepios' Tempel.

Es gab Quader für den Innenbau, runde Trommeln für die Säulen und lange Blöcke für das Dach. Scheinbar ohne Eigenwillen trottete Elli auf die Steine zu und begann sie aufeinanderzuschichten. Sie waren so schwer, dass sie glaubte, unter ihrem Gewicht zusammenzubrechen. Doch ihre Kraft war gerade ausreichend, um einen Block auf den nächsten zu stapeln. Nachdem sie die Cella, den geschützten Innenraum des Tempels, fertig hatte, machte sie sich daran, rundherum Säulen aufzustellen.

Ihre Arme zitterten, Schweiß rann über ihr Gesicht und ihre Knie wollten sie kaum tragen, doch sie arbeitete ohne Unterlass, bis sie endlich die letzte Trommel aufgesetzt hatte. Nur das Dach fehlte, dann war sie mit der Aufgabe fertig.

Ein winzig kleiner Keim breitete sich in ihrer Brust aus, der ein wenig Wärme ausstrahlte. Es war Hoffnung. Hoffnung, dass mit dem Bau dieses Tempels ihre Strafe abgebüßt wäre. Die Götter ihr verziehen.

Doch als sie nach dem nächsten Stein griff, wackelte die Erde. Aus einem anfänglichen Erzittern wurde ein starkes Beben, das Elli hin und her warf. Eine Ahnung beschlich sie, während sie zu Boden fiel und ihre Augen auf den halbfertigen Tempel richtete. Die Steine kippelten, sie rutschten und dann fielen sie ausnahmslos mit einem ohrenbetäubenden Poltern und Krachen zu Boden, als hätte Elli noch nicht mit der Arbeit angefangen.

Staub wirbelte auf, vernebelte ihr die Sicht, doch auch so war eindeutig, was geschehen war. All ihre Anstrengungen waren umsonst gewesen. Der halbfertige Tempel zerstört. Und während sie das Trümmerfeld betrachtete, verstand sie.

Sie war nicht hier, um diesen einen Tempel zu bauen und damit die Sühne abzugelten. Nein. Sie würde für immer an diesem Kultbau arbeiten. Und für immer hieß in diesem Fall wirklich für immer. Für die gottverdammte Ewigkeit.

Während der winzige Keim Hoffnung in ihr verpuffte, war ihr nach Heulen zumute. Danach, sich auf den Boden fallen zu lassen, die Hände über dem Kopf zusammenzuschlagen und ohne Unterlass ihr Schicksal zu beweinen. Doch sie konnte es nicht tun. Als wäre es jemand anderes, der ihre Bewegungen lenkte, hielt sie auf den nächstgelegenen Steinblock zu und begann den Aufbau des Tempels von neuem.

So verging die Zeit. Elli wusste nicht, ob es Minuten waren oder Stunden, Tage oder Wochen, doch die Zeit stand nicht still, auch wenn es sich so anfühlte. Ohne sich zum Schlafen hinlegen oder auch nur eine kleine Pause machen zu können, arbeitete sie weiter. Unermüdlich wäre der falsche Ausdruck, denn ihre Arme schmerzten, ihre Muskeln brannten und ihre Kopf war durch die schwere Arbeit wie leergefegt. Sie spürte jede Faser ihres Körpers, jedes Gelenk, jeden Muskel, dennoch war sie nicht in der Lage zu ruhen oder auch nur einen Augenblick innezuhalten. Eine fremde Kraft lenkte sie, vermutlich Hades' Willen. Oder seine Strafe. Einzig das hielt sie aufrecht und trieb sie an, ohne Unterbrechung zu arbeiten, auch wenn es nutzlos war. Sie nie ihr Ziel erreichen würde.

Ein Summen machte sich in ihrem Kopf breit. Vermutlich eine Art Tinnitus durch die Überlastung, auch wenn sie eigentlich körperlos war. Es begleitete sie durch die Arbeit und wurde lauter und lauter. Sie nahm es nur am Rande ihres Bewusstseins wahr, bis es irgendwann so laut wurde, dass etwas in dem monotonen Sirren ihre Aufmerksamkeit auf sich zog.

Es war ein Wort. Ein einziges Wort, das sie aus dem lethargischen Zustand befreite.

Achill.

Was war mit ihm geschehen? Die Erinnerungen kehrten zurück, während sie beständig weiterarbeitete. Die Moiren hatten ihn dazu bestimmt, ihnen zu dienen, sobald die Zeit abgelaufen war. Was musste er für sie erledigen? Welche Qualen erleiden? Hoffentlich erging es ihm besser als ihr.

Mit dem Gedanken an Achill kehrte ihr Wille zurück. Obwohl ihre Erschöpfung jede Überlegung erschwerte, sie unvorstellbar verlangsamte, als hätte Hades ihr die Fähigkeit zu denken genommen, begann ihr Kopf zu rattern.

Was war auf dem Kriegsschauplatz geschehen? Hatten es die Götter geschafft, Hephaistos aufzuhalten? Aber wie sollte es ihnen gelungen sein? Der Mythos um die sechs Geschmeide besagte, dass niemand in der Lage sein würde, denjenigen aufzuhalten, der sämtliche Gegenstände in seinem Besitz hatte.

Wenigstens war sie nicht an Hephaistos' Seite und half ihm, die Menschen und Götter zu unterjochen.

Hatte er jemand anderen gefunden? Eine andere Frau? Oder war dies das fehlende Bruchstück, das ihn aufhielt, weshalb die Götter noch immer eine Chance hatten? Schließlich war in den Ring ihr Name eingraviert. Oder konnte er auch jede andere Helena für seinen Plan missbrauchen?

Die Herrschaft durch die sechs Artefakte beinhaltete auch die Macht über die Unterwelt. Da jedoch Hades und Persephone zweifelsohne noch immer das Sagen hatten, ihren Richtspruch gefällt und die Strafe verkündet hatten, war es noch nicht zu spät.

Sobald Hephaistos den Sieg errang, würde er an diesem trostlosen Ort der Ewigkeit die Gesetze machen. Und das bedeutete, dass er sie zu sich holte. Zwar wäre sie dann dem ewigen Tempelbau entkommen, aber dafür würde sie als Königin Blut an ihren Händen haften haben. Sie würde ihm helfen eine Herrschaft der Tyrannei aufzubauen und das durfte nicht geschehen.

Sie musste entkommen, bevor Hephaistos auftauchte und sie zu sich holte. Sie musste ihn aufhalten, sonst wäre alles umsonst gewesen.

Aber welche Möglichkeiten hatte sie? Wie sollte sie sich dem Schiedsspruch des großen Bruders entziehen?

Während sie Stein auf Stein schichtete und wenig später alles zusammenfiel, nahm sie einen leichten Druck an ihrer Brust wahr. Eine Wärme, die nicht von dem Rauch in der Luft herrührte, sondern von etwas anderem. Etwas Angenehmem. Als sie an sich hinabblickte, entdeckte sie das schwache Schimmern. Es wirkte fremd an diesem Ort, gehörte nicht in diese Welt, das war unverkennbar. Und obgleich seine Wärme kaum spürbar war, zauberte es einen zarten Glanz in ihre Augen. Das Medaillon.

Die drei Herzen und die Schlange verschwanden unter einer dicken Schicht Asche. Vielleicht war es deshalb Hades' wachem Blick entgangen. Und die kaum merkliche Wärme, die davon ausging, half ihr, ihre Glieder zu erspüren und endlich etwas zu tun, das nicht von Hades gelenkt wurde. Sie hob die Hand und anstatt nach dem nächsten Säulenbruchstück zu greifen, legte sie die Hand auf das Amulett und schloss die Augen.

Eine Kraft schoss durch sie hindurch. Eine Kraft, die derart gewaltig war, dass sie den fremden Willen von ihr spülte, als hätte er nie existiert. Ihr Kopf wurde klarer, ihre Gedanken schneller, und auch wenn ihre Muskeln nach wie vor wie Feuer brannten, vermochte sie, die Bewegungen zu kontrollieren. Nach ihrem Willen zu gestalten.

Sie war frei.

Hoffnungsvoll hob sie den Kopf und schaute sich um. Reichte die Kraft des Anhängers aus, um sie von diesem Ort fortzubringen? Einen Versuch war es wert. Sie umfasste das Amulett und konzentrierte sich auf den Hügel, auf dem die Götter gemeinsam mit Achill gegen Hephaistos' gekämpft hatten. Gleichzeitig dachte sie daran, wie wichtig es war, ihnen zu helfen. Doch noch während der Gedanke sich herausbildete, schoss ein anderer quer.

Ihr fehlte das eine entscheidende Teil. Das Puzzlestück, das den Gott der Schmiedekunst aufzuhalten vermochte. Und als sie sich auf dem Platz umschaute, auf dem nichts zu finden war als Steinblock über Steinblock, wurde sie von einer schrecklichen Gewissheit erfasst.

Das in Stein verewigte Herz des Hephaistos …

Es war nicht mehr da.

KAPITEL 25

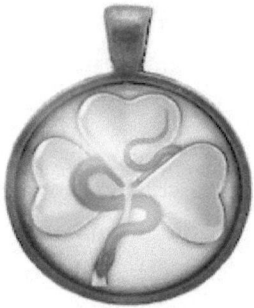

Elli suchte zwischen den Trümmern, drehte jeden Quader und jede Säulentrommel zweimal um, doch das in Stein verewigte Herz von Hephaistos war verschwunden.

Als sie in der Unterwelt angelangt war, hatte sie es gehabt. Selbst als Hades und Persephone erschienen und das Urteil gefällt hatten, war es noch in ihren Händen gewesen. Doch offenbar war es nie mit ihr im Tartaros angekommen. Andererseits war sie in einer Art Trance gewesen. Womöglich war es ihr unbemerkt aus den Händen geglitten und in den Rauch gerollt, als sie angekommen war.

Sogleich lief sie los. Gezielt ging sie in den Rauch hinein und suchte den Boden ab. Je tiefer sie in den Qualm vordrang, desto stärker brannte er in ihren Augen. Tränen liefen über ihre Wangen, während sie hustete und hustete.

Sie ging auf die Knie, weil der Boden nicht mehr zu erkennen war, und tastete alles ab. Es war heiß. So heiß, dass es sich anfühlte, als wären ihre Knie und Hände kurz davor Feuer zu fangen.

Verbissen suchte sie weiter, ignorierte den Schmerz, so gut es möglich war. Doch egal wie lang sie über den felsigen Boden tastete, sie fand das Herz nicht.

Lag es womöglich noch an der Stelle, an der sie in der Unterwelt angekommen war? Hatten Hades und Persephone es bemerkt?

Eine unheilvolle Ahnung überfiel sie. Hatten Persephone und Hades es womöglich mit in ihren Palast genommen? Vorstellbar war es. Und sie würde jede einzelne Möglichkeit in Betracht ziehen und überprüfen. Sie würde nicht aufgeben. Niemals. Sie hatte die Ewigkeit dafür Zeit, das verfluchte Herz zu finden – oder zumindest solange, bis Hephaistos sie zu sich holte.

Die Vorstellung trieb sie zusätzlich an. Sie nutzte den Vorteil, dass sie das Körperliche verloren hatte, auch wenn sie Schmerzen und Erschöpfung uneingeschränkt wahrnahm. Ohne Pause, ohne Essen und Trinken und ohne Schlaf würde sie fortfahren darum zu kämpfen, dass weder dies das Ende war noch die Herrschaft an Hephaistos' Seite.

Sie musste dem Tartaros entfliehen. Es musste einen Weg geben. Immerhin war es ihr auch gelungen, den fremden Willen abzulegen. Hades' Willen. Womöglich war er es, der die Verurteilten in diesem Bereich der Unterwelt festhielt.

Der Rauch lichtete sich. Vor ihr wurde die Sicht klarer. Elli beschleunigte die Schritte, achtete jedoch darauf, keinerlei Geräusche zu verursachen. Schließlich wusste sie nicht, wo sie herauskam. Bei einem anderen Frevler im Tartaros oder in der Zwischenwelt, wo die Seelen in Empfang genommen wurden, waren die plausibelsten Möglichkeiten.

Doch als sie sah, wo sie sich befand, sackten ihre Schultern tiefer.

Vor ihren Füßen, dort, wo der Rauch lichter wurde, türmten sich die Steinblöcke, die sie für den Tempelbau gebrauchen sollte. Elli war auf dem felsigen Grund angekommen, wohin sie laut Hades gehörte. Hatte sie sich im Kreis gedreht? Die Orientierung verloren? Ausgeschlossen war es nicht – ebenso wenig, dass jeder Weg durch den Rauch sie an diese eine Stelle führen würde.

Wenn sie nicht zu Fuß in eine andere Ebene der Unterwelt gelangte, würde sie es mit dem Amulett versuchen. Zwar konnte sie sich damit weder anschleichen noch ausschließen, ob sie mitten auf dem Präsentierteller landete, aber das Risiko musste sie eingehen.

Entschlossen krallte sie die Finger um das Medaillon. Um die drei Herzen und die Schlange und schloss die Augen. Dankbar nahm sie die sanfte Wärme wahr, die in starkem Kontrast zu der Hitze stand, die über den Boden in ihre blanken Fußsohlen eindrang und sie zu versengen drohte. Mit all ihren Sinnen konzentrierte sie sich auf diese tröstliche Wärme, die das Amulett ausstrahlte und die ihr half, sich von diesem verfluchten Ort zu lösen.

Sie musste zu Hephaistos' Herz. Ihr Anhänger würde wissen, wo es sich befand; ob Hades und Persephone es mit sich genommen hatten oder ob es unentdeckt auf dem Boden lag, an der Stelle, wo das Herrscherpaar über sie gerichtet hatte. Dass es irgendwo in dem Rauch des Tartaros gelandet war, schloss sie eigentlich mittlerweile aus, aber falls doch, würde das Medaillon sie hinführen.

Der Boden erbebte und der Rauch wurde dichter, während sie sich auf die Kraft des Anhängers konzentrierte. Der Tartaros wehrte sich, die Schranken hielten sie fest, wollten sie nicht entkommen lassen. Aber es musste ihr gelingen. Sie durfte weder die Götter noch die Menschen und erst recht nicht Achill seinem Schicksal überlassen. Sie musste helfen. Alles tun, was ihr möglich war.

Verbissen presste sie die Lippen aufeinander und schrie gleichzeitig stumm den Wunsch heraus, Hephaistos' Herz zu finden, um es von der steinernen Hülle zu befreien. Erneut wackelte der felsige Grund, die Steinblöcke schlugen aneinander, der Rauch fraß sich in ihre Lungen und drang selbst hinter ihre geschlossenen Lider, bis sie von einer angenehmen Wärme eingehüllt wurde, die sie von all den Qualen befreite. Augenblicklich fühlte sie sich leichter, kraftvoller, wodurch ihre Entschlossenheit befeuert wurde.

Als sie langsam die Augen öffnete, wusste sie nicht, ob es geklappt hatte. Weder war ein Ruck durch ihren Körper gegangen noch hatte sie gespürt, wie sie den Boden unter den Füßen verlor und eine Kraft von ihr Besitz nahm. Und dennoch hatte es geklappt.

Sie befand sich nicht länger vor den Trümmern des Asklepiostempels, sondern vor einem prächtigen Palast.

Er war aus schwarzem Stein errichtet und seine spitzen Türme ragten so weit empor, dass sie durch die düstere Rauchschicht stießen, die die Sicht gen Himmel verhinderte. Ein schmales hohes Tor, das über eine schwarz glänzende Treppe erreicht wurde, bildete den einzigen Eingang in den scheinbar fensterlosen Prachtbau. Kein Wunder, wohin sollten die Bewohner auch blicken, wenn die Umgebung unwirtlich war und in Dunstschwaden versank? Was nutzten bodentiefe Fenster, wenn ohnehin kein Licht in das Gebäude hereindrang?

Ihre Augen blitzten, während sie den Königsbau betrachtete. Denn das war es. Ein Haus für ein Königspaar. Und da es in der Unterwelt nur eines gab, war klar, wohin sie das Amulett geführt hatte.

Zum Palast von Hades und Persephone.

»Wahnsinn.«

Ein Funkeln trat in ihre Augen und brachte sie selbst in dieser trostlosen Einöde zum Leuchten. Wäre die Situation nicht so verdammt ernst und würde die Zeit nicht davonrasen, sie hätte vermutlich einen Skizzenblock gesucht, um den Prachtbau im Detail zu zeichnen. Stattdessen versuchte sie jedes auf die Ferne erkennbare Ornament, jede Statue und jeden Torbogen in ihrem Gedächtnis festzuhalten, um irgendwann einen Bericht darüber zu schreiben. Auch wenn dieser Bericht nur für sie selbst bestimmt war.

Der Palast strahlte eine Dunkelheit aus, wodurch die ohnehin vorherrschende Düsternis verstärkt wurde. Auf die Ferne und inmitten der aufsteigenden Rauchschwaden war Elli sicherlich nicht zu sehen. Trotzdem zog sie den Kopf ein, während sie den einzigen Eingang beobachtete.

Das hohe schmale Tor bestand aus zwei Türflügeln, die von zwei Wachposten flankiert wurden. Und diese Wachposten waren keine Menschen, keine Seelen von Verstorbenen. Es waren zwei Frauen, sehnig, stark, die in ihren Händen Lanzen hielten und über deren Rücken sich gewaltige Vogelflügel ausbreiteten.

Harpyien.

Gänsehaut kroch über Ellis Arme. Das erste Mal, seit sie sich in der Unterwelt befand, fröstelte sie.

Wie sollte sie an ihnen vorbeikommen? Schleichen schloss sie schon mal aus. Ihre Augen waren mit Sicherheit denen von Falken gleichzusetzen, weshalb sich Elli zwei Schritte tiefer in die Dunstschwaden zurückzog. Zumindest reagierten sie bislang nicht, regten sich kein bisschen, weshalb sie Elli bestimmt noch nicht entdeckt hatten.

Stattdessen richtete sich die Aufmerksamkeit der Harpyien auf einen der Schatten, die der Palast hervorrief. Eine kaum merkliche Bewegung war darin auszumachen. Jemand huschte umher, worauf die Wächterinnen ihre Lanzen aufrichteten und ihre stechenden Blicke auf Wanderschaft schickten. Leise wechselten sie Worte miteinander, die unverständlich waren, während sie die schwarz glänzende Treppe hinabstiegen

Das war Ellis Chance.

Sobald die Harpyien die Treppe hinabgeschritten und sich weit genug von dem Eingangsportal entfernt hatten, musste sie die Gelegenheit nutzen. Geschwind eilte sie durch den dichten Qualm. Er reizte ihre Atemwege, brannte in ihren Augen, doch sie kämpfte gegen jeglichen Hustenreiz an. Auch wenn ihre Lungen brannten, sie würde nicht riskieren entdeckt zu werden, weshalb sie in dem dichten Rauch verblieb.

In weitem Bogen schlich sie um die Harpyien, die sich auf den Schatten zubewegten, in dem sich jemand geregt hatte. Elli visierte die Treppe an und erreichte sie dank der dichten Dunstschwaden unentdeckt. Ehrfürchtig blickte sie die Stufen empor. Das dunkle Tor, der Zugang zum Palast, als sie im Augenwinkel erneut eine Bewegung ausmachte, die von einem Schatten in den nächsten sprang. Und diese Bewegung ließ sie überrascht nach Luft schnappen.

Sie erkannte diese Umrisse. Die Gestalt. Die Bewegungen. Sie erkannte ihn. Wieso hatte sie es nicht sogleich begriffen? Achill.

Eindeutig war es Achill.

Er schlich durch die Schatten und lockte die Wächterinnen von dem Palast fort. Was tat er in der Unterwelt? War er ebenfalls in den Tartaros verbannt worden und versuchte zu entkommen? Oder suchte er nach ihr?

Gebannt verfolgte sie, wie er von Schatten zu Schatten sprang, um den wachsamen Augen der Harpyien zu entkommen. Die Vogelfrauen zischten Worte, die von dem Rauch verschluckt wurden, und holten mit den Lanzen aus. Bevor sie ihn mit den eisernen Spitzen durchbohrten, sprang er davon. Er lockte sie von dem Palast fort, Meter für Meter, bis sie in dem dichten Qualm verschwanden.

Eine Bewegung glitt vor ihr durch den Schatten der Treppe, als Achill auch schon direkt vor ihr auftauchte. Er sah sie nicht, wusste nicht, dass sie da war. Im Begriff, die Treppe hinaufzurennen, entdeckte er sie und fuhr sogleich herum.

»Elli?« Fassungslos riss er die Augen auf, hob die Hände, wollte auf sie zulaufen, doch er konnte sich nicht in ihre Richtung bewegen.

Ohne nachzudenken, lief sie die zwei Schritte auf ihn zu und ergriff seine Hände. Sie fühlten sich merkwürdig kalt an und entglitten ihr.

»Achill, was ist geschehen?«

In seinen Augen las sie eine Pein. Und Sehnsucht. Die gleiche Sehnsucht, die in ihrem Herzen loderte. Doch bevor sie einander in die Arme fallen konnten, fiel sein Blick auf den Qualm, in den er die Harpyien gelockt hatte.

»Ich erkläre es dir später. Jetzt müssen wir uns beeilen, bevor die Wächterinnen zurückkehren. Komm.«

Schweiß bildete sich auf seiner Stirn, während er die Hand nach ihr ausstreckte. Bevor sie sich darüber wundern konnte, ergriff sie sie und rannte mit ihm hinauf. Er hatte recht. Sie durften die Chance nicht ungenutzt verstreichen lassen.

Hand in Hand eilten sie die Treppe hoch, nahmen zwei Stufen auf einmal, bis sie bei dem Tor angelangten. Behutsam betätigte Elli die metallene Klinke, doch sie bewegte sich nicht. Verdammt, welche Magie benötigten sie, um das herrschaftliche Portal zu öffnen?

Bevor sie einfallslos daran rüttelte, bedeutete Achill ihr zu warten und legte mahnend den Finger an die Lippen. Er holte etwas wie einen Dietrich hervor und machte sich an dem Schloss zu schaffen. Definitiv alltäglich und alles andere als mystisch, aber wenn es funktionierte, umso besser.

Während das leise Geräusch von Metall, das an Metall schabte, erklang, ertönte gleichzeitig ein anderes Geräusch. Schwere Flügelschläge, die näher und näher kamen.

Die Harpyien kehrten zurück.

Elli hätte ihm am liebsten den Dietrich aus der Hand gerissen und selbst das Tor geknackt – wenn sie eine Ahnung gehabt hätte, wie das funktionierte. Stattdessen rauschte ihr Blick von seinen Händen am Türschloss über ihre Schulter zu den Harpyien. Die Umrisse der Wächterinnen erschienen im Rauch, als es endlich klickte. Achill hatte es geschafft.

Elli schob ihn förmlich durch das Tor, das lautlos aufschwang, und drängte sich hinter ihm hindurch, als auch schon der Türflügel hinter ihnen zufiel und sie sich in dämmerigem Licht wiederfanden.

Ringsum steckten einzelne Fackeln in Wandhalterungen und beleuchteten das Innere des Palasts notdürftig. Elli schluckte, während sie die hohe steinerne Halle bestaunte.

Im Zentrum war eine Statuengruppe aufgestellt, die weit über Achills Kopf hinausragte und deren Pracht und Kunstfertigkeit unvergleichlich war. Sie bestand gänzlich aus Gold und verkörperte durch das wertvolle Metall gemeinsam mit der bemerkenswerten Größe die Macht von Hades und Persephone.

Überlebensgroß war ein Wagen dargestellt, der von einer Chimäre und zwei Harpyien gezogen wurde. Und in diesem Wagen standen zwei Statuen. Die eine zeigte Hades, die andere Persephone. Streng blickten sie auf die Ankömmlinge herab, als prüften sie, ob sie zurecht in den Palast eingedrungen waren oder nicht. Ihre Gesichter, ihre kompletten Gestalten waren derart realistisch wiedergegeben, dass man im ersten Augenblick glauben konnte, vor dem Herrscherpaar selbst zu stehen.

Rasch zog Achill sie in den Schatten, der von der Statuengruppe gebildet wurde, während Elli unfähig war, den Blick abzuwenden.

»Wahnsinn.«

»Pst.«

Sie nickte bloß, gönnte sich fünf weitere Sekunden, in denen sie die goldenen Figuren betrachtete, bis sie spürte, wie Achill seine Arme um sie legte und sie an seine Brust zog. Dankbar atmete sie seinen vertrauten Geruch ein, dabei legte sich ein Lächeln auf ihre Lippen.

»Ich glaubte dich verloren«, murmelte er in ihr Haar, während er sie festhielt, als könnte er immer noch nicht glauben, dass sie einander begegnet waren, als würde er nicht vorhaben, sie je wieder loszulassen. Er senkte den Kopf auf ihr Haar, küsste ihre Stirn, wanderte tiefer.

»Ich war im Tartaros.«

Sogleich erstarrte er und schaute sie entsetzt an, doch sie winkte ab. So entsetzlich es für sie dort war, sie durften keine Zeit verlieren. Jede Minute war kostbar.

»Davon erzähle ich dir ein anderes Mal. Jetzt geht es um mehr. Ich habe Hephaistos' Herz gefunden. Er hat es in Stein verewigt. Ich hatte es, aber ich war zu spät. Als die Sonne aufgegangen ist, wurde ich in die Unterwelt geholt und offenbar haben mir Hades und Persephone das Herz weggenommen.«

»Ich weiß. Ich bin hier, um es zu holen.«

Ein Stich durchfuhr sie. »Du bist nicht wegen …«

Der Schmerz, den sie bereits in seinen Augen gesehen hatte, wurde stärker. Er mahlte die Kiefer aufeinander, während die Worte gepresst hervorkamen. »Wenn ich gekonnt hätte, wäre ich wegen dir gekommen. Aber ich bin nicht länger Herr meiner Taten. Auch mein Schicksal hat sich erfüllt. Ich muss von nun an bis in alle Ewigkeit den Moiren dienen. Ich kann nur tun, was sie mir befehlen.«

Elli riss die Augen auf. »Das bedeutet, sie wissen von dem Herz und haben es ebenfalls darauf abgesehen.«

Achill nickte. »Ich weiß nicht, was sie damit vorhaben, aber ich bin hergeschickt worden, um es Hades und Persephone zu entreißen.« Deshalb hatte er vorhin nicht auf sie zutreten können. Es waren Schritte in die falsche Richtung gewesen. Weg von dem Herz und hin zu ihr. Die Moiren hatten ihm den Spielraum nicht gestattet.

Für einen Augenblick schloss sie die Augen, aber sie wollte sich von der Nachricht nicht den Mut nehmen lassen.

Sie waren beisammen und verfolgten ein ähnliches Ziel. Im Grunde ihrer Herzen noch immer dasselbe. Es war nicht zu spät und an dem Gedanken würde sie sich festhalten.

Neugierig schaute sie zu ihm auf. Hatten ihm die Schicksalsfrauen ihre Pläne verraten und konnte er sie ihr mitteilen? »Glaubst du, die Moiren wollen es haben, um Hephaistos aufzuhalten? Stehen sie womöglich auf unserer Seite?«

Einen Augenblick zögerte er, als könne er nicht frei sprechen. Kurz schloss er die Augen und als er sie öffnete, loderte neue Kraft darin. »Die Moiren stehen nicht auf unserer Seite, aber auf der Seite, die nach Recht und Ordnung strebt. Auf der Seite von Zeus und den übrigen Göttern, die gegen Hephaistos kämpfen.«

Das war doch eine gute Nachricht. »Was sollst du tun, sobald du das Herz in deinen Besitz gebracht hast?«

»Ich muss es ihnen bringen.« Mehr wusste er nicht – oder durfte es nicht mit ihr teilen.

»Aber wir müssen es direkt auf den Hügel schaffen, auf dem der Kampf stattfindet. Oder besser noch vorher von seiner steinernen Hülle befreien. Ich wette, wenn das Herz freiliegt, wird Hephaistos sich verändern, womöglich sogar das Unrecht erkennen, das er begeht.«

»Die Entscheidung liegt nicht in meiner Hand.« Unvermittelt presste er die Lippen aufeinander. Er versuchte sie zu öffnen, doch er konnte nicht. Es gab etwas, das er ihr sagen wollte und nicht durfte. Die Schicksalsfrauen verhinderten es.

Es fühlte sich furchtbar an. Ihr stärkster Verbündeter, ihr Partner in crime war nicht länger ihr Verbündeter, sondern gezwungenermaßen die Marionette dreier Frauen, deren

Beweggründe sie nicht kannte. Deren Ziele ihr unbekannt waren. Und die nicht vorhatten, ihnen ihr gemeinsames Glück zu gönnen.

Entschieden ballte sie eine Hand zur Faust. Dann war es besser, sie bekam das Herz vor ihm in die Hände und konnte tun, was sie vorgehabt hatte. Hephaistos aufzuhalten.

KAPITEL 26

Achills Blick lag auf ihr. Womöglich erkannte er, was sie entschieden hatte. Doch sogleich schaute er weg, als würde er es gar nicht wissen wollen, um es nicht den Moiren verraten zu können, sollten sie danach fragen.

Elli atmete tief durch und schaute ihn an. Ein leichtes Lächeln legte sich auf ihr Gesicht. »Bist du schon mal in diesem Palast gewesen und kennst dich aus? Wo könnten sie das Herz verbergen?«

Achill setzte an, um zu antworten, als Schritte ertönten. Sogleich rückten Elli und er näher zusammen und starrten die zwei geschwungenen Treppen hinauf, die hinter der Statuengruppe bogenförmig in die erste Etage führten. Ein kunstvoll gestaltetes Geländer zeichnete den balkonartigen Flur ab, der im oberen Stockwerk rundum führte und von dem aus man in den Eingangsbereich blicken konnte. Verdammt. Sie befanden sich auf dem Präsentierteller. Achill erkannte es ebenfalls, weshalb er sie umgehend an der Hand fasste und in den nächsten Schatten sprang.

Auch wenn seine Hände kälter waren, nahm sie das feine Pochen seines Herzens wahr, das die vertraute Wärme durch seine Seele wandern ließ. Ihr Achill war noch da. Die Moiren hatten lediglich ihren Willen, ihre Macht über seine gelegt. Die Frage war nur, ob er im entscheidenden Augenblick dazu in der Lage sein würde, diese Fremdbestimmung abzulegen und das zu tun, was richtig war.

Er führte sie durch die Schatten, bis sie in einem Raum angelangten, der verlassen schien. Beinahe versank er in völliger Dunkelheit, wäre nicht ein schwaches Talglicht gewesen, das in einer metallenen Laterne brannte. Es stand auf einem kleinen Tisch, der sich an der Seite befand und von mehreren Liegen eingerahmt wurde.

Achills Stimme war nur ein Flüstern. Ein wenig kam es ihr vor, als könnte nur sie ihn sprechen hören, als wären seine Worte lediglich in ihrem Kopf. »Ich war schon einmal in diesem Palast. Die Ewigkeit in der Unterwelt mitsamt der Langeweile und Tatenlosigkeit, die einen irgendwann überfällt, verführt dazu, seine Kräfte zu testen und sich mit den Herrschern zu messen.«

Ein Schmunzeln huschte über ihre Lippen. »Was hast du getan?«

Als wäre das nichts Besonderes, zuckte er mit den breiten Schultern. »Ich habe mich umgesehen, jeden Winkel erkundet, der mir zugänglich war. Nachdem ich das getan hatte, habe ich die Gegenden besucht, die mir verboten waren. Deshalb weiß ich, dass ich nicht durch die Schatten in diesen

Palast gelange. Sein Eingang ist mit so viel Zaubern und Formeln geschützt, dass er mit keiner noch so überirdisch starken Kraft geknackt werden könnte. Mit menschlicher hingegen schon.«

Elli grinste.

»Daher der Dietrich.«

Achill zwinkerte ihr zu. »Es hat Vorteile, aus der Welt der Menschen zu stammen. Ich kann mich einiger Tricks bedienen, die die Götter und mythischen Wesen nicht bedenken und mit denen ich deshalb Türen öffnen kann, die für andere verschlossen bleiben.«

Nicht umsonst galt er als größter Kriegsheld.

Während er fortfuhr zu erzählen, hielt sie die Luft an und lauschte, doch kein einziges Geräusch drang zu ihr außer seiner vertrauten warmen Stimme.

»Ich habe die Harpyien schon einmal vertrieben und mich hereingeschlichen. Einmal drinnen, gibt es kein Wachpersonal, ausschließlich Dienerschaft. Deshalb kann man sich relativ ungezwungen bewegen, ohne bemerkt zu werden.«

Elli wollte aufatmen, als sich etwas in dem Schatten gegenüber bewegte.

»Das denkst auch nur du.« Aus der Dunkelheit trat eine hochgewachsene Frau, deren blasse Haut in starkem Kontrast zu ihrem schwarzen Haar stand. Ihr langes dunkles Gewand reichte ihr bis auf die Füße, die in goldenen Sandalen steckten. Die unbeugsamen Augen beharrlich auf sie gerichtet, blickte sie streng auf sie herab.

Persephone, die Herrscherin der Unterwelt.

Elli schnappte nach Luft, während Achill sich augenblicklich vor sie stellte und sein Schwert zog. Doch Persephone hob abwehrend die Hände.

»Dies ist nicht der Moment, um gegeneinander zu kämpfen – zumal du ohnehin keine Chance gegen mich hast, selbstverliebter Heros.«

Achill ließ sich nicht reizen, verblieb vor Elli stehen, die sich sogleich hinter ihm hervorstahl und das Wort an die Herrscherin der Unterwelt richtete. »Wir sind nicht gekommen, um euch zu schaden. Wir wollen nur das holen, was ich mitgebracht habe.«

»Das Herz von Hephaistos.« Persephone nickte, während ihr Blick von ihr zu Achill wanderte. »Ich weiß.«

Die dunkle Königin blieb gelassen. Weder rief sie nach Hades noch machte sie Anstalten anzugreifen. Ihre Ausstrahlung versprach Macht pur. Unnachgiebigkeit. Sie würde keine Milde walten lassen. Dennoch spürten sie, dass von ihr keine Bedrohung ausging, weshalb Achill das Schwert wegsteckte.

»Wir brauchen das Herz, um ihn aufzuhalten. Wo habt Ihr es versteckt?«

»Ich habe es an mich genommen, bevor Hades es entdecken konnte. Er hat nur am Rande mitbekommen, was vor sich geht.«

Verständnislos schüttelte Elli den Kopf.

»Wieso hilft er nicht den anderen Göttern, gegen Hephaistos zu kämpfen?«

Ihr dunkler Blick bohrte sich in Ellis. »Weil es niemals gutgehen kann, wenn der Herrscher der Unterwelt in der Welt der Lebenden sein Schwert zieht.«

Ein Frösteln wollte Elli überfallen, aber sie durfte keine Schwäche zeigen. Nicht in diesem Moment, in dem sie mit Persephone verhandelte. »Dann gib uns das Herz. Wir werden es benutzen, um den Kampf zu beenden.«

Wortlos wanderte Persephones Blick von ihr zu Achill und wieder zurück, als wäre die Prüfung noch nicht abgeschlossen, derer sie unterzogen wurden. »Ihr habt euch Schlimmes zuschulden kommen lassen. Unvorstellbaren Frevel begangen. Deshalb darf ich euch nicht helfen.«

Elli beugte sich unweigerlich ein Stück vor. Sie spürte, dass noch etwas kam. Sah es den blassen Lippen an, die sich kräuselten. »Aber …?«

Persephone taxierte sie. »Aber ich weiß, dass meine Mutter dort oben kämpft. Und ich habe verstanden, dass Hades' und meine Herrschaft ebenso in Gefahr ist wie die von Zeus und Poseidon. Schlimmer noch als das, was ihr mit euren unüberlegten Taten angerichtet habt, wird Hephaistos die Ordnung unserer Welt aufheben und alles ins Chaos stürzen.« Innehaltend presste sie die blassen Lippen aufeinander.

Sie schwiegen einen Moment, verstehend, dass Persephone Zeit brauchte. Zeit, die sie nicht hatten. Dennoch versuchte Elli sich ihre Ungeduld nicht anmerken zu lassen, während die Herrscherin der Unterwelt einen Kampf mit sich ausfocht, an deren Ausgang so viele Leben hingen.

Persephone seufzte schwer. Es klang, als läge die Last der Welt auf ihren schmalen Schultern. »Ich weiß, dass mein Bruder der eigentliche Frevler ist. Er war derjenige, der die List gesponnen hat, um Asklepios seinen Stab zu entwenden. Nur deshalb konnte Hephaistos die Geschmeide fertigen, in denen so viel Macht ruht – nachdem er meinen Bruder dazu verleitet hat, nach der Herrschaft zu greifen.«

Elli horchte auf. »Wie ist Hephaistos das gelungen?«

Verbitterung legte sich auf Persephones Züge. »Durch hinterhältige Kommentare und provozierende Bemerkungen, gesprochen im Zuge kurzer, unauffälliger Begegnungen, die meinen Bruder glauben ließen, er sei ein Nichts, während seine Mutter und seine Schwester im großen Kanon der Götter verewigt sind.« Sie blickte Elli direkt in die Augen. Von der Verbitterung war nichts mehr zu sehen. »Ich weiß, dass er nicht gut zu dir war. Aber er ist mein Bruder. Wenn all das vorbei ist, werden ihn die schlimmsten Strafen erwarten. Weitaus schlimmer als die, die auf euch warten. Deshalb möchte ich euch um einen Gefallen bitten.«

Elli horchte auf. »Einen Gefallen? Du bist die Herrscherin der Unterwelt. Wieso befiehlst du es uns nicht einfach?«

»Weil es eure Gnade ist, auf die ich hoffe. Gnade lässt sich nicht erzwingen.«

Achill nickte verstehend. »Du willst, dass wir ihn nicht als alleinigen Drahtzieher darstellen.«

Sie schüttelte den Kopf. »Nein, ihr sollt nicht seine Schuld auf euch laden. So etwas würde ich nie verlangen. Ihr habt wegen ihm genug erleiden müssen. Aber ihr habt ihm auch etwas zu verdanken.«

Stirnrunzelnd sah Elli auf. »Worauf willst du hinaus?«

»Nur durch seinen Plan habt ihr einander kennengelernt.«

Nachdenklich hob Elli den Blick zu Achill, der sie ebenfalls ansah, ein leichtes Lächeln auf den Lippen. Kaum merklich nickten sie einander zu, bevor sie sich an die Herrscherin der Unterwelt wandten.

»Was genau bittet Ihr uns zu tun?«

»Ich möchte, dass ihr ein gutes Wort für ihn einlegt. Ich weiß, wie schwer euch das fallen wird, wie groß der Gefallen erscheint, den ich von euch verlange, aber …«

Elli hob die Hand.

»Schon gut. Wir werden es machen.«

Persephone sah sie fragend an, worauf Elli mit den Schultern zuckte. »Er war nicht immer nur schlecht zu mir. Wahrscheinlich hat Hephaistos ihn in Versuchung geführt. Wer weiß, welche göttlichen Zauber er angewandt hat, um Plutos dazu zu bringen, zu versuchen, die alleinige Herrschaft zu erlangen. Plutos ist selbstverliebt, klar, aber letztendlich ist er ein unbedeutender Gott, der versucht hat eine größere Rolle zu spielen.«

Persephone lachte freudlos auf. »Das trifft es ziemlich gut. Bei einer mächtigen Mutter und königlichen Schwester fühlt er sich übergangen. Damit lässt sich sein Frevel nicht rechtfertigen, aber erklären.«

Achill schaute Elli fragend an, die nickte. »Wir werden es tun. Wir versprechen es.«

Eine Last schien von Persephones Schultern zu fallen, während sie kaum hörbar aufseufzte. »Das ist mehr, als ich zu hoffen gewagt habe. Und nun kommt. Wir dürfen keine Zeit verlieren.«

Persephone führte sie tiefer in den Raum, in die Schatten, in denen sie sich verborgen gehalten hatte. Ohne zu zögern, folgte Elli ihr und Achill bildete die Nachhut. Sie erreichten eine kleine Tür, die sich nahtlos in die Wand einfügte. Persephone legte ihre Hand auf den Knauf, der die Form eines Gorgonenkopfs hatte. Wildes Schlangenhaar wand sich um ein fratzenartiges Gesicht mit herausgestreckter Zunge. Persephone drehte daran. Dunkler Rauch bildete sich und einen Wimpernschlag später sprang die Tür auf.

Dahinter befand sich ein Schrein. Mehrere Gläser mit Pulvern, die Elli nicht zuzuordnen vermochte, und Tränke reihten sich aneinander. Auf einem Fläschchen stand »letzte Tränen«.

Ein Schaudern überkam sie. War man in der Unterwelt nicht mehr fähig zu weinen?

Ein schwaches Talglicht brannte und warf gelbliches Licht auf das, was sogleich Ellis Aufmerksamkeit auf sich zog. Das, wonach sie so verzweifelt gesucht hatte.

Das Herz von Hephaistos, eingebettet in klaren Stein.

Achills Hände zuckten, doch sofort legten sich Persephones um das Artefakt und sie drehte sich zu ihnen, den Stein fest in ihren Händen.

»In der Regel füge ich mich dem Willen der Moiren, aber in dieser Situation muss ich mich ihnen entgegenstellen. Ich weiß nicht, welchen Plan sie verfolgten, aber Helenas Weg ist der schnellere. Deshalb kann ich dir das Herz nicht geben, Achill, sondern wir tun das, was das einzig richtige ist.« Mit den Worten holte sie aus und schmetterte den Stein zu Boden. Er schlug vor ihren Füßen auf und während er zerbrach, erklang ein Schrei. Ein Schrei, so verzweifelt und laut, dass er ihnen allen Gänsehaut bescherte.

Das Herz pulsierte schwach, aber beständig, während es auf dem kalten Felsboden lag. Es wirkte verloren, verängstigt, und dennoch unendlich erleichtert darüber, frei zu sein.

Langsam bückte sich Elli danach, nahm es vorsichtig in ihre Hände, sorgsam darauf bedacht, ihm keinen Schaden zuzufügen. Es nicht einmal durch zu festen Druck zu quälen. Dieses Herz sehnte sich nach seinem Träger, nach demjenigen, der es gewaltsam aus seiner Brust entfernt hatte.

Wind kam auf und ließ ihre Haare tanzen. Ungläubig sah sich Elli um. Woher sollte er kommen? Es gab keine Fenster. War jemand unterwegs zu ihnen? Hades persönlich?

Ein Donnern ertönte, der felsige Grund wackelte und schmiss sie beinahe zu Boden. Achill fing sie im letzten

Moment auf, doch als wäre er dem Herzen zu nah gekommen, schossen seine Hände vor, um es ihr zu entreißen.

Elli presste es an sich, barg es an ihrer Brust, nah bei ihrem eigenen, während Achill der Schweiß auf die Stirn trat. Angestrengt biss er die Zähne zusammen und zog die Hände unter großem Kraftaufwand zurück. Er kämpfte gegen den Willen der Moiren an, er versuchte alles. Wie lange konnte er ihrem Befehl widerstehen?

Bevor er seine Kräfte für deren Ziele einsetzte, sprang Persephone zwischen sie.

»Geh, Helena, schnell. Geh und rette uns alle!«

Erneut kam Wind auf, der Elli von den Füßen riss und sie fortzog. Fort von Achill, fort in eine andere Welt, hin zu dem Ort, an den sich der Kampf verlagert hatte und an dem ihrer aller Schicksal entschieden werden würde.

An den Fuß des Olymps, den Berg der Götter.

KAPITEL 27

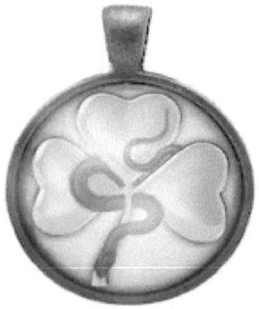

Schwungvoll kam sie auf die Füße, dennoch wankte sie nicht. Sie stand mit dem Rücken zu dem hohen Massiv des Olymps, auf dessen Gipfel die Götter normalerweise thronten. Normalerweise, denn im Moment hatten sie sich am Fuße des Berges versammelt, um für ihre Macht, für den Fortbestand der Ordnung zu kämpfen.

Organisiert standen die Götter beisammen, bildeten eine eingeschworene Formation. Es war nicht der erste Kampf, den sie zu fechten hatten. Gegen die Giganten hatten sie gekämpft, gegen die Zentauren – und nun gegen einen von ihnen. Hephaistos, den Gott der Schmiedekunst, der sich über sie alle erheben wollte.

Es war nicht schwer, die einzelnen Götter voneinander zu unterscheiden. Aphrodites langes blondes Haar wehte um ihre grazilen Schultern. Selbst im Kampf war jede ihrer Bewegungen, ja die Göttin selbst Verführung pur. Athena hingegen stand stramm und ernst, während sie mit der Lanze zum Stoß ausholte. Hermes hielt sich neben ihr, ein Schwert erhoben, das freche Gesicht ungewöhnlich blass. Poseidon bäumte sich hinter ihnen auf und schleuderte mit seinem Dreizack Blitze auf ihren Gegner. Asklepios rief Schlangen herbei, während die Zwillinge Artemis und Apollon ihre Bögen einsetzten, um Pfeile abzuschießen.

Selbst Demeter, Hera, Dionysos und der Kriegsgott Ares hatten sich offensichtlich dazu entschieden, den anderen bei ihrem Kampf zu helfen. Demeter hatte das füllige Haar zu einem lockeren Knoten gebunden, ihr Gewand fiel etwas derangiert herab, dennoch strahlte sie die mütterlichen Kräfte und die Gnade aus, die sie unverkennbar zur Göttin der Fruchtbarkeit und des Ackerbaus machten. Hera, Zeus' Ehefrau, stand in der Mitte der Kämpfer, thronte zwischen ihnen wie die Anführerin, Dionysos hatte seine langen Locken zurückgebunden und Ares kämpfte lediglich in einem kurzen Tuch, das er um die Hüften gebunden hatte, mit Schwert und ohne Schild an vorderster Front – und machte damit seinem Namen als Kriegsgott alle Ehre.

Sie alle wirbelten um eine Gestalt, den gemeinsamen Gegner. Sie umringten Hephaistos, der unermüdlich die Hände erhoben hielt und die Götter mit einem überlegen Grinsen zurückdrängte. Er genoss den Kampf, unverkennbar. Spöttisch blickte er auf die Götter herab, labte sich an ihrer Erschöpfung, ihrer Verwunderung, ihrer Erkenntnis, dass sie ihn nicht würden besiegen können.

Der Asklepiosstab steckte gemeinsam mit der Krücke an einem Lederriemen, der an seinem Oberkörper befestigt war.

Der Garant, dass er den übrigen Göttern von nun an überlegen sein würde. Keine Chance, ihm das göttliche Artefakt zu entreißen.

Das Herz fest an sich gedrückt, blickte sich Elli um. Sie stand mit dem Rücken zum Bergmassiv. Keiner der Götter hatte sie bislang entdeckt. Nicht einmal Hephaistos schaute zu ihr, während er laut lachte, als wäre der Kampf gegen die Großen Götter ein Kinderspiel.

Er wirkte größer als die anderen. Überlegen und als wäre er gewachsen. War das möglich?

An seinem Finger prangte der Ring von Plutos, den sie die letzten Wochen getragen hatte, an seinem Handgelenk der Armreif von Aphrodite. An einer Kette um den Hals hingen das Füllhorn von Demeter, die Feder von Hermes und der Lichtfunken von Helios. Und auf seinem Kopf prangte die zierliche Krone von Persephone. Doch er wirkte damit alles andere als albern, vielmehr unterstrich sie seine Macht, als wäre sie dort, wo sie von Anfang an hingehört hatte.

Der Armreif der Liebe, der Ring der Erwählten, die Feder des Glücks, das Füllhorn des Wohlstands, das Licht der Hoffnung und die Krone des Herrschers.

Alle sechs Artefakte in seiner Hand vereint und in ihnen allen ruhten die Kräfte der Götter. Nur die Frau an seiner Seite fehlte ihm noch. Dann stand ihm nichts mehr im Wege, seine Alleinherrschaft aufzubauen.

Als hätten ihre Gedanken ihn auf sie aufmerksam gemacht, schwenkte sein Blick zu ihr, während er leichthändig den Pfeilangriff von Artemis und Apollon abwehrte. Seine Augen bohrten sich in ihre, seine Lippen verzogen sich zu einem selbstgefälligen Grinsen. Schon wollte er etwas sagen, als seine Aufmerksamkeit auf das fiel, was sie in den Händen hielt.

Seine Augen weiteten sich und er war für einen Moment abgelenkt. Dadurch traf ihn der Schwerthieb, mit dem Ares auf ihn einschlug. Er schrie auf, doch nicht schwer verletzt, vielmehr ärgerlich. Gnadenlos fegte er den Gott des Krieges mit einem einzigen Armschwung beiseite.

Hatte er bis eben nur gespielt? Seine Macht genossen oder womöglich auf Elli gewartet? Sie wusste es nicht. Doch nun schien jegliches Spiel aus dem Kampf entflohen. In Hephaistos' Augen blitzte der gleiche Ernst auf wie in denen der anderen Götter. Mühelos fegte er seine Kontrahenten zur Seite, bis sie samt und sonders bewegungslos am Boden lagen und nichts mehr zwischen ihm und Elli stand.

Kein Windhauch war zu spüren, kein Tier schrie auf, sämtliche Wesen, selbst die Elemente schienen den Atem anzuhalten und abzuwarten, was nun geschah.

Schneller, als sie es ihm zugetraut hätte, stand er vor ihr und blickte drohend auf sie herab. Er wollte ihr das Herz aus den Händen reißen, sie erkannte es in seinen Augen, doch seltsamerweise tat er es nicht.

»Wo hast du das her?«

Sie verlieh ihrer Stimme einen festen Klang und unterdrückte den Impuls, sich zu ducken, den Kopf zu senken. Stattdessen sah sie ihm unverwandt in die Augen. »Du musst wissen, wo du es versteckt hattest.«

»Es war versteckt – und geschützt! Wie konnte es dir gelingen …?« Er hob die Hände und stieß sie zu Boden. Das Herz berührte er dabei nicht.

Ungebremst fiel Elli hin, einzelne kleine Gesteinsbrocken bohrten sich in ihren Hintern, ihre Beine. Doch sie fühlte den

Schmerz nicht, war zu abgelenkt. Hochkonzentriert richtete sie ihre Aufmerksamkeit auf Hephaistos, um keinen Fehler zu begehen. Das war ihre Chance. Ihre einzige Chance. Das Herz fest in ihren Händen beobachtete sie, wie er sich über ihr aufbaute.

Ihre Stimme drohte wegzubleiben, doch sie verbot es sich. »Ich war in deiner Schmiede, auf dem Platz, den du dir erschaffen hast, um die Menschen zu beobachten, die dir huldigen.«

Er kniff die Augen zusammen. »Woher wusstest du von dem Herz?«

Das würde sie ihm bestimmt nicht verraten. »Du hast es in Stein eingeschlossen, um dich zu schützen.«

»Was ich tue und lasse, geht dich nichts an!« Seine Worte rauschten wie ein Orkan über sie hinweg, ihre Haare flatterten mit ihrem Gewand nach hinten, doch Elli verblieb, wo sie war.

»Offenbar geht es uns alle etwas an.«

Er hob die Hände, in denen sein übergroßer Hammer ruhte, und schmetterte ihn neben ihr auf die Erde, worauf der Boden erzitterte. Erschrocken wollte sie zurückweichen, doch sein Blick nagelte sie regelrecht an Ort und Stelle fest. »Du musst es zurückbringen, sonst —«

Ihr entging nicht, dass er es ihr nicht entriss. Das musste einen Grund haben.

»Sonst?«

Erneut schlug er mit dem Hammer auf den Boden, nur Millimeter neben ihre Beine. Die Erde erzitterte, Steine rieselten herab, waren es doch die Grundfesten des Olymps selbst, an denen er zerrte. »Tu, was ich verlange, oder ich werde alle töten, die dir etwas bedeuten! Alle Tempel vernichten. Selbst die Menschen sollen für deinen Frevel büßen.«

Als sie seiner Forderung nicht nachkam, stattdessen reglos auf der Erde sitzen blieb, schaute er zurück zu den Göttern. Er lief beinahe normal zu ihnen, der Asklepiosstab hatte seine Gehbehinderung nahezu verschwinden lassen. Obgleich er sich nicht schnell bewegte, milderte das kein bisschen die Bedrohung ab, die von ihm ausging. Mit wenigen Schritten stand er über Hermes, der sich wie die anderen nicht bewegte. Auf die Ferne war nicht einmal zu erkennen, ob der Götterbote noch atmete. Über ihm richtete sich Hephaistos auf, spannte die Muskeln an und hob den Hammer.

»Bring das Herz zurück oder ich werde Hermes mit einem Hammerschlag zerschmettern – und anschließend die anderen Götter.«

Elli erblasste. Das durfte nicht geschehen. Aber sie konnte ihren einzigen Trumpf nicht aus den Händen geben. Dass es ein Trumpf war, stand außer Frage. Nicht umsonst reagierte er derart entsetzt darauf, dass das Herz in ihrem Besitz war. Verdammt, sie musste herausfinden, was sie damit tun musste. Denn dass sie es zerstören und ihm damit schaden würde, das konnte sie nicht. Das Herz fühlte, es sorgte sich und weinte. Niemals würde sie es über sich bringen, ihm Schaden zuzufügen – und damit auch nicht seinem Träger.

Hephaistos spannte die Muskeln an. »Ich zähle bis drei, dann stirbt der erste von ihnen. Und ich denke, der angeberische Lockenkopf ist dafür am besten geeignet. Eins – zwei –«

Sie brauchte eine Lösung. Jetzt.

Denk nach, Elli, denk nach!

Eine Gestalt huschte durch die langen Schatten, die der Berg auf die Ebene warf, und im nächsten Augenblick stand Achill neben ihr, das Schwert erhoben. »Das wirst du nicht!«

Hephaistos lachte auf. »Besser hätte es nicht kommen können. Danke, dummer Heros, dass du meine Erpressung noch wirkungsvoller machst.« Er wollte ihn zu sich ziehen, doch Achill war schneller. Er huschte durch die Schatten und tauchte noch vor dem nächsten Wimpernschlag hinter Hephaistos auf. Das Schwert erhoben focht er auf ihn ein. Hephaistos war ihm überlegen, was seine Macht anging, die Kraft seiner Hiebe und die Gewalt seines Willens, doch Achill war schneller. Er lenkte ihn ab und verschaffte Elli damit Zeit. Wertvolle Zeit, in der sie eine Entscheidung treffen konnte. Musste.

»Zerstör das Herz«, flüsterte Achill in ihren Gedanken.

Nein, das konnte sie nicht. Es war gut, rein, verletzt zwar und traurig, aber bereit, seinem Träger neue Wärme und Liebe zu schenken. Sie fühlte sich verantwortlich und würde diese Verantwortung nicht leichtfertig beiseitewischen, nur um Hephaistos aufzuhalten.

Nur …

Der Gott kämpfte unerbittlich gegen Achill. Es war unverkennbar, dass er ihn töten wollte. Seine Hiebe gingen gezielt auf Achills Brustkorb und seinen Kopf, doch bevor der Hammerschlag ihn traf, konnte Achill jedes Mal entwischen. Er bewegte sich rasend schnell, nutzte die Schatten, um Hephaistos zu verwirren, weshalb der Gott noch zorniger wurde.

»Was soll die Weglauferei? Kämpf wie ein Mann!«

Achill ließ sich nicht provozieren. Er fuhr fort, den Gott zu reizen, ihn von ständig wechselnden Seiten zu attackieren und damit von Elli abzulenken. Und erneut flüsterte er Elli in Gedanken zu: »Zerstör das Herz. Jetzt!«

Es musste einen anderen Weg geben. Verbissen überlegte sie, wog ab, welche Geschichten sie aus der Mythologie kannte, welches Wissen von Vorteil sein konnte, welche List andere Menschen und Heroen angewandt hatten, um gegen die Götter zu bestehen – als ihr eine Idee kam.

Eine Idee, die nichts weiter war als ein bloßer Einfall. Eine Möglichkeit. Eine winzige Wahrscheinlichkeit, die ebenso gut Hephaistos' wie ihr eigener Untergang sein konnte.

Aber es war möglich, dass es funktionierte. Und an diesem Gedanken hielt sie sich fest, schob alles andere beiseite.

Langsam erhob sie sich und trat auf Hephaistos zu. Überrascht drehte er sich zu ihr. Er hatte sie für kurze Zeit vergessen, Achills Ablenkung hatte gewirkt. Nun blickte er auf sie herab, Zwiespalt in den Augen, doch dann blinzelte er ihn entschlossen weg. Reine Wut blitzte ihr entgegen, während er mit dem Hammer ausholte und sich positionierte, um ihn auf sie niederfahren zu lassen.

Gleichzeitig tat sie das einzige, das wirken konnte. Die einzige Geste, die ihn zu besänftigen vermochte. Die einzige Idee, die ihr eingefallen war …

Um Güte hervorzurufen, musste sie Güte walten lassen. Musste dem Gott das geben, was er brauchte, um ihn an seine wahre Daseinsberechtigung zu erinnern.

Sie kniete vor ihm nieder, streckte ihm das Herz entgegen und senkte den Kopf.

Erkennen trat in Hephaistos' Augen. Er war ein Gott, sie war eine Gläubige und es war seine Aufgabe, sie zu schützen, zu leiten, ihr auf ihrem Lebensweg beizustehen.

Er war nicht dazu da, um über sie alle zu herrschen. Macht spielte keine Rolle, erhob den Gott nicht über den Gläubigen, nein, im Gegenteil. Der Gläubige war es, der dem Gott seine Macht verlieh – mittels seines Glaubens. Und der Gott dankte es, indem er für ihn da war. Ungeachtet seiner eigenen Vorteile.

Auf sein verhärmtes Gesicht trat Milde, Wärme, doch der Hammerschlag war nicht mehr aufzuhalten. Die Gewalt, die er in den Schlag gelegt hatte, zu groß. Ungebremst stürmte er auf Ellis Kopf zu, die ihn nicht einmal kommen sah.

Achill schrie auf, rannte los, doch er würde es nicht schaffen. Hephaistos schrie ebenfalls auf, unfähig, den Hammer in eine andere Richtung zu lenken.

Nur Elli regte sich nicht. Sprach kein Wort. Ließ das Herz in ihren Händen nach seinem Träger rufen, gab ihm den Raum, den es brauchte, um die Liebe im Herzen des Gottes wiederzuerwecken.

Kurz bevor der Hammer Ellis Kopf traf, leuchtete das Amulett auf ihrer Brust auf. Der Anhänger mit den drei Herzen und der Schlange, der vergessen über ihrem zerfetzten Gewand baumelte. Deutlich traten die Symbole auf dem Hintergrund hervor, glänzten, schimmerten, und gleichzeitig erscholl ein Donnern hoch über ihnen und ein Blitz zischte durch die Luft, der sich in letzter Sekunde zwischen Elli und den Hammer legte. Das schwere, beinahe tödliche Werkzeug prallte an dem Blitz ab, glitt Hephaistos aus den Händen und mit einem lauten Dröhnen prallte es auf den Boden und blieb liegen.

Hephaistos bückte sich nach Elli, kniete vor ihr nieder, Tränen auf den Wangen. Vorsichtig streckte er die Hände nach dem Herzen aus. Die Geste ließ Elli aufblicken. Die

279

Dankbarkeit, die sie in seinem Blick las, als sie ihm das Herz überreichte, ließ ihr eigenes dankbar schwelen.

Bedächtig nahm der Gott sein Herz an, betrachtete es ehrfürchtig, zärtlich. Endlich war er bereit, es zu berühren und die Verletzlichkeit zuzulassen. Er legte es an seine Brust und es war nicht klar zu sehen, wie es möglich war. Weißes Licht erstrahlte und kurz darauf war das Herz verschwunden. Doch der warme Glanz, der von seiner Brust ausging, und der beseelte Ausdruck auf seinem Gesicht verdeutlichten, dass es dort gelandet war, wo es hingehörte.

Achill war längst hinter Elli, legte die Arme um sie und zog sie auf die Füße. Verzweifelt drückte er sie an sich, als fürchte er noch immer den Stoß, der sie ihm beinahe entrissen hätte, während auch der Gott sich langsam aufrichtete. All die Härte war aus seinen Augen verschwunden, all der Zorn verpufft.

»Wie kann ich dir nur danken, Helena ...« Seine Stimme war ungewohnt leise, schwächer als gewohnt. Und eine Güte war herauszuhören, die zusätzlich zu allem anderen bezeugte, dass Ellis Geste gewirkt hatte.

Sie deutete auf den Stab, der noch immer an dem Lederriemen um seinen Oberkörper befestigt war. »Gib den Asklepiosstab zurück, damit die alte Ordnung fortbestehen kann.«

Ohne zu zögern, löste Hephaistos ihn und reichte ihn Elli und Achill, der ihn an sich nahm. »Gebt ihn selbst zurück, damit die Götter euch verzeihen.«

Sobald Hephaistos den Stab nicht mehr berührte, das göttliche Attribut stattdessen in Achills Händen lag, begann die Luft zu knistern. Donner und Blitze fegten über sie hinweg, obgleich keine einzige Gewitterwolke zu sehen war.

Heller Nebel umfing sie, wurde dichter und dichter, bis sie kaum mehr einander zu erkennen vermochten. Doch bevor sie sich fragen konnten, was geschah, lichtete sich der Nebel. Ein Mann trat daraus hervor, der selbstbewusst auf sie zuschritt – und dessen Äußeres Elli vertraut war.

Er war weitaus größer, als sie ihn normalerweise kannte, und sein Bauch war keineswegs wohlgenährt, sondern straff und muskulös. Auch seine Augäpfel standen nicht so weit hervor. Doch die Gesichtszüge, die der dichte Bart verdeckte, und der Ausdruck seiner Augen waren unverkennbar.

Dädalos, der Gelehrte aus Athen.

Bloß, dass er das nicht war. Er war kein einfacher Gelehrter, nicht einmal ein einfacher Mann.

Er war Zeus persönlich, der Göttervater der griechischen Welt.

KAPITEL 28

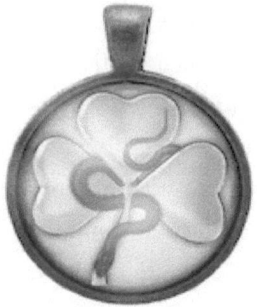

Zeus stellte sich zwischen Achill und Hephaistos, blieb einen Moment stehen, in dem Elli ihn aus großen Augen bestaunen konnte. Er trug ein einfaches Tuch um die Hüften geschlungen, so wie all die anderen Götter. Sein Oberkörper blieb frei, die Muskeln angespannt, dennoch wirkte er wie die Ruhe selbst. Als hätte er seelenruhig auf diesen Moment gewartet.

Elli schnappte nach Luft und wollte etwas sagen. Ihm verdeutlichen, dass sie ihn erkannte, all die Fragen stellen, die nach einer Antwort schrien, doch Zeus winkte ab und ergriff selbst das Wort.

»Du hast großen Frevel begangen, Hephaistos. Ich bin erleichtert zu sehen, dass es jemanden gab, der in der Lage war, die Güte und Wärme zu dir zurückzubringen. Meine Tochter Helena.«

Hephaistos senkte reumütig den Kopf. Auch Achill verneigte sich sogleich, wissend, wen sie vor sich hatten. Die Verbindung zwischen Elli und Zeus konnte er nicht ahnen. Nicht ein einziges Mal war er dabei gewesen, wenn sie ihn in Athen getroffen hatte. Lediglich erzählt hatte sie den beiden voneinander.

Elli hingegen blieb perplex stehen, kam gar nicht auf die Idee, sich wie die anderen beiden vor dem mächtigen Gott zu verneigen. Dädalos war Zeus. Sie wollte nachfragen, wieso er sich ihr nicht eher zu erkennen gegeben hatte, doch der Göttervater wollte offenbar nicht, dass Elli etwas über ihre gemeinsame Zeit verlautbaren ließ. Darüber, dass er ihr mehrfach geholfen, oder zumindest zur Seite gestanden hatte.

Statt Fragen zu stellen, verfolgte sie gespannt, wie Zeus den Asklepiosstab aus Achills Händen entgegennahm und ihn nachdenklich betrachtete. Der Moment der Urteilsfindung war gekommen. Nun würde über ihr und Achills Schicksal entschieden werden.

»Eure Tat hat großen Wirbel verursacht und vielen geschadet, Menschen wie Göttern und anderen Wesen.«

»Das ist uns bewusst.« Mehr sagten Elli und Achill nicht, unterließen es zu erwähnen, wie es zu all dem gekommen war. Zu präsent war ihnen Persephones Bitte im Gedächtnis geblieben, ihren Bruder nicht unnötig anzuklagen – und ohne ihre Hilfe hätten sie Hephaistos nicht aufgehalten. Außerdem konnten sie davon ausgehen, dass Zeus ohnehin von Plutos' Anteil an der Geschichte wusste. Dass er alles wusste. Jedes kleinste Detail.

Streng blickte er nacheinander Elli und Achill an. Von der gewohnten Güte war nichts in seinen Gesichtszügen zu erkennen. »Dir ist klar, Helena, dass die Götter eine Strafe verlangen werden, obgleich du meine Tochter bist. Du wärst nicht mein erstes Kind, das im Tartaros landet.«

»Das ist uns bewusst«, ergriff sogleich Achill das Wort, »aber sie hatte von uns allen am wenigsten damit zu tun. Sie wusste nichts von dem Plan.«

Dankbar drückte Elli seine Hand. Zeus wusste alles, sie brauchte ihm nichts zu erklären, dennoch würde er es gewiss anerkennen, dass sich Achill schützend vor sie stellte. Vielleicht würde dadurch wenigstens Achills Strafe milder ausfallen.

Zeus betrachtete den Heros nachdenklich. Dann drehte er sich kommentarlos zu den anderen Göttern um, die noch immer bewegungslos auf dem Boden lagen, hob eine Hand und ein Blitz fegte über sie hinweg. Kurz darauf streckten sie sich, blinzelten und gähnten, als hätten sie lediglich in einem tiefen Schlaf gelegen.

Nacheinander standen sie auf, klopften sich den Staub von den Gewändern, die augenblicklich blütenrein waren, ebenso wie ihre Gesichter und Frisuren, als hätte es keinen Kampf gegeben. Unschlüssig sahen sie sich um, bis sie den Göttervater bemerkten, der auf Asklepios zutrat und ihm seinen Stab reichte.

»Pass gut auf dein Attribut auf, damit ein solches Chaos kein weiteres Mal ausgelöst werden kann.« Die Strenge in seiner Stimme war unüberhörbar, weshalb sich Asklepios verneigte und demütig den Stab entgegennahm.

»Danke, Zeus, das werde ich.«

»Was ist mit der Strafe der Frevler?«, erklang sogleich Ares' Forderung. Wütend baute er sich vor Elli und Achill auf, das Schwert noch immer in der Hand, als würde er die

Strafe am liebsten selbst ausführen. Artemis und Apollon stellten sich neben ihn, auch Dionysos und Poseidon. Nicht einer von ihnen bedachte Hephaistos mit anklagendem Blick. Einzig Hermes, Athena, Demeter und Hera stellten sich abseits und bildeten damit eine zweite Gruppe, zu der sich auch Aphrodite mit anmutigen Schritten gesellte.

»Sie haben den Stab zurückgegeben«, erinnerte Hermes und die anderen vier nickten bezeugend. »Sie wissen, dass sie etwas Unrechtes getan haben, ebenso wie wir alle wissen, dass andere«, – kaum merklich huschte sein Blick zu Hephaistos –, »ihren Teil ebenso dazu beigetragen haben.«

Die Götter würden sich nicht gegenseitig ihre Verfehlungen an den Kopf werfen. Selbst Plutos, der sich dem Urteilsspruch fernhielt, war einer von ihnen. Hermes wollte mit seinem kaum merklichen Hinweis mit dieser Tradition nicht brechen, das war Elli klar, dennoch war es ihm hoch anzurechnen, dass er überhaupt darauf hinwies.

Poseidon donnerte den Schaft seines Dreizacks auf den Erdboden. »Das reicht nicht! Helena muss ihre gerechte Strafe im Tartaros fortführen. Das ist die einzig angemessene Antwort, die auf ein solch unüberlegtes Handeln folgen darf.«

Unweigerlich trat Elli näher an Achill. Sie wollte nicht von ihm getrennt sein. Und sie wollte nicht bis in die Ewigkeit einen Tempel für Asklepios bauen, der jedes Mal zusammenbrach, kurz bevor sie fertig war. Aber ihr war klar, dass sie die Götter nicht unterbrechen, keinen Hochmut zeigen durfte. Hybris war die größte Sünde in den Augen der Götter, weshalb ein Widerwort ihre Strafe nur schlimmer ausfallen ließe. Stumm erwartete sie ihr Urteil, die Finger eng mit Achills verflochten.

Auch Achill sprach kein Wort, legte einen Arm um sie, obwohl nicht einmal er sie vor dem Richtspruch zu schützen vermochte. Dennoch schenkte ihr die Geste die notwendige Kraft, um den Göttern mit durchgedrücktem Rücken und festem Blick gegenüberzustehen.

Hermes deutete auf Ellis Hände, an denen die groben Steinblöcke ihre Spuren hinterlassen hatten. Stirnrunzelnd folgte sie seinem Fingerzeig mit den Augen. Ihre Finger waren geschwollen, die Haut stellenweise durch die scharfen Kanten aufgekratzt. Es war ihr gar nicht aufgefallen. »Sie hat bereits jede Menge Steine aufeinandergeschichtet und damit Buße getan. Und ohne ihre Unterstützung stünden wir alle nicht mehr hier.«

Wie konnte Hermes davon wissen, wie sie durch ihre Geste Hephaistos aufgehalten hatte? Er war doch ohnmächtig oder zumindest in einer Art Schlaf gewesen. Nachdenklich betrachtete sie ihn, während die Urteilsfindung fortgeführt wurde.

Zeus fuhr sich durch den dichten Bart. »Dem muss ich zustimmen. Ohne Helenas beherztes und durchdachtes Handeln könnte unsere Ordnung nicht wieder aufgebaut werden.« Sein Blick ging zu Hephaistos, der hinkend zu Elli und Achill trat.

»Wenn jemand eine Strafe verdient hat, dann bin ich das.«

»Nein!« Hera schrie auf und legte ihre Arme um ihn. Schon immer hatte sie ihren Sohn zu schützen versucht, ihn ihrer Liebe versichern wollen. Er registrierte es mit einem dankbaren Lächeln, dennoch fuhr er fort.

»Ich habe gespielt – wie einige andere auch. Wir sagen immer, es liegt uns im Blut, wir könnten nicht anders, dürften es, weil wir Götter sind, aber vielleicht sind wir zu weit gegangen. Und das nicht zum ersten Mal. Wir sollten aufhören, diejenigen zu bestrafen, die unfreiwillig als Figuren auf unser Spielfeld geraten, nur weil sie ihr Leben oder das eines geliebten Menschen zu schützen versuchen.«

Raunen erklang in den Reihen der Götter, missbilligende Blicke, doch seine Worte trafen einen wunden Kern. Sie diskutierten immer lauter, manche widersprachen ihm, andere waren bereit darüber nachzudenken, während Elli unbemerkt ein Stück näher an Achill rückte. Er hauchte ihr einen Kuss auf das Haar, während sich ihr Herz zusammenzog. Was würden die Götter entscheiden? Wie über sie richten? Mussten sie wirklich die Ewigkeit getrennt voneinander verbringen?

»Ich stimme zu«, erklang Zeus' laute Stimme und unterbrach damit die lautstarke Diskussion, »dass wir die Umstände nicht außer acht lassen dürfen. Zwei Götter waren in den Frevel verwickelt. Ohne ihr Zutun wäre es nie so weit gekommen.«

Demeters Blick wurde ebenso bang wie Heras. Sie beide fürchteten um ihre Söhne, wussten jedoch, dass sie Zeus' Urteil abwarten mussten – im Gegensatz zu Poseidon, der sich wutentbrannt vor seinem Bruder aufbaute.

»Aber Götter sollten niemals über andere Götter richten! Wo kommen wir hin, wenn wir uns gleichauf mit den Menschen stellen?«

Ares und Apollon stimmten zu, Hera und Demeter warfen einander unsichere Blicke zu, doch der Rest der Götter blieb stumm, während Zeus gedankenvoll an seinem Bart zupfte. Die Geste war Elli derart vertraut, dass sie lächelte, obgleich ihre Aufregung mit jeder verstreichenden Minute stieg.

»Um Gerechtigkeit walten zu lassen«, fuhr der Göttervater nach einer Weile fort, »sollten wir Milde mit Milde
vergelten. Helena und Achill haben große Frevel begangen,
doch nur deshalb, weil wir selbst ein Spiel entfacht haben,
das sie dazu gezwungen hat. Darüber hinaus waren sie
bereit, den Stab zurückzugeben, obgleich sie damit ihr Todes-
urteil unterzeichnen.«

Ellis Kehle wurde eng. Nur dank des Stabs waren Achill
und sie am Leben. Also doch der Tartaros ... oder zumindest
die Unterwelt. Nun blieb ihr nur noch zu hoffen, dass es ein
Ort sein würde, an dem sie gemeinsam die Unendlichkeit
verbringen würden – egal ob im Tartaros oder im Elysium.
Hauptsache, er musste nicht zurück zu den Moiren.

Poseidon ballte die Hand um seinen Dreizack, dabei
traten die Knöchel seiner Finger weiß hervor. »Die Moiren
haben längst ihr Schicksal gewoben. Auch du als Göttervater
vermagst diesen Lebensweg nicht zu verändern.«

Die Götter würden sie trennen ... Sie musste in die
Unterwelt und er zurück zu den Schicksalsfrauen. Elli
schloss die Augen. Achills Finger wanden sich fester um ihre,
worauf sie die Lider öffnete und zu ihm aufblickte. Er
lächelte sie an. Zärtlich. Voller Liebe. Und sie tat es ihm
gleich. Wenn dies die letzten Atemzüge waren, die sie bei-
einander verbringen durften, so sollte sie sein Lächeln sehen
– und er das ihre. All ihre Liebe strömte aus ihren Seelen
über die Augen zueinander. Hüllten sie beide ein, um einander Kraft zu geben. Einander beizustehen, für immer, auch
wenn sie nicht zusammen waren, für das, was kommen
mochte.

Zeus erhob die Stimme. »Den Lebensweg vermag ich
nicht zu ändern, da stimme ich dir zu, Poseidon, aber über

die Folgezeit vermag ich zu richten. Und da Helena und Achill bereits tot sind, steht mir ein Urteil zu. Deshalb bestimme ich, dass Helena und Achill für ihre Unterstützung, unsere Ordnung aufrechtzuerhalten, auf dem Olymp einkehren dürfen.«

Elli blinzelte mehrmals, unfähig zu verstehen, was der Göttervater verkündet hatte, bis Achill sie unvermittelt um die Taille fasste und durch die Luft wirbelte. Gemeinsam mit der entbrennenden Diskussion der Götter drangen Zeus' Worte allmählich zu ihr, als würden sie von dem Berg der Götter wider und widerhallen, bis sie endlich begriff.

Auf den Olymp. Sie durften auf den Olymp. Nicht in die Unterwelt wurden sie geschickt, nicht einmal getrennt, nein, sie durften auf den Berg der Götter einkehren. Und sie würden zusammen sein.

Achill ließ sie auf die Füße, sein glühender Blick richtete sich auf sie, bevor er den Kopf senkte. Elli vermochte keine Sekunde länger zu warten. Sie stellte sich auf die Zehenspitzen und hob ihm das Kinn entgegen.

Endlich durften sie. Sie durften einander berühren, sich küssen, sich berühren, so oft sie wollten. Ja, sie durften für alle Zeit zusammen sein. Für alle Ewigkeit.

KAPITEL 29

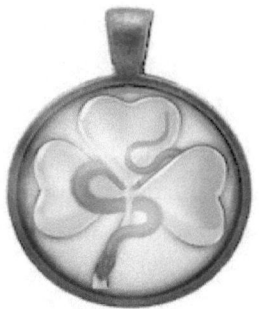

Gleißend helles Licht empfing Elli und Achill, während sie gemeinsam mit den Göttern auf den Olymp auffuhren. Elli vermochte ihre Aufregung kaum zu zügeln. Ihre Augen huschten hin und her, auch wenn sie kaum etwas erkennen konnte. Nichts wollte sie verpassen, jedes Detail in sich aufsaugen.

Auf dem Sitz der Götter angekommen, klopfte ihr Herz so schnell, dass es ihr aus der Brust zu springen drohte. Sie war auf dem Olymp. Dem Berg der Götter. Und das rechtens. Sie würde jede Ecke erkunden, alles notieren und untersuchen und eine Facharbeit verfassen – auch wenn niemals jemand die Ausarbeitung zu lesen bekäme. Sie wollte es für sich aufschreiben, denn aus der Haut der Archäologin würde sie niemals herauskommen.

Der dichte Nebel, der bei ihrem letzten Besuch alles verdeckt hatte, war verzogen. Stattdessen sah sie den Olymp klar vor sich. Alles, was auf dem Spiel gestanden hatte, durch Hephaistos' Plan verlorenzugehen.

Als erstes fiel ihr Blick auf die einzelnen Stätten der Götter. Liegen, gepolstert mit seidenen Kissen und weichen Laken, verhangen mit Baldachinen, um den Großen Privatsphäre zu geben. Nektar und Ambrosia, die auf einem durch Schnörkel verzierten Marmortisch jederzeit zur Verfügung standen. Weißer Rauch waberte über den felsigen Grund des Berges und verlieh ihm den Anschein, als wäre der Boden weicher als Watte.

Dazwischen standen Statuen der Götter selbst, womöglich ihre Lieblingsstücke, die sie zu sich geholt hatten. Geschmückt waren sie mit Blumen, als huldigten die Götter selbst den Verehrungen durch die Menschen. Denn dass die Götter ihre Gläubigen liebten, das stand für Elli mit dem ersten Blick fest. Wo auch immer man sich niederließ, von überall konnte man das Treiben auf der Erde beobachten. Als gäbe es für die Götter keinen lohnenswerteren Anblick.

Nicht alle Götter waren begeistert von Zeus' Urteil, doch niemand wagte es, ihm zu widersprechen. Einzig Poseidons Mimik stellte klar, dass er mit seinem Bruder noch ein ernstes Wort reden würde. Doch vorerst verschwand er in den Tiefen des Meeres, seinem Reich, wo Amphitrite ihn auf dem goldenen Wagen, gezogen von Delphinen, bereits willkommen hieß.

Aphrodite schlenderte an Athena vorbei und klimperte lasziv mit den Wimpern.

»Siehst du, meine Gute? Was hat gewonnen? Die Liebe, ich habe es doch gesagt.«

»Die Liebe? Pah! Einzig Helenas beherztes Eingreifen, ihr Wissen und ihre Kenntnisse, die sie über unsere Welt errungen hat, haben uns vor dem Schlimmsten bewahrt.«

Aphrodite lachte betörend. »Das biegst du dir ja schön zurecht, aber ich weiß, wann ich ein Spiel gewonnen habe. Und dieses verliebte Paar, das nun auf den Olymp eingekehrt ist, dem hat Liebe die notwendige Stärke und den Willen verliehen, den Kampf durchzustehen.«

Athena hob das Kinn und blickte selbstzufrieden auf die Göttin der Liebe herab. »Du übersiehst das Eine, meine Liebe.«

Aphrodite kräuselte die ebenmäßige Stirn. »Was meinst du?«

»Dass es wieder einmal einer meiner Heroen geschafft hat, auf den Olymp einzukehren.« Ihre Augen funkelten.

Hermes lachte laut. »Athena, ich hätte es mir denken können. Immer ein Ass im Ärmel.«

Die drei entfernten sich, ebenso wie die übrigen Götter, während Elli die Umgebung noch immer staunend in sich aufsog wie ein Kind den Weihnachtsbaum am Heiligen Abend. Erst als Achills Finger sich von ihren lösten, wandte sie sich ihm zu.

Er hauchte ihr einen Kuss auf die Wange. »Hermes will mit mir etwas besprechen. Wir sehen uns gleich, in Ordnung?«

»Natürlich, es gibt genug zu entdecken. Mach dir keine Sorgen um mich.« Sie lächelte ihn an und als sie sich umwandte, stand Zeus vor ihr. Es stand ihr fern, sich vor ihm zu verneigen, zu wissenschaftlich betrachtete sie die griechische Sagenwelt, doch das Blitzen in seinen Augen verriet, dass er das auch nicht von ihr verlangte.

Dennoch wollte sie sich irgendwie erkenntlich zeigen, weshalb sie ihm zunickte. »Danke, dass du uns ermöglicht hast, zusammen zu bleiben.«

Auffordernd wies er mit der Hand auf eine Erhebung des Berges, wo zwei Liegen bereitstanden. Durch die Wolken wateten sie dorthin und ließen sich darauf nieder. Zeus reichte ihr einen Kelch, während sie ihn neugierig beobachtete. Mit einem kurzen Blick vergewisserte sie sich, dass sie alleine waren, bevor sie es wagte, ihre Fragen zu stellen. »Wieso hast du dich mir nicht von Anfang an zu erkennen gegeben?«

Er strich sich durch den langen Bart. »Weil das Spiel außer Kontrolle geraten wäre, wenn die Götter gewusst hätten, dass ich mitspiele.«

Das verstand sie, dennoch hob sie fragend die Schultern. »Warum hast du mich eigentlich nicht bei meinem ersten Besuch vor Plutos gerettet? Er hat mich zu sich geholt, obwohl ich bereits bei dir in Sicherheit war. Nur im letzten Moment konnte Achill mich befreien.«

Er antwortete nicht, weshalb Elli selbst über die Antwort nachdachte, bis sie verstand. »Er hätte gewusst, dass nur einer der Großen Götter mich vor ihm zu schützen vermag und deine Tarnung wäre aufgeflogen.«

Zeus nickte. »Es war bereits riskant, Sophia als Bedienstete bei ihm einzuschleusen, aber sie hat mir wertvolle Dienste geleistet, indem sie mich auf dem Laufenden hielt, zuerst bei ihm, später bei Hephaistos.«

Sophia. Richtig. Die Dienerin war ihr also nicht ohne Grund bekannt vorgekommen. »Wahrscheinlich handelt es sich bei ihr auch nicht um eine gewöhnliche Bedienstete, richtig?«

Seine Augen funkelten amüsiert. »Natürlich nicht. Ihre Mutter war Agatha, die Braut von Plutos, die den Ring vom Finger gezogen hat, obgleich es ihren Tod bedeutet hat. Doch das hat sie nicht aus freien Stücken getan. Hephaistos hat sie darauf gebracht. Angeblich, um den Fluch aufzuheben. In Wahrheit hat er damit bezweckt, dass der Ring dort hingerät, wo er seiner Meinung nach von Anfang an hatte sein sollen.«

»An meinen Finger.« Verstehend strich sie sich über die Hände, als spüre sie noch immer das Artefakt daran.

Zeus gab ihr einen Moment, zu begreifen, bevor er fortfuhr. »Sophia war ein uneheliches Kind, von dem Plutos und Hephaistos nichts wussten. Nach dem Tod ihrer Mutter war sie auf sich alleingestellt. Ohne viel Aufhebens habe ich sie zu mir geholt. Sie hat uns geholfen, das Chaos aufzuhalten. Durch ihr Mitwirken musste ich mich nicht einmischen.«

»Nicht einmischen?« Elli lachte auf. »Du hast mir den entscheidenden Hinweis geliefert, dass ich Hephaistos' Herz finden muss. Wieso hast du es mir nicht eher verraten?«

»Weil auch ich mich an gewisse Regeln halten muss.«

»Den Lauf der Dinge?«

Er nickte.

»Und das Amulett?« Sie langte danach. Erst jetzt fiel ihr auf, dass ihr Gewand nicht mehr verstaubt und zerfetzt war, sondern sauber und frisch. Doch das war im Moment einerlei. Sogleich richtete sie ihre Aufmerksamkeit wieder auf den Anhänger, der ihr das Leben gerettet hatte. »Ich konnte mit der Hilfe des Amuletts von Ort zu Ort reisen wie mit den anderen von Hephaistos' geschmiedeten Artefakten. Aber was noch bemerkenswerter ist, es hat mir das Leben gerettet. Worum genau handelt es sich hierbei?«

Zeus schwenkte den Kelch, trank einen Schluck und lächelte versonnen.

»Als damals die Ordnung aus den Fugen geriet, habe ich mich bewusst dagegen entschieden, einen Teil meiner Macht mit Hephaistos' zu bündeln. Ich wusste nicht, dass er hinter all dem steckt, zu geschickt hat er seine Spuren verwischt. Dennoch behagte mir der Gedanke nicht. Deshalb habe ich einen einfachen Schmied beauftragt, diesen Anhänger anzufertigen. Er sollte dich schützen.«

»Wie hast du es geschafft, ihn mir in meine Zeit zu bringen?«

Nun blitzten seine Augen amüsiert. »Nicht ich bin das gewesen, sondern Achill. Ich habe ihm das Amulett durch Cheiron, seinen weisen Zentaurenlehrer, zukommen lassen.«

»Aber er hat behauptet, er kenne es nicht.«

Zeus lächelte in sich hinein. »Das hat er auch nicht, weil ich sein Aussehen durch Magie verändert habe. Für ihn war es ein einfacher Anhänger, mit dessen Hilfe er zu dir in die andere Zeit reisen konnte. Aber irgendwann war der Moment gekommen, da du den Anhänger mehr brauchtest als er, weshalb ich dafür gesorgt habe, dass er ihn verliert und er stattdessen in deine Hände gelangt.«

Elli erinnerte sich daran, wie sie das Amulett auf der Straße in Athen gefunden hatte, nachdem Stephanos, oder besser gesagt Achill verschwunden war. Und von da an war er nur noch in nebulöser Gestalt bei ihr aufgetaucht, aber nicht mehr als körperlicher Mensch.

Ungläubig blickte sie auf. Achill hatte damit in ihre Zeit reisen können. Hieß das, sie konnte ebenfalls …?

»Funktioniert er noch immer?«

Zeus grinste lediglich.

Sofort öffnete Elli den Mund, noch so viele Fragen auf der Zunge liegend, als Achill näherkam und ihr Gespräch unterbrach. »Elli, da bist du.«

Der Göttervater zwinkerte ihr verschmitzt zu und erhob sich, worauf auch Elli von der Liege aufstand. »Wir sehen uns, Helena.« Mit den Worten verschwand er im Nebel. Ungläubig schaute sich Elli um, wie er so schnell hatte verschwinden können, als Achill den Arm um sie legte.

»Alles in Ordnung?«

Lächelnd drehte sie sich zu ihm. »Besser, als erwartet.« Und dann tat sie, was ihr von nun an niemand mehr verbieten konnte. Sie stellte sich auf die Zehenspitzen, legte die Arme um ihn und zog ihn zu sich herunter. Als sich ihre Lippen berührten, war es, als sprühten Funken hin und her, als stünde die Zeit still, ja, die Welt selbst hörte auf sich zu drehen, denn endlich waren sie vereint. Nicht durch eine List, nicht auf begrenzte Zeit, ohne Bedrohung. Endlich erfüllte sich ihr Geschick, wenn auch anders als von den Moiren bedeutet. Und von diesem Tag an würden sie ihre restliche Zeit gemeinsam verbringen. Die restliche Zeit, die nicht weniger war als die Ewigkeit selbst.

Möchtest du eine Bonusszene lesen, wie sich Elli und Achill auf dem Olymp eingelebt haben und noch einmal in die Gegenwart reisen? Dann komm in meine Lesergruppe und lade dir sofort das unveröffentlichte Zusatzkapitel herunter! Ich freue mich auf dich.

www.jennyvoelker.com/lesergruppe-anmeldung/

JENNYS LESERGRUPPE

Weitere magische und spannende Romane warten auf Euch. Ihr wollt keine Neuerscheinung verpassen? Außerdem freut Ihr Euch über Bonuskapitel und exklusive Gewinnspiele? Dann kommt in meine Lesergruppe!

Ein- bis zweimal im Monat erhaltet Ihr via Email Märchenpost von mir. Ihr bekommt die ersten Kapitel meiner Neuerscheinungen früher als alle anderen zum Lesen, seht die Cover als erstes, erhaltet Zugang zum Geheimen Märchenbereich auf meiner Website und könnt, wenn Ihr möchtet, fernab von Social Media näher mit mir in Kontakt treten.

Alles, was ich dafür brauche, ist eure Email-Adresse. Nicht einmal euren Namen müsst ihr mir verraten, wenn ihr das nicht wollt. Und ihr könnt euch jederzeit wieder abmelden.

Ihr seid neugierig geworden? Dann findet ihr mehr Infos auf meiner Homepage: www.jennyvoelker.com

Ich freue mich auf Euch!

ABSCHLIESSENDE WORTE ZU ELLI UND ACHILL

Liebe Leser,

das große Abenteuer ist zu Ende. Elli und Achill sind auf dem Olymp eingekehrt und dürfen bis ans Ende der Zeit zusammen sein. Es war mir eine solche Freude, diese Geschichte zu schreiben.

Der erste Roman, den ich geschrieben, jedoch nie veröffentlicht habe, war ein historischer, der in antiker Zeit spielte. Auch die Hauptfigur hieß Helena und zum Andenken an diese ersten Schreibversuche habe ich die Hauptfigur auch diesmal so genannt. Zumal der Name natürlich bestens in die Antike passt.

Es war mir eine Freude, ebenfalls mein Wissen aus Studienzeit und meine Erfahrungen von Ausgrabungen, an denen ich habe teilnehmen dürfen, in die Geschichte einzuflechten. Doch am schönsten war es, dass mich dabei Elli alias Helena und Achill begleitet haben. Zwei Figuren aus der griechischen Mythologie, die nahezu jedem ein Begriff sein dürften, weshalb es mehr Spaß macht, einen solchen Roman zu lesen.

Aber selbst wenn ihr bislang noch nicht mit der antiken Sagentradition in Berührung gekommen seid, hoffe ich, dass euch der Exkurs gefallen hat. Dank meines Dreamteams sind hoffentlich alle Fachwörter und komplizierten Stellen eliminiert, damit ihr euch trotz all des Hintergrundwissens entspannen könnt beim Lesen.

Ich danke euch von Herzen, dass ihr meine Göttersage gelesen habt. Jeder einzelne Leser bedeutet mir viel, weshalb ich euch auch gerne in meiner Lesergruppe willkommen heiße. Auf meiner Homepage www.jennyvoelker.com könnt ihr euch dazu eintragen. Sie findet fernab von Social Media ausschließlich über Emails statt und wenn ihr möchtet, könnt ihr dadurch näher mit mir in Kontakt treten und bei der nächsten Geschichte mitfiebern, die in meinem Kopf entsteht und an der ich bereits arbeite, während ihr diese Zeilen lest.

Ich liebe es, über Magie und Liebe zu schreiben und meine Figuren in große Probleme zu bringen, damit es spannend wird. Es ist meine Mission, meine Aufgabe. Damit möchte ich euch entführen aus der Realität und ein Lächeln aufs Gesicht zaubern. Ich hoffe, es ist mir gelungen.

Wenn euch die Trilogie gefallen hat, würde ich mich sehr über eine Rezension freuen oder darüber, wenn ihr mein Buch weiterempfehlt. Vielen Dank.

Ich wünsche euch eine fantastisch schöne Zeit.

Alles Liebe und bis zum nächsten magischen Abenteuer!

Eure Jenny Völker

WEITERE MAGISCHE WELTEN VON JENNY VÖLKER

Die Weltenfalten – Saga!

Was würdest du tun, wenn du erfährst, dass du eine Hexe bist?

Mayla arbeitet in einer Werbeagentur und geht ihrem geregelten Alltag nach. Eines Morgens beginnen ihre Hände zu kribbeln und Gegenstände explodieren vor ihrer Nase. Als sie auf ihrem Nachhauseweg durch die City auf einmal mitten in einem Wald steht, ist ihr Leben in Gefahr und sie muss sich ihren neuen Fähigkeiten stellen. Aber woher kommen sie? Und was hat der geheimnisvolle Fremde mit all dem zu tun, der ständig bei ihr auftaucht?

Sei an Maylas Seite und finde gemeinsam mit ihr heraus, was es mit ihren mysteriösen Kräften auf sich hat.

Die abgeschlossene Weltenfalten-Saga:
Band 1 "Wenn Feuer erwacht"
Band 2 "Von Wind getragen"
Band 3 "In Eisen verewigt"
Band 4 "Von Wasser geschützt"
Band 5 "Mit Erde verbunden"

Kennst du schon die Geschichte von Ani und Chris?

Die gefallene Fee

Anna arbeitet in einem Baumarkt in der Gartenabteilung und findet nichts schöner, als sich tagtäglich um die Pflanzen zu kümmern. Eines Nachts wird sie von Piraten aus ihrer Wohnung entführt und landet in einem verborgenen Land, in dem Magie zum Leben dazugehört.

Plötzlich ist sie nicht mehr eine Entführte, sondern die einzige Hoffnung, die magische Welt zu retten. Wird ihr das gelingen? Und was hat es mit dem Käpt'n der Piraten auf sich, vor dem sie alle warnen?

Ein spannender Märchenroman voller Magie, Liebe und Abenteuer, in dem es um so viel mehr geht als den Glauben an sich selbst.

Kennst du schon das Märchen von Goldröschen?

Goldröschen

Würdest du einer Fremden in ein geheimes Königreich folgen?

Noah lebt zurückgezogen und als eine Art Schreiner restauriert er alte Möbel. Auf einem Antikflohmarkt entdeckt er einen Schminktisch und in dem Spiegel erscheint nicht sein Abbild, sondern das einer schlafenden Frau. Schneller, als er sich versieht, landet er in dem Märchen, das ihm seine Mutter als Kind erzählt hat, und soll die Königin erlösen. Aber wieso er? Und wird ihm das gelingen?

Erlebe ein magisches Märchenabenteuer und finde heraus, was es mit der Schlafenden in dem Spiegel auf sich hat.

Würdest du gerne mit einem Prinz auf einem Ball tanzen?

Im Bann der verwunschenen Zeit

Hannah hat als Alleinerziehende kaum Zeit für sich. Sie muss ohne Hilfe sämtliche Arbeiten stemmen, um sich und ihre Kinder finanziell über Wasser zu halten. Eines Morgens flattert eine Einladung zu einem königlichen Ball in ihre Wohnung. Von der Königsfamilie hat sie noch nie etwas gehört. Und der Ort, an dem der Ball stattfinden soll, ist nicht mehr als eine verfallene Ruine.

Als am Abend eine Kutsche mit sechs weißen Pferden vor ihrem Haus erscheint, muss sie sich entscheiden. Soll sie ihren Alltag durchbrechen und dieser mysteriösen Einladung auf den Grund gehen? Wird sie mit dem Prinzen tanzen? Aber was, wenn er ein unglaubliches Geheimnis hütet?

Begleite Hannah auf ihrer magischen Reise und erlebe ein spannendes Abenteuer!

Weißt du schon von der Magie der Sterne?

Sternmarie

Als es mitten in der Nacht an Maries Schlafzimmerfenster klopft, ergreift sie die Gelegenheit, ihr Leben zu verändern, und folgt einem Unbekannten in ein uraltes Königreich. Der Unbekannte bezeichnet sie als die Auserwählte, die die Sterne beschützen und den Menschen Hoffnung schenken soll – plötzlich befindet sie sich auf der Flucht und steckt mitten in einem lebensgefährlichen Abenteuer.

Eine magische Reise voller Elfen, Zwergen und Hexen, die auf Besen reiten, beginnt. Folge Marie in ein fantastisches Abenteuer und lass dich verzaubern von der Magie der Hoffnung.

Verwünschung

Eine alte Liebe, die nicht sein darf. Ein todbringender Fluch, der angeblich auf seiner Familie lastet. Und ein unbekanntes Königreich, das auf keiner Landkarte existiert.

Als der erfolgreiche Scheidungsanwalt Kai Lenz bei seinem morgendlichen Dauerlauf im Wald einer Fee begegnet, traut er seinen Augen nicht. Die kleine Fee braucht sofort seine Hilfe und schon bald steckt er in einem lebensgefährlichen Abenteuer – doch was hat seine Familie mit all dem zu tun?

Komm mit auf Kais Reise in ein verborgenes Märchenreich, und entdecke alte Geheimnisse, die nicht nur sein Leben bedrohen.

Glaubst du noch an Wunder in der Weihnachtszeit?

Wunder, die vom Himmel fallen

Anne ist Bäckerin und schuftet hart im Familienbetrieb. Ihr Ofen geht allmählich kaputt und sie braucht dringend einen neuen. Da sie wieder keinen Stand auf dem Weihnachtsmarkt bekommen hat, weiß sie allerdings nicht, wie sie den bezahlen soll.

Wie gut, dass der Engel Gabriel durch ein Missgeschick auf sie aufmerksam wird. Schon bald wird ihm klar, dass er Anne helfen will. Doch als er verbotenerweise auf die Erde hinabsteigt, ahnt er nicht, welchen Preis er dafür zahlen muss.

Begleite Anne und Gabriel auf ihrer außergewöhnlichen Reise, lass dich verführen vom Duft frisch gebackener Plätzchen und finde heraus, ob es sie noch gibt: die Wunder in der Weihnachtszeit!

∞ LESEPROBE ∞

DIE WELTENFALTEN – WENN FEUER ERWACHT

Band 1 der Fantasy Hexen Saga

Prolog

ca. 30 Jahre zuvor

Es war ein idyllischer Maiabend. Die Luft war warm und erfüllt vom süßen Duft der Orangenblüten, der von den Obstwiesen herüberwehte. Niemand war zu sehen, bis einzelne funkelnde Punkte zwischen zwei Bäumen erschienen, und im nächsten Augenblick stand dort eine alte Frau. Ihre roten Locken waren durchzogen von unzähligen grauen Strähnen und wehten um ihre schmalen Schultern, und ihre spitze Nase schien zu bezeugen, wie impulsiv sie sich gegen andere durchsetzte. Ihr Name war Melinda von Flammenstein.

Sofort rannte sie los, schneller, als man es einer Dame ihres Alters zugetraut hätte. Ihr roter Umhang blähte sich hinter ihr auf, als wäre es seine Aufgabe aufzuzeigen, dass die Macht dieser Frau ihre kleine Gestalt um ein Vielfaches überragte. Mitten zwischen den Orangenbäumen blieb sie stehen, hob die Hände und ein roter Blitz schoss aus ihren Fingerspitzen. Er traf auf eine unsichtbare Wand, durchzog sie wie Adern einen Körper und brachte die verhüllte Barriere zu Fall.

Ein Riss zog sich senkrecht durch die Luft, platzte auf und wurde breiter und breiter. Die Obstbäume mitsamt der Wiese wurden zu den Seiten geschoben und dazwischen erschien ein Haus, das sich wenige Augenblicke später in seiner kompletten Dreidimensionalität erstreckte. Die blauen Fensterläden waren geschlossen, die Veranda verlassen und selbst der Schornstein schien nur noch Zierde zu sein. Um das Haus herum befand sich ein Garten mit perfekt gemähtem Rasen, der von einem protzigen Springbrunnen dominiert wurde.

Mit einem entschlossenen Gesichtsausdruck marschierte Melinda auf das Gebäude zu, hob erneut ihre zierlichen Hände und rief: »Zeige dich, Vincent! Das Versteckspiel ist vorbei!«

Nichts regte sich, niemand antwortete.

Sie lief auf das Haus zu und schmetterte mit einem weiteren Blitz aus ihren Fingerspitzen die Haustür ein. »Ich weiß, dass du dich hier verbirgst. Und ich weiß, dass du die Montgomerys und die de Rochat vernichtet hast. Das Spiel ist vorbei. Zeige dich und kämpfe!«

Entschieden betrat sie das Haus, doch es war verlassen. Weder Schritte waren zu hören noch zuschlagende Türen oder Geflüster. So feige hätte sie ihn nicht eingeschätzt. Mit gerunzelter Stirn wanderte sie über den staubfreien Dielenboden, warf einen Blick in die aufgeräumte Küche und schielte die Treppe hinauf ins Obergeschoss. Es war niemand da – sie konnte es spüren. Aber was hatte das zu bedeuten?

Grübelnd trat sie zurück in den Vorgarten, als der verzweifelte Schrei einer Eule durch die Gegend hallte. Ihre braunen Augen weiteten sich und die Falten in ihrem Gesicht vertieften sich angesichts des Schreckens, der ihr in die Glieder fuhr. Sogleich wirbelte sie herum und blickte in das Geäst des Orangenbaums neben ihr, wo die Eule saß.

Der Vogel sah die alte Frau an, als habe er ihr etwas zu sagen, doch dabei blieb er ruhig, schrie nicht noch einmal und gab auch sonst keinen Laut von sich. Dann breitete das Tier seine Schwingen aus und flog davon. Zeitgleich griff Melinda nach dem Amulett, das um ihren Hals hing. Im nächsten Moment verschwand sie von der Obstwiese.

Sie tauchte wieder auf in einer völlig anderen Gegend. Hier war es schon dunkel. Dicke Regentropfen prasselten vom Himmel auf die Straßen, über die das Wasser in Bächen floss, sodass die Gullideckel längst überliefen.

Mitten in einem kleinen Garten landete sie und rannte sogleich auf das Haus zu, dessen Tür sperrangelweit offen stand. Mitten im Flur lag ein Mann, das dunkelbraune Haar zerzaust und den Schrecken in den weit aufgerissenen Augen, in denen kein Leben mehr zu finden war.

»Nein«, dachte sie mehr, als dass sie es sagte.

Sie stürmte durch die Tür in die Küche, wo ihr jüngeres Ebenbild auf dem Fliesenboden lag. Die Glieder unnatürlich von sich gestreckt, stand noch immer das Grauen in dem Gesicht der jungen Frau, als hätte die Angst nicht gemeinsam mit der Seele ihren Körper verlassen.

»Nein ... Ich bin zu spät.« Sie beugte sich über die leblose Gestalt und legte ihre Stirn an die kalte Wange ihrer Tochter. Sie ruhte dort, wachte an ihrer Seite, als könne sie ihr damit den wohlverdienten Frieden schenken, der ihr in der Stunde des Todes verwehrt geblieben war.

Übermannt von der Trauer bebte ihr Körper in stummen Schluchzern, ihre geliebte Emma, ihr einziges Kind, als das leise Wimmern eines Säuglings die Stille durchbrach. Blinzelnd richtete sich Melinda auf und lauschte. Das Baby. Wieso weinte es und schlief nicht? War etwa noch jemand ...?

Dann hörte sie Schritte, feste Schritte, die über den Holzboden im ersten Stock stapften, als wäre es ihnen egal, gehört zu werden. Sie wusste, wer es war. Nur einer kam infrage. Sie hob den Blick, als könne sie durch die Decke sehen. Das Geräusch von reißendem Stoff durchdrang die Nacht und das Weinen des Säuglings wurde leiser.

Sofort kehrte die Kraft in ihre alten Glieder zurück. Sie sprang auf die Füße und rannte die Treppe hinauf in den ersten Stock, durch den Flur bis hin zu dem Zimmer, dessen rosa Vorhänge im lauen Abendwind hin- und herwehten.

In dem kleinen Zimmer stand eine Wiege. Darin lag ein Kind mit einem dunkelbraunen Flaum auf dem Kopf, das Gesicht rot vom Weinen, die Hände zu Fäusten geballt und die Augen fest geschlossen, als wolle es denjenigen nicht ansehen, der vor der Wiege stand und der seine Eltern getötet hatte. Vincent von Eisenfels.

Die Hände bereits zum tödlichen Fluch erhoben, beugte er sich über das Bett, auf dem hohlwangigen Gesicht ein diabolisches Grinsen. Er war so vertieft in seinen Zauber, dass er sie nicht bemerkte.

Sogleich konzentrierte sich Melinda, sammelte die Magie in ihren Händen und richtete sie auf das Baby, das vor den Augen des anderen verschwand. Perplex starrte er die leere Wiege an, drehte sich langsam um und sah sie in der Zimmertür stehen.

Ihr Auftauchen und das Verschwinden des Babys brachten ihn aus dem Konzept und warfen seinen Plan durcheinander, sodass er für den Bruchteil einer Sekunde zögerte, während Melinda bereits den notwendigen Zauber sprach.

Ihre rotgrauen Locken wirbelten um ihre schmalen Schultern und ihr weinroter Umhang flackerte um ihre kleine Gestalt. Sie hob die Hände und flog rückwärts hinaus, während sich die Weltenfalte schloss.

»Ewig sollst du verdammt sein, ewig in dieser Falte stecken, nimmermehr freikommen und auf ewig büßen dafür, dass du beinahe alle Nachkommen der mächtigen Familie von Flammenstein ausgeschaltet hast!«

Während sie von ihm wegflog, holte sie mit der Linken zu einem Schlenker aus. Es war riskant, sie sollte besser alle Kraft darauf verwenden, die Falte zu schließen, um ihn auf ewig darin einzusperren, aber sie konnte die Leichname ihrer Tochter und deren Ehemann nicht zurücklassen.

Sie biss die Zähne zusammen, ihre Arme zitterten, und während Vincent die Treppen hinunterrannte, flog sie die leblosen Körper aus dem Haus hinaus auf die nasse Straße. Schwungvoll landete sie neben ihnen, ihre Sandalen klatschten auf den nassen Asphalt und sie richtete ihre volle Konzentration auf das Haus vor ihr. Mit einem mächtigen Bann drückte sie die geheime Weltenfalte zu, bis nur noch ein schmaler Riss die Luft durchzog. Bevor ihr Widersacher aus dem Haus trat, verschloss sie den Zugang und versiegelte ihn.

Laut hörte sie ihn fluchen, spürte, wie er einen Zauber auf die unsichtbare Barriere schmetterte, mit der sie ihn von der Außenwelt abgeschirmt hatte. Doch im nächsten Moment verklangen die Geräusche und verbargen sich gemeinsam mit dem Haus und dem Vorgarten, als gäbe es in dieser ruhigen Menschensiedlung keine Magie.

Wachsam blickte sie sich um, ob irgendjemand sie beobachtet hatte, doch in dem dunklen Dorf war nichts zu sehen. Niemand durfte erfahren, wer sich in dieser geheimen Weltenfalte verbarg, niemand durfte erfahren, dass es Hexen gab, und niemand durfte erfahren, dass ihre Tochter und deren Mann ein Kind gehabt hatten. Ein kleines Mädchen, das leise weinend auf jemanden wartete, der kam und es auf den Arm nahm.

Kapitel 1

Mayla saß auf ihrer schicken Ledercouch, die Beine hochgezogen und die Blumendecke, die ihre Mutter vor Jahren für sie gehäkelt hatte, über sich ausgebreitet. Sie sah sich in ihrer Wohnung um, in der niemand umherlief, keine Stimme ertönte und die so aufgeräumt war, wie es selten in diesen vier Wänden vorkam. Auf dem Couchtisch stapelten sich ein paar Pralinenpackungen – der einzige Hinweis darauf, dass jemand in diesen vier Wänden lebte.

Es war still. So still, dass sie hören konnte, wie sich zwei Frauen auf der Straße unterhielten, obwohl sie im zweiten Stock wohnte und die Fenster geschlossen waren.

Ohne zu überlegen, griff sie zum Telefon und wählte Hennings Nummer. Doch noch bevor es bei ihm das erste Mal klingelte, legte sie schnell wieder auf. Mist, Anruferkennung. Wieso hatte sie nicht früher daran gedacht? Er durfte nicht wissen, dass sie ihn vermisste! Rasch wählte sie Heikes Nummer, die war immer daheim – so konnte sie wenigstens behaupten, sie hätte sich verwählt, falls er zurückrufen sollte.

Nach dem zweiten Tuten nahm ihre Freundin bereits ab. »Drömer?«

»Ich bin's …«

»Mayla?« Sofort wurde ihr Tonfall sanfter. »Wie geht's dir, Liebes?«

»Mir geht es super«, log sie und sah sich in dem leeren Wohnzimmer um. Die Stille lastete auf ihr, aber das wollte sie nicht zugeben. »Und dir?«

»Ach, Kasimir macht mir Sorgen. Er hat seit ein paar Tagen einen blöden Husten. Hoffentlich nichts Ernstes.«

Mayla ließ ihre Freundin von ihrem kranken Kater erzählen und hörte dabei aufmerksamer zu als gewöhnlich. Katzengeschichten waren besser als diese Geräuschlosigkeit.

»Wenn es morgen nicht besser ist, fahre ich nach der Arbeit mit ihm zum Tierarzt«, betonte Heike.

»Wenn Conny uns nicht wieder Überstunden machen lässt, meinst du. Diese alte Hexe.«

»Ach, die ist doch keine Hexe. Hexen sind weise Frauen, ausgeglichen und steinalt. Sie spielen keine Machtspielchen oder drangsalieren ihre Mitmenschen.«

Mayla schmunzelte halbherzig und spielte mit dem herzförmigen Anhänger an ihrer Kette. »Und woher willst du das wissen?«

Heike senkte ihre Stimme, als befürchtete sie, jemand könnte sie durchs Telefon belauschen. »Ich habe schon mal eine gesehen.«

»Was?« Mayla lachte auf. »Wo denn?«

»Draußen im Holzhausenpark.«

»Und woher willst du wissen, dass es eine Hexe war?«

»Ihr Haar war schlohweiß, aber kräftig, ihre Nase ausgesprochen lang und sie hat Kräuter gepflückt.«

Mayla lachte erneut.

»Nicht jeder, der Kräuter sammelt, hat gleich etwas mit

Hexerei am Hut, Heike. Das war bestimmt nur ein altes Mütterchen.«

»Nein, ich bin mir ganz sicher. Und willst du wissen, warum?«

»Erzähl.«

Heike blieb still. Schon wollte Mayla fragen, ob sie noch da war, als ihre Freundin weitersprach. »Sie ist vor meinen Augen verschwunden.«

»So ein Blödsinn. Du verschaukelst mich.«

»Wenn ich es dir doch sage. In dem einen Moment schlurfte sie über die Wiese und im nächsten war sie fort. Wie vom Erdboden verschluckt. Sie muss sich weggehext haben.«

Mayla lachte. Diese Heike. »Es gibt keine Hexen.«

»Wenn ich es dir doch sage. In dem Buch ›Die letzten Nachkommen der Hexen‹ – das hab ich aus dem tollen neuen Esoteriklädchen an der Hauptwache. Da musst du unbedingt mal mit mir hin. Die haben auch Kristalle und Traumfänger und so. Jedenfalls habe ich in dem Buch gelesen, dass es noch einzelne weise Hexen dort draußen gibt. Aber sie leben zurückgezogen. Kaum einer weiß, wozu sie imstande sind.«

»Und weshalb sollte diese Frau durch den winzigen Holzhausenpark gehen, um Kräuter zu sammeln, anstatt durch einen Wald?«

»Das sollte mal jemand herausfinden.«

Grinsend schüttelte Mayla den Kopf. Sie wusste, dass Heike an solche Dinge glaubte, Tarotkarten legte und zu einer Astrologin ging. Aber für Mayla kam das nicht in Frage. Sie hielt all das für Hokuspokus und Geldmacherei. Hoffentlich führte ihr unverhofftes Single-Dasein nicht dazu, dass sie ebenso … leichtgläubig wurde wie ihre Freundin. Wenn man einsam war, griff man nach jedem Strohhalm – das bekam Mayla bereits nach drei Wochen zu spüren. Wie musste es Heike da nach fünfzehn Jahren ergehen?

»Bist du heute Abend ausgegangen?«, durchbrach Heike ihre Gedanken.

»Nein, ich war zu müde. Aus dem Alter bin ich raus.« Erneut spielte sie mit dem Anhänger an ihrer Halskette.

»Aber du bist noch jung. Zu jung, um wie ich jeden Abend alleine daheim zu sitzen! Du musst mal wieder unter Leute gehen, ein Abenteuer erleben. Geh einen trinken und lass die Puppen tanzen. Wozu kaufst du dir denn sonst ständig diese schicken Klamotten? Doch nicht etwa nur fürs Büro?«

Mayla zog die gehäkelte Decke bis unters Kinn. »Ich habe keine Lust.«

»Wie willst du jemanden kennenlernen, wenn du immer nur arbeitest oder zuhause bist und deine kleine Nase in Liebesromanschinken vergräbst? Ich weiß, dass du nicht gerne Single bist.«

»Ich habe kein Problem damit, Single zu sein und …«

»O doch, das hast du!«, unterbrach Heike sie rabiater, als es ihre Art war. »Und ohne rauszugehen, wirst du keinem neuen Mann begegnen. Meinst du, er klopft irgendwann an deine Wohnungstür? Oder glaubst du, du triffst Mr. Right auf dem Arbeitsweg oder in der Agentur?« Heike biss sich sofort auf die Lippen, was Mayla beinahe durch das Telefon hören konnte.

»Die Männer in der Agentur können mir gestohlen bleiben!«, entgegnete Mayla heftig. »Ich brauche kein Abenteuer. Ich habe mir vorgenommen, ich werde beruflich so erfolgreich, dass er bereut, mich verlassen zu haben.«

»Wäre es nicht schön, auch andere Ziele zu haben? Die nicht auf andere ausgerichtet sind, sondern auf dich, meine ich.«

Grummelnd griff Mayla nach einer Schokopraline, die auf dem Beistelltischchen bereitlag. Sie hielt sie unter die Nase und roch daran. Der nussig-schokoladige Duft nach Nougat beruhigte sie.

»Wie wäre es, wenn du dir ein Hobby suchst, das geselliger ist als lesen oder shoppen gehen? Vielleicht ein bisschen Sport treibst in einem Verein oder wenigstens draußen an der frischen Luft?«

Mayla prustete los. »Ich und Sport? Als ich das letzte Mal im Park joggen war, haben mich alle überholt, selbst eine Oma mit ihrem Rollator.«

»Jetzt übertreibst du aber.«

»Du weißt, dass ich absolut unsportlich bin – und das wird sich in diesem Leben nicht mehr ändern.«

»Und trotzdem hat der Herrgott dir eine Figur wie die einer Athletin geschenkt. Dabei futterst du mehr Schokolade als ich!«

»Ach, so viel auch wieder nicht. Na ja, danke für deine Aufmunterung. Ich leg dann mal auf.«

»Such dir ein Hobby und erlebe ein Abenteuer!«

Das sagte die richtige. Aber Mayla sprach es nicht laut aus, denn sie wollte Heike nicht beleidigen. Ihre Freundin meinte es gut mit ihr, auch wenn das mittlerweile nervte. Selber schuld. Mayla musste sich eine andere Beschäftigung suchen, als jeden Abend bei ihr anzurufen.

Sie blickte sich erneut in ihrer menschenleeren Wohnung um, die trotz dieser belastenden Stille ihre Höhle war, ihr

Rückzugsort, den sie kaum mehr verließ. Nachdenklich schob sie sich die Praline in den Mund und schloss die Augen. Was sollte einer Frau Anfang dreißig, die von morgens bis abends arbeitete, schon Aufregendes passieren?

∞

Eine Viertelstunde später streifte sie durch Frankfurt. Heike hatte recht. Sie durfte sich nicht in ihren vier Wänden verkriechen. Sie wollte mehr vom Leben als nur zu arbeiten. Erfolg im Beruf war etwas Tolles, aber es füllte nicht die Leere, die ihr daheim zu schaffen machte.

In ihren eleganten Mantel eingehüllt und die Hände in den Taschen verborgen, schlenderte sie durch die lebhafte Berger Straße. Ihre Fingerspitzen bitzelten, obwohl es nicht sonderlich kalt war, und ihre Handinnenflächen wurden auf einmal heiß und kurz darauf wieder kalt. Hoffentlich bekam sie keine Erkältung.

Viele Menschen waren noch draußen, obwohl es bereits dunkel war. Der Frühling war sehr mild und viele nutzten die lauen Temperaturen, um nach der Arbeit einen trinken zu gehen und sich mit Freunden zu treffen. Sie passierte eine Bar, aus der lautes Gelächter nach draußen schallte, ein Fitnessstudio, aus dem Frauen wie Männer mit hochroten Köpfen schwatzend herausmarschierten, und ein Café, aus dem der unnachahmliche Duft nach frisch gebackenem Schokoladenkuchen hinaus auf die Straße bis in ihre Nase drang. Der Geruch war mehr als überzeugend und beschwingt betrat sie das kleine Ecklädchen. Ein Stück Schokoladenkuchen war genau das Richtige heute Abend. Doch während die Tür hinter ihr ins Schloss fiel und sie nach einem Sitzplatz Ausschau hielt, entdeckte sie ihn.

Henning.

Ihr Herzschlag setzte für einen Moment aus. Blass wie ein Baiser blieb sie direkt im Eingangsbereich stehen und starrte zu ihm hinüber. Er saß weiter hinten an einem kleinen Tisch, seltsamerweise alleine, und starrte auf sein Smartphone. Sein blondes Haar war anders geschnitten als sonst. Seit wann machten Männer eine Totalverwandlung nach einer Trennung? Sie, und nicht er, hätte sich ihr Haar abschneiden müssen – aber das brachte sie nicht übers Herz. Sie liebte ihre dunkelbraunen Strähnen, die ihr knapp bis über die Schultern reichen würden, wenn sie sie nicht immer mit einer großen Klammer am Hinterkopf hochstecken würde.

Was tat er um diese Uhrzeit alleine in einem Café wie diesem? Vermisste er sie? Aß er etwa ein Stück Schokoladenkuchen als Erinnerung an die gemeinsame Zeit?

Eine große Blonde, die Mayla nur von hinten sah, setzte sich zu ihm an den Tisch. Er legte sein Handy zur Seite und strahlte die Fremde an, als wäre sie seine Traumfrau. Noch vor vier Wochen hatte er Mayla auf diese Weise angesehen. Es war ein wunderbares Gefühl gewesen, noch niemals zuvor hatte ein Mann sie so angesehen. Sie hatte sich immer besonders gefühlt. Regelrecht auf Händen hatte er sie getragen, bis sie ihm anvertraut hatte, was der Arzt ihr diagnostiziert hatte … Mayla konnte keine Kinder bekommen.

Niemals hätte sie gedacht, dass er sich aufgrund dessen von ihr trennen würde. Immerhin gab es die Möglichkeit, Kinder zu adoptieren, wenn man unbedingt welche haben wollte. Sie war so verliebt in ihn gewesen, so blauäugig, dass sie nicht bemerkt hatte, wie sich die Art, wie er sie angesehen hatte und wie er sich ihr gegenüber verhalten hatte, von diesem Moment an schlagartig verändert hatte.

Keine Woche später hatte er sich von ihr getrennt mit der fadenscheinigen Begründung, es läge nicht an ihr und sie hätte jemand viel besseren verdient. Mehr nicht. Mehr nicht! Nach über vier Jahren.

Das unerwartete und kurze Trennungsgespräch hatte vor drei Wochen stattgefunden und sie war damals aus allen Wolken gefallen. Aus Wolke Sieben, um genau zu sein, mitten auf den harten Betonboden der Realität. Sie hatte ihre Beziehung als echt und ernsthaft angesehen, doch offenbar hatte sie sich getäuscht. Wie konnte die Unfruchtbarkeit des einen Partners eine über mehrere Jahre gut funktionierende Beziehung innerhalb von einer Woche zerstören? Noch am selben Abend war er aus ihrer Wohnung ausgezogen und hatte eine Leere zurückgelassen, die sie jeden Abend und jede Nacht an ihre Grenzen brachte.

Bevor Henning und seine neue Flamme sie bemerken konnten, stolperte sie rückwärts aus dem Café und trottete weiter den Bürgersteig entlang. Wenn sie jetzt nach Hause ginge, würde sie heulen, den ganzen Abend lang. So viel stand fest. Und das wollte sie absolut nicht. Sie hatte diesem ehrlosen Halunken genug Tränen nachgeweint. Viel zu viele, um genau zu sein.

Aber wo konnte sie hin? Sollte sie Heike einen spontanen Besuch abstatten? Nein, die würde nur wieder die ganze Zeit über ihre Katzen reden und ihr in den Ohren liegen, sie solle mehr unter Leute gehen. Vielleicht hatte ihre Freundin damit recht. Mit erhobenem Kopf schlenderte sie weiter, fest dazu entschlossen, diesen doofen Zwischenfall von heute Abend zu vergessen. Sie war froh, dass sie Henning los war. Dass er sich nicht mehr über die Schokoladenkrümel auf dem Couchtisch und die zerknautschten Kissen beschwerte. Und er war nicht der einzige Mann auf dieser Welt. Die Erde war so groß – irgendwo wartete jemand nur auf sie. Bestimmt gab es dort draußen auch für sie einen Deckel. Wenigstens einen gab es doch für jeden Menschen, oder etwa nicht?

Oder war ihr Zug bereits abgefahren? Sie war erst Anfang dreißig, aber in einem Alter, in dem aus Paaren Eltern wurden. Würde die Offenbarung, dass sie keine Kinder gebären konnte, nicht jeden neuen Kandidaten verscheuchen?

Ach was, sie brauchte überhaupt keinen Mann! Sie lebte in einer modernen Welt, in der Frauen ein erfülltes, fantastisches Leben führen konnten – auch ohne eine bessere Hälfte.

Wie um diese seltsamen Gedanken fortzupusten, blies sie eine dunkle Haarsträhne aus dem Gesicht. Es knisterte, als brenne irgendwo ein Feuer. Stirnrunzelnd sah sie sich auf der belebten Straße um, doch das Geräusch war längst wieder verschwunden. Sie schnupperte, doch es roch nichts verbrannt, und das Knistern war nicht noch einmal zu hören. Was war das nur gewesen?

Achselzuckend passierte sie einen kleinen Laden, der sofort ihre Aufmerksamkeit auf sich zog. Es war ein Buchantiquariat, das sie noch nie offen gesehen hatte. Immer wenn sie daran vorbeigelaufen war, hatte sie sich gefragt, wie jemand, der seinen Laden nicht öffnete, die Miete für diese begehrte Lage auftreiben konnte. Doch heute Abend brannte Licht und auf dem kleinen, schief hängenden Schild an der Tür war »geöffnet« zu lesen.

Entschieden drückte sie die schwere Tür auf und betrat den vollgestellten Laden. Es roch nach altem Leder und spannenden Abenteuern. Vor den zahlreichen überfüllten Regalen stapelten sich weitere Bücher. Unzählige offene Kisten standen auf dem Boden herum, die ebenfalls bis zum

Rand mit Romanen und Sachbüchern gefüllt waren. Selbst auf dem kleinen Tresen, der als Kassiertisch diente, konnte sie vier Büchertürme zählen.

»Hallo?«

»Kommen Sie herein«, rief eine tiefe Stimme von irgendwo hinter den breiten Regalen, die ihr die Sicht versperrten. »Ich bin sofort bei Ihnen.«

Sie stieg über zwei Kisten und lief zu dem ersten Regal, das beinahe bis an die hohe Decke reichte und an dem eine Leiter lehnte, mit der man an die obersten Reihen gelangen konnte. Entgegen ihrer Erwartung entdeckte sie keine dicke Staubschicht auf den Büchern und den Möbeln. Offenbar wurde trotz der seltsamen Öffnungszeiten regelmäßig sauber gemacht.

Durch die Reihen schlendernd überflog sie die Buchrücken. Es waren viele alte Bücher zu finden, Klassiker von Charles Dickens, Theodor Fontane und sogar eine alte Ausgabe von Dantes Göttlicher Komödie. Nur ungern las sie diese alten Schinken, die sie an quälende Schulstunden erinnerten. Sie bevorzugte leichte Literatur, etwas, das sie ablenken und auf andere Gedanken bringen konnte.

Sie spazierte weiter, immer tiefer in den Laden hinein. Wie groß war dieses Antiquariat? Weiter hinten befand sich ein abgegrenzter Raum, vermutlich das Arbeitszimmer des Buchhändlers. In der Mitte stand ein antiker Schreibtisch, auf dem sich unzählige Schriftrollen türmten. Neben den Schriften warteten ein Tintenfässchen und eine Feder darauf, dass der Bibliothekar sich Notizen machte. Was waren denn das für altertümliche Schreibgepflogenheiten?

In einem mehrarmigen Kerzenständer, der auf einer Kommode stand, steckten mehrere Kerzen, die den Raum in gelbliches Licht tauchten. Moment. Kerzen bei so vielen Büchern? War das nicht verdammt leichtsinnig? Und sie waren unbewacht. Wie leicht konnte hier ein Großbrand entstehen!

Ein älterer Herr, den sie zuvor nicht gesehen hatte, trat aus einer Ecke des Raumes auf sie zu und verstellte ihr den Blick. »Guten Abend, werte Dame, womit kann ich dienen?«

Bei seiner plötzlichen Erscheinung zuckte sie erschrocken zusammen und hielt sich die Hand an die Brust. Er wirkte überrascht sie zu sehen, dabei hatte er sie den Laden doch betreten hören und ihr zugerufen, er sei gleich bei ihr.

Unverhohlen musterte er sie von Kopf bis Fuß, sodass sie unwillkürlich das Gleiche tat. Er war kleiner als sie, obwohl Mayla schon kaum die eins fünfundsechzig erreicht hatte, und hatte nur noch wenige weiße Haare auf dem Kopf, die von links nach rechts über seine Halbglatze gekämmt waren. Um seine hellblauen Augen waren so viele Falten, dass man sie nicht mehr zählen konnte, doch seine Augen waren klar und wach, gewiss ebenso wie sein Verstand. Er trug ein Hemd, eine Fliege und eine Weste – wie ein typischer Bibliophiler. Sie mochte ihn sofort.

»Verzeihen Sie bitte, ich wollte Sie nicht ängstigen.«

»Ist schon gut. Ich war nur gerade so vertieft und habe mich über die vielen Kerzen gewundert. Ich dachte, sie würden ohne Aufsicht brennen.« Sie winkte ab. »Ein hübsches Antiquariat haben Sie hier. Es ist größer, als es von außen aussieht.«

»Danke, das freut mich zu hören. Suchen Sie etwas Bestimmtes?«

»Ach …« Mayla schwang ihre Rechte in Richtung Bücher, worauf der ältere Herr ihre Hand interessiert musterte. Hielt der etwa Ausschau nach einem Ehering? »Ich bin auf der Suche nach etwas Leichtem zur Zerstreuung.«

»Damit kann ich dienen. Liebe oder Abenteuer?«

»Gerne beides.«

»Da sind Sie hier im falschen Gang. Kommen Sie mit.« Er schlurfte vorneweg und führte sie in eine Abteilung, die näher am Verkaufstresen lag. »Möchten Sie selbst schauen oder darf ich Ihnen etwas empfehlen?« Erneut musterte er ihre Hände. War das ein Tick von ihm? Anschließend blickte er ihr ins Gesicht, als versuche er sich an etwas oder jemanden zu erinnern. Wahrscheinlich kam sie ihm nur irgendwie bekannt vor.

»Ich stöbere gerne erst einmal alleine, danke.«

Dezent verbeugte er sich in ihre Richtung und zog sich leise zurück. »Bitte zögern Sie nicht zu rufen, wenn Sie Hilfe benötigen.«

Mayla pflügte sich regelrecht durch die drei Regale und schon bald konnte der Bücherstapel, den sie auf ihren Armen balancierte, mit den anderen im Laden konkurrieren. Notgedrungen musste sie einige wieder aussortieren, andernfalls hätte sie sich ein Taxi für den Heimweg bestellen müssen und dazu hatte sie keine Lust. Sie entschied sich für drei Romane, die spannend und nur marginal romantisch klangen – zu viel Liebe und Geschmachte konnte sie derzeit nicht ertragen.

Ein Blick auf ihre Armbanduhr ließ sie erschrocken hochfahren. Sie verweilte bereits seit über einer Stunde in diesem Laden. Wie lange hatte der Antiquar heute geöffnet? Sie stellte sich auf die Zehenspitzen und hielt Ausschau nach ihm, doch sie konnte ihn nirgends entdecken. Hatte er sie etwa vergessen?

»Entschuldigen Sie, ich würde gerne bezahlen.«

»Ich bin schon da.« Er kam hinter einem der Regale hervor und wanderte zu seinem Verkaufstisch. Um seinen Hals baumelte an einer langen Kette eine Brille, die er hinter den großen Höcker auf seiner Nase setzte. Gemächlich tippte er die Preise in die alte Kasse, die klingelte, als er auf Bar drückte. »Zwölf Euro Siebzig, bitte.«

Sie bezahlte und der alte Herr steckte die drei Bücher in eine Papiertüte. »Gute Wahl, die Sie getroffen haben. Das sind drei herrliche Romane, die Sie begeistern werden. Erlauben Sie mir, dass ich Ihnen noch ein Buch mitgebe? Ich habe es mehrfach und es wird nur noch selten gekauft. Aber ich denke, es könnte Ihnen von Nutzen sein.«

»Oh, welches ist es denn?« Interessiert lief sie hinter dem Buchhändler her und staunte nicht schlecht, als der ihr ein Latein-Wörterbuch unter die Nase hielt. Es war alt, aber gut in Schuss. Nur was sollte sie damit anfangen? Nicht einmal die Grundlagen dieser toten Sprache hatte sie in der Schule oder an der Universität gelernt. »Danke, aber ich denke nicht, dass ich …«

»Bitte«, unterbrach er sie, »ich möchte es Ihnen schenken. Vielleicht haben Sie Lust, diese schöne alte Sprache zu lernen. Dann könnten Sie einige der alten Bücher im Original lesen.«

Mayla lächelte. Das würde niemals passieren. Aber wer wusste schon, zu welch unerwarteter Handlung sie ihr unverhofftes Single-Dasein treiben würde? Sie dachte da zwar eher an eine Partnerbörse als an einen Crashkurs in Latein, aber wer weiß? »Wenn es Ihnen eine Freude macht, nehme ich es gerne mit.« Auch wenn es wahrscheinlich nur nutzlos in ihrem Regal stehen würde.

Der Antiquar lächelte und steckte es zu den anderen Büchern in die Tüte. »Beehren Sie mich bald wieder.« Er zockelte vorneweg und hielt ihr die Tür auf. Das Krächzen einer Krähe tönte ihnen entgegen und neugierig sah er sich nach ihr um. Mayla folgte seinem Blick, doch es war mittlerweile so dunkel, dass man den schwarzen Vogel vor dem finsteren Nachthimmel nirgends entdecken konnte.

»Danke.« Mit leichterem Herzen verließ sie den Laden und schlenderte beschwingt heim, ohne den nachdenklichen Blick des Buchantiquars in ihrem Rücken zu spüren.

Mit dem Lesefutter, das sie in der Tüte nach Hause trug, dachte sie an diesem Abend nicht ein einziges Mal mehr an Henning, ans Kinderkriegen und an unerfüllte Sehnsüchte. Selbst wenn dort draußen kein Mann mehr auf sie wartete und sie auf ewig einsam in ihrer Wohnung saß, solange sie Bücher lesen konnte und Pralinen in ihrer Reichweite hatte, war die Welt in Ordnung.

Kapitel 2

Mit geübtem Handgriff zog sie sich die Lippen mit ihrem beerenroten Lippenstift nach, steckte sich wie jeden Morgen ihre dunkelbraunen Haare mit einer großen Klemme am Hinterkopf fest und schnappte sich ihre Handtasche. Wo waren schon wieder die Autoschlüssel? Mist, sie konnte sie nirgends finden. Aber wenn sie nicht langsam die Wohnung verließ, kam sie zu spät zur Arbeit. Ihr blieb nichts anderes übrig, als die U-Bahn zu nehmen. Die hielt direkt bei Better Ideas, der Werbeagentur, für die sie seit fast fünf Jahren arbeitete.

Sie seufzte auf. Nur ungern fuhr sie mit öffentlichen Verkehrsmitteln, sie liebte ihr Auto, ihre Musik und die Freiheit, nicht auf Fahrpläne achten zu müssen. Zum Glück hatte sie sowohl in der Agentur als auch zuhause einen festen Parkplatz. Aber wenn sie diesen Monat noch einmal zu spät kam, riskierte sie die Beförderung, die ihr aufgrund ihrer guten Ideen und ihrem Arbeitseifer allmählich zustand.

Rasch schlüpfte sie in ihre schwarzen Pumps, strich sich über ihren eleganten Rock und schlug die Wohnungstür mit einem lauten Knall hinter sich zu. Abschließen tat sie nie. Noch nie war ihr etwas Schlimmes passiert, kein Autounfall, kein Einbruch, kein Überfall, kein gebrochenes Bein. Mayla schien von den Schutzengeln geküsst, wie ihre Eltern und Freunde zu sagen pflegten, weshalb sie unbeschwert durchs Leben ging.

Im Hausflur stolperte sie beinahe über eine schwarze Katze, die vor ihrer Wohnungstür saß und sie anblickte, als hätte sie auf sie gewartet. Hatte die gerochen, dass sie eine Singlefrau über dreißig war?

Das Tier maunzte, tapste auf sie zu und strich ihr um die Beine. »Miezi, wo kommst du denn her?« Sie bückte sich und hob die Katze hoch. Ihr Fell war weich und sauber, sie konnte keine Streunerin sein. Schnurrend schmiegte sie ihren Kopf in Maylas Hände.

»Ach, bist du goldig. Zu wem gehörst du?« Sie kraulte ihr den Kopf, während sie den Hausflur entlangblickte. Es war niemand zu sehen, alle Türen waren verschlossen, niemand rief nach seinem Haustier.

Unschlüssig blickte sie auf ihre Armbanduhr. Der Zeiger schritt unnachgiebig voran. »Mist, ich muss los. Miezi, am liebsten würde ich dich einfach behalten, aber dein Herrchen oder Frauchen wartet sicherlich auf dich.« Sie setzte sie zurück in den Hausflur, woraufhin die Katze laut miaute. »Beschwerst du dich etwa? Ich würde dich ja gerne länger kraulen, aber ich muss zur Arbeit. Sonst bekomme ich Ärger mit meiner Chefin.«

Die Katze strich erneut um Maylas Beine, als weigere sie sich, sie zu verlassen.

Es rührte ihr Herz und sie seufzte auf. »Es tut mir leid, Kitty, aber ich sag dir was: Wenn du heute Abend noch hier sitzt, nehme ich dich heute Nacht mit zu mir, abgemacht?« Die Katze miaute und Mayla fasste es als Zustimmung auf.

Sie strich ihr ein letztes Mal über den weichen Kopf und rannte zum Aufzug.

Ungeduldig drückte sie auf den Knopf und eilte in die Kabine. Bevor sich die Türen schlossen, huschte die Katze zu ihr hinein. »Nein, Kitty, deine Besitzer suchen bestimmt schon nach dir. Du kannst doch nicht einfach ...« Doch die Türen waren bereits zu und der Lift fuhr nach unten.

»Mist. Ich will nicht dafür verantwortlich sein, dass du abhaust und ein kleines Mädchen sich in den Schlaf weint.« Mayla drückte den Knopf zum zweiten Stockwerk und bückte sich nach dem Tier, doch das glitt bereits durch die sich öffnende Fahrstuhltür nach draußen und verschwand im Eingangsbereich des Mietshauses. Sollte sie ihr hinterherrennen, sie einfangen und wieder nach oben bringen? Ein weiterer Blick auf die Uhr genügte. Sie vergaß die Katze und eilte zur U-Bahn.

Vierzehn Minuten später hastete Mayla gerade noch rechtzeitig durch das Foyer von Better Ideas, schmiss ihre Handtasche auf ihren chaotischen Schreibtisch und eilte mit ihrem IPad in den Konferenzraum zur Montagsbesprechung. Ihre Chefin Conny Moser, bei der der Name Programm war, sah sie mit hochgezogenen Augenbrauen an. Eine leise Entschuldigung auf den Lippen setzte sich Mayla neben Oskar an das Ende des Tisches. Nach ihr kamen noch Henning, Heike und Jessie in den Raum geschlichen, weshalb Conny und ihr tadelnder Blick sich auf die drei konzentrierten. »Können wir endlich anfangen?«

»Allzeit bereit!«, rief Henning, während er sich am Verpflegungstisch viel zu nah neben Mayla in aller Seelenruhe einen Kaffee einschenkte – als hätte die Besprechung nicht bereits vor einer Minute beginnen sollen und als gäbe es nicht die unausgesprochene Vereinbarung, dass er sich ihr höchstens auf zwanzig Schritte nähern durfte!

Leises Gelächter drang durch den hellen Raum. Mayla lachte nicht – sie würde nie wieder über irgendeinen seiner Witze lachen. Erst recht nicht, seit sie die Blicke bemerkte, die er und Conny sich über den Rand ihrer Kaffeetassen hinweg zuwarfen. Ihre Chefin war doch nicht etwa die Blondine von gestern Abend?!

Conny begann das Meeting vom Kopf des Tisches aus. »Wie ihr alle wisst, werden wir im kommenden Monat um die Ausschreibung für die neue Nivea-Werbung kämpfen. Die Firma hat ihr Werbebudget verdoppelt und sucht nach neuen Konzepten. Das ist unsere Chance. Wir hatten lange keinen bedeutenden Großkunden mehr und der Auftrag würde uns weit in die schwarzen Zahlen katapultieren. Wer von euch hat bereits Ideen?«

Mayla richtete sich in ihrem Stuhl auf. »Ich habe mir überlegt, wir könnten mit Frauen in den Vierzigern eine Gartenparty veranstalten.« Sie sah ihre Kollegen der Reihe nach an und las bereits Zustimmung in ihren Gesichtern. Wer sagte schon Nein zu einer Gartenparty? Euphorisch machte sie eine ausladende Handbewegung zur Seite – und ein lauter Knall donnerte durch den Konferenzraum, als die Thermoskanne auf dem Verpflegungstisch explodierte. Dichter Dampf stieg auf, der Kaffee spritzte durch den Raum und besudelte ihre Bluse, Heikes Seidentunika und den Tisch zwischen ihnen.

Mayla starrte die Scherben auf dem Tisch an und die braunen Flecken überall.

Alle Blicke richteten sich abwechselnd auf die Kanne und auf sie.

»Wie hast du denn das gemacht?«, fragte Henning. »So schlechte Laune heute Morgen, dass selbst die Kaffeekanne in die Luft geht?« Beifallheischend sah er in die Runde.

Sie warf ihm einen bitterbösen Blick zu. Als wäre sie das gewesen. Der sollte sich nicht einbilden, sie hätte wegen ihm ihre Fröhlichkeit verloren! »Deine Witze waren auch schon besser. Miese Laune in letzter Zeit?« Rasch fischte sie nach den Papiertüchern, um sich trocken zu tupfen. Heike neben ihr tat dasselbe und Oskar wischte den Tisch notdürftig sauber.

Erneut richtete sie sich in ihrem Stuhl auf. »Was ich sagen wollte …« Selbstbewusst lächelte sie in die Runde und schlenkerte mit der Hand nach vorne – und eines der Fenster zersprang in tausend Scherben. Während die Glassplitter durch den Raum flogen und zu Boden fielen, schlugen alle die Hände über den Kopf und bückten sich, als gäbe es einen Luftangriff. Nur Mayla blieb aufrecht sitzen, die Hände zum Schutz vors Gesicht haltend, und starrte zwischen ihren Fingern auf die verbliebenen Glasscherben am Fenster. Was ging hier vor sich?

Conny erhob sich aus ihrer Hocke und sah sich mit hochgezogenen Schultern um. »Was zum …?«

Als durchbreche ihre Stimme die Schockstarre der Angestellten, brach Chaos in dem kleinen Raum aus. Alle stürmten zur Tür und Mayla wurde von Heike an der Hand mit nach draußen auf den langen Flur gezogen.

»Schnell, raus hier. Was geht da drinnen nur vor sich? Sind das elektrische Spannungen?« Beklommen blickte Heike mehrmals zurück in den Konferenzraum.

Mayla zuckte mit den Schultern und hob die Hände. »Ich weiß es nicht …« Die Tür zur Toilette flog auf, als hätte jemand dagegengetreten. Sie starrte auf ihre Hände und schüttelte den Kopf. Nein, das konnte sie nicht gewesen sein. Demonstrativ verschränkte sie die Arme vor der Brust, während Heike aus großen Augen die Toilettentür anstarrte.

»Hier spukt es.«

»So ein Unsinn!«

Sie beobachteten ihre Kollegen, die sich an ihnen vorbeidrängten und in Richtung Notausgang hetzten. Dabei war der Spuk längst vorbei. Auch Henning war unter den Ersten und Mayla sah ihm kopfschüttelnd hinterher. Was hatte sie an dem nur gefunden?

»Wie geht's Kasimir?«, fragte sie und zog ihre Freundin Richtung Küche.

»Ich war mit ihm gleich heute Morgen bei der Tierärztin, deshalb war ich ja beinahe zu spät für das Meeting.« Heike zog ihre Brille von der Nase und wischte sie gründlich mit einem Taschentuch sauber.

»Und was hat die Ärztin gesagt? Ist es etwas Ernstes?«

Heike setzte die saubere Brille zurück auf die Nase und rückte sie penibel zurecht. »Zum Glück nicht. Sie meinte, ich solle mir keine Sorgen machen und ordentlich die Heizung aufdrehen, damit er es schön warm hat, während ich auf der Arbeit bin. Als würde ich meine Lieblinge frieren lassen!«

Nein, das würde Heike niemals. Die Katzen waren für sie viel mehr als nur ihre Haustiere. Sie waren Mitbewohner, Freunde, wenn nicht sogar ihre Familie. Vielleicht sollte Mayla sich auch eine Katze zulegen. So ein bisschen Gesellschaft täte ihr bestimmt gut. Na, vielleicht saß ja heute Abend der Schmusetiger wieder vor ihrer Tür.

»Komm, lass uns erst mal einen Kaffee trinken, bis sich alle wieder beruhigt haben.«

Heike folgte ihr in die kleine Küche, wo Mayla behutsam nach zwei Tassen griff und sie nacheinander in den Vollautomaten stellte. »Und dazu noch ein paar Toffees.« Zwinkernd stellte sie eine Packung Schokopralinen auf den Tisch.

»Wo hast du die denn jetzt hergezaubert?«

Mayla schmunzelte. »Ich hab ein paar Notfallverstecke.«

»Falls mal die Rationen in deiner Handtasche ausgehen sollten?«

»Nein, das kann nicht passieren. Aber manchmal ist der Weg zum Schreibtisch einfach zu weit.« Sie zwinkerte Heike zu und gemeinsam genossen sie die Naschereien.

Der Tag in der Agentur verlief chaotisch. Durch die seltsamen Ereignisse am Morgen waren alle neben der Spur und kaum einer konnte sich auf die Arbeit konzentrieren. Doch Conny war erbarmungslos und ließ alle Überstunden machen, die zu viel getratscht und sich zu häufig zu einer Kaffeepause hatten hinreißen lassen. Auch Mayla hatte sich ihrer Meinung nach zu viele Schwätzereien gegönnt, weshalb es bereits Viertel nach Acht war, als sie endlich einen Fuß aus der Agentur setzte.

Die Absätze ihrer Pumps klackerten auf dem Asphalt und sie hob den Blick. Die letzten Sonnenstrahlen beleuchteten die Spitzen der zahlreichen Hochhäuser um sie herum. Der Sommer lag in der Luft und die milden Temperaturen entlockten ihr ein Lächeln. Sie zog ihre dünne Jacke aus, hakte ihren Zeigefinger in den Kragen und hängte sie sich über die Schulter, über der bereits ihre Handtasche baumelte. Fröhlich marschierte sie an der Treppe zur U-Bahn vorbei und schlug den Heimweg zu Fuß an. Nach einem so kalten, strengen Winter hatte sie sich vorgenommen, jeden Sonnenstrahl zu genießen – auch wenn er nicht in ihr Gesicht schien.

Sie spazierte die Berger Straße entlang, bog auf den Cityring ein und lief dann weiter in die Burgstraße. Hier gab es wesentlich weniger Verkehr und die Luft war frischer – sofern man inmitten einer Metropole mit umfriedeten Parkanlagen überhaupt irgendwo von frischer Luft sprechen konnte.

Gedankenverloren kickte sie ein Steinchen auf die Straße und richtete die Augen auf den Bürgersteig. Wann würde Conny sie endlich befördern? Wie viele Überstunden musste sie noch machen? Mit wie vielen Ideen der Firma ein Umsatzplus bescheren, bis sie endlich ein eigenes Büro bekam?

Vielleicht sollte sie sich nach einer anderen Firma umsehen. Jetzt, wo sie und Henning nicht mehr zusammen waren und Conny und er offenbar ein Paar wurden, verlor der einst so tolle Arbeitsplatz beinah all seinen Reiz. Nur Heike würde sie dann nicht mehr jeden Tag sehen können …

Mayla blieb stehen. Nur langsam kämpfte sie sich aus ihren Gedanken heraus und nahm ihre Umgebung wahr. Zuerst war es mehr ein Gespür. Nach und nach wurde es zur Gewissheit. Etwas war anders. Etwas stimmte nicht. Sie runzelte die Stirn. Die Luft war frisch. So richtig frisch. Und sie stand nicht auf dem Bürgersteig, weder auf Stein noch auf Asphalt, sondern auf feuchter Erde.

Die abgeschlossene Weltenfalten - Saga:
Band 1 „Wenn Feuer erwacht"
Band 2 „Von Wind getragen"
Band 3 „In Eisen verewigt"
Band 4 „Von Wasser geschützt"
Band 5 „Mit Erde verbunden"